素顔の新美南吉

避けられない死を前に

斎藤卓志

風媒社

はじめに

色白でスマート、都会的な雰囲気を身につけたしゃれもの。南吉の横顔を文字にするとこうなる。見てくれは見てくれ。自身は痩《や》せていることを気にしていた。弱い体という宿命も背負っていた。兄の夭死に母の早世などを重ね、三十の坂を意識にのぼらせもしている。だが、それで後ろを向いているわけではない。ハンディを背負っているとしか見えない人間が、自分の往く道には可能性があると挑戦してゆく。文学を志したその人間が辿った道は、男が創作したどの物語よりも物語を感じさせる。持ち時間が限られているだけリアルである。誰にも渡すことのできないババヌキのババをふところに、傍目には涼しい顔をして生きたふうにも見せている。わずかに救われるのは、男が傾倒した作家アンドレ・ジイド（一八六九―一九五一）がこう書いてくれていることかもしれない。

〈平穏よりも、ナタナエルよ、むしろ魂をゆり動かす生活がいい。わたしは死の眠り以外に安息を願わない。（中略）わたしが希望していることは、自分の中で待っていたすべてのものを、この地上で表現したあとで、満足して、完全に絶望して死ぬことだ〉（岡部正孝訳『地の糧』（一

八九七年」から）

今では童話作家と呼ばれる新美南吉が、結核で亡くなったことは事実である。だが南吉本人が遠くない死を抱《かか》えながら生きたとなると話はまったくちがったものになる。女学校に勤めて生活が安定し、などとノンキな戯言《ざれごと》は言っていられなくなる。

大日本図書から『校定新美南吉全集』全十二巻・別巻二が出て三十年、その間に作品研究は進んだものの作品を書いた南吉の人物像については捨ておかれたままに近い。校定全集がはじめのおわりでは情けない。南吉の作品は南吉が望んだとおり今も読まれている。今、読んでほしいともいえる。作品がどのような思いの中で立ち上がったか、作品の火種はどこにあったのか。そこには作者の個人史を超えた時代のドラマがあるはずである。作品が生まれた背景と南吉のその心の内を知りたい。現状では作品に成稿日が書いてあるから、その年に書けた、というクールな扱いなのである。

本書執筆の過程で教えられたことも多い。菅原千恵子の『宮沢賢治の青春』は副題に「〃ただ一人の友〃保阪嘉内《ほさかかない》をめぐって」とあるように、賢治童話の謎に迫った刮目すべき内容で、あまたある賢治本のストーリーに再考を迫る迫力を持つ。読みながら、眼が開かれる思いであった。また染織家の志村ふくみ氏の『晩禱《ばんとう》――リルケを読む』からも本の読み解き方を教わった。

本書の引用文献についていえば、できるだけ頁数を本文に入れたつもりである。ただ、一般書という制約から、煩雑に過ぎるところはいちいちの表記をはぶいた。引用にあたって旧漢字は新字に、ルビについては筆者の判断でおぎなったところもある。また、直接引用しなかった文献及び本文に入っていない聞き書きなどからも、本書の姿勢を保つ有形無形の恩恵をいただいている。とくに新美南吉に親しむ会編『安城の新美南吉』（一九九九年）及び名古屋の「たき火の会」発行の機関紙「聖火」（一九六六―一九七二年）がなければ本書が日の目を見ることはなかった。文中の敬称は省略した。

なお本書の上梓にあたっては風媒社編集部の林桂吾氏を煩わした。的確冷静なアドバイスに対し、感謝の意を表する次第である。

二〇一三年一月七日

著者

素顔の新美南吉——避けられない死を前に◉目次

第1章　だまりんぼ

1

人は、その人がいたことを、いつまで覚えていられるものだろうか。

〝覚えておいてほしい〟二十九歳で亡くなった男は、そんな並外《なみはず》れた望みを持っていた。その男の生きた時代は上官から、「ショクハナニカ」と問われた兵隊が、気をつけをし、「ショクハダイコンバ」と答える、「職」と「食」を取り違えた時代。それは、食べることが生きることを意味する時代でもあった。

昭和二十三年（一九四八）の秋、ある女学校で工事が進んでいた。それは女学校の教師の詩碑をつくるものだった。男は教師になって死んだ。教師は新美《にいみ》南吉《なんきち》の名で童話を書いたが、それで碑ができるわけでもなかった。生徒から教師は新美先生とも新美正八《しょうはち》先生とも呼ばれていた。

生《ア》れいでて
舞ふ蝸牛《デデムシ》の
触角《ツノ》のごと
しづくの音に
驚かむ
風の光に
ほめくべし
花も匂はゞ
酔ひしれむ

作家になりたかった教師正八がつくった詩である。詩にある蝸牛《かぎゅう》は、ででむしと読ませる、かたつむりを言う。牛の背中のような石にこの詩が彫られた。よって人は詩碑を「蝸牛詩碑」とも呼ぶ。

童話を書いた南吉と同時代の童話作家として話題にのぼるのが、岩手県花巻の宮沢賢治である。賢治は南吉より十七歳年長の、一歩先を行く先達でもあったが、二人が直接会う機会はなかった。両者に共通するのは、上京したこと、中等学校の教師になったこと、病死したこと。賢治享年三十七歳、南吉享年二十九歳、共に短命だった。

動かない山でも動くことがある。虚弱に生まれついた男が動きもしない山にとりついて押しつづけた。ひたすら押した。その路の跡も病弱ゆえの短い軌道であったが、自分を信じ軌道を信じて押し切った跡をつぶさに見ていくと、憧憬を通り越して内省《ないせい》させられる。日本民俗学を自己内省の学と言ったのは、『遠野物語』を書き、日本民俗学を起こした柳田国男だが、日本の土地から昔話が消えるその衰退期にあって宮沢賢治と新美南吉の二人がその接ぎ穂のような役割を果たした一事を忘れるわけにはゆかない。

これは、一歩先をゆく宮沢賢治を見やりながら、自らも素手で山を押していった新美南吉の歩いた道である。

名前は、読めるだけでなく、その響きも大事であることを新美南吉は気づいていた。宮沢賢治は本名そのままをペンネームとした。新美南吉は、本人自身が考えたペンネームである。新美南吉を使いはじめるのは旧制中学四年、その二年ほど前から文学に夢中になったことが日記に見える。

南吉は大正二年（一九一三）七月三十日に生まれた。賢治のように大地震・大津波の年というのではない。

亡くなったのは昭和十八年（一九四三）三月二十二日午前八時。場所は離れ（畳屋兼下駄屋の自宅から三百歩ほど離れた八幡社《はちまんしゃ》脇常福院南の一軒家）であった。二十九歳と七か月。死因となった病名は喉頭《こうとう》結核であった。

父、渡辺多蔵《たぞう》名の死亡通知の発送されるのが四月上旬。そこにはこうあった。

新美正八儀（筆名南吉）予而病気療養中ノ処三月廿
二日午前八時死去致候間茲ニ生前ノ御厚誼ヲ拝謝
シ此段御通知ニ代エ謹告仕候

右の本文より二字下げで、「告別式は四月十八日午前十時ヨリ十一時迄自宅（常福院南）ニ於テ仏式ニ依リ」と印刷されていた。

無駄な言葉のないのがこの種の通知の常とは言いながら（筆名南吉）（常福院南）そして、差し出し日を四月五日としたのは出来すぎではないか。

昭和十二年に南吉が書いた小説「帰郷」では、母親に「お前さん読んで見るがええだ」と言わせたあと、父多蔵にこう言わせた。「手前《てめえ》読んだじゃねえか、俺《ひと》が読めんこと位知っとるじゃねえか」。通知の葉書には南吉本人の手がはいっているのかもしれない。死は南吉のなかで早くに意識されていた。

ナンバレスカレンダーで昭和十八年四月十八日を調べてみた。亡くなった日が三月下旬、葬式が四月中旬となれば調べてみたくなる。十八日は日曜日だった。有名人でも政治家でもない一般人、それも女学校の教師の葬式が死んで一か月後になったのはなぜか。女学校の教師といっても在職わずか五年間、教えた生徒の数も多くはない。四月十一日の女学校創立記念日と学校の年度末と年度初めを避けたというくらいしか考えられない。告別式には東京から二人の編集者が駆けつけた。巽聖歌《たつみせいか》と与田準一《じゅんいち》である。二間つづきを一間にして焼香がおこなわれ、男泣きした巽聖歌が葬式を仕切ったように見えた。だが本当に仕切ったのは従兄弟《いとこ》の渡辺六助、あるいは弟の渡辺益吉《ますきち》などに「身柄は釘打にして棺は焼いてくれ」とたのんだ白木の箱の人かもしれない。

その渡辺六助は「正八つぁんはカンシャク玉だったがや」の一言で南吉の子ども時代を言い、参列した生徒達は、「きびしくて温かい新美先生、新美正八先生でした」と印象を語る。

告別式はかげろうの立つおだやかな春の日にとりおこなわれた。

2

気どったことが好き、人をいれない一面を持った少年が正八だった。同年のツレからは正八をもじったショッパで呼ばれていた。それは、少年の姿からついたあだ名でもあった。痩せてもいた。歩き方も左肩を少し下げ、ズボンのポケットに手を突っこんで、うつむきぎみ。痩せた身体は風に飛ばされるほどに見えた。

正八の家の前は街道だった。旧東海道の脇街道、京坂への近道が大野街道とも黒鍬《くろくわ》街道ともいわれる往還であった。三河高浜から船で半田亀崎に上がり、乙川《おつかわ》、岩滑《やなべ》（正八の家がある）を通って岩滑新田、東郷、大野へ。海から上がって海へ出る、知多半島を横断し、大野に行く道が大野街道。黒鍬とも呼ばれるのは水利のとぼしい田んぼの少ないこの半島から、黒鍬稼ぎに出る者が多かったことによる。大野の鍛冶屋も野鍛冶として他国へ出た。少年の家の斜め前の鍛冶屋もその大野鍛冶の流れをくむ者であった。

少年の父多蔵は岩滑からいえば街道を西にいった岩滑新田の「奥《おく》」が在所で、渡辺六三郎と母つたの三男として明治十七年（一八八四）に生まれた。三男のため手に職をつける必要があった。名古屋の畳屋に住み込み、二十六歳で岩滑新田の「奥」からすれば「本郷」にあたる岩滑の街道筋に店を出すことに成功した。店といっても古家を買ったものだったが、新田から本郷に出たのが多蔵の自慢の種だった。奥は、本郷の岩滑からすれば同じ新田の平井《ひらい》よりさらに奥まった村で奥・平井を合わせ岩滑新田で通っていた。

少年は多蔵と母りゑ（おりゑさんともいう）とのあいだに大正二年七月三十日に生まれた二男である。大正元年三月生まれの長男正八が生後十八日で逝き、そのため夫婦は二男に長男の名をつけた。

母親りゑが病弱であったため、多蔵は早くから近所の森はやみに正八の子守をたのんだ。それは、はやみが尋常小学校四年のころというがくわしいことは本人にも覚えがない。森はやみは正八より七歳年上、仮にはやみが四年生なら、十歳のはやみが、三つか四つの正八を子守したことになる。病弱であった母りゑもまた大正六年十一月四日、幼い正八を残して三十歳を迎えずに死んでいる。

森はやみについては、新美南吉のきわめて早い時期（昭和十七年）の読者の一人である宇野正一が、森はやみ本人から聞き書きをとっている。

〈はじめのうちは、だまりんぼの変な子とおもいよったが、そのうちになれて、「はやみちゃはやみちゃ」と学校から帰るのを待ちきっとった〉。はやみは夕方になると自分の家へつれて来て晩飯を食べさせるなどした。そんな正八を見ていたはやみの兄うし造がはやみにこう言った。

〈「正八ちゃぁ、あやあ（あれは）頭がいいで、えれえもんになるか知れんぞ、絵本なんかすぐおぼえるじゃねえか。」と。そや、早かったねえ、わたしが買ってもらった絵本をば、何べんでも、何べんでも、見ておって、こや何だ、あや何だときくずら、その中にしまいにゃ、すじをとおいて、わしにしゃべってくれたがね〉（宇野正一「私の新美南吉」／渡辺正男編『新美南吉・青春日記』一九八五年、二七〇―二七一頁）

頑是無い子守の記憶の中に正八の話ぶりが見える。

はやみは別に正八が乗った乳母車を田んぼに突っ込ませた経験を持つ。はやみが小便していたとき突然乳母車が走り出した。助けに走ったはやみも乳母車からころがった正八も泥だらけ。多蔵が買って与えた乳母車はこんな車だった。

〈わたしは背がちいさいので、正八ちゃんをおんばすると、足がずれちゃってへんてこなことになるので、多蔵さにいって、乳母車買ってもらったけんね。なんしょ、多蔵さが買ってくれるもんはつましいもんで、輪がぐにゃぐにゃぐにゃしてね、思う方へすいすいとは、いけんようなやつだったがね。それでも、正八ちゃんのためなので、よく「油さいといたでなあ。」といわれよったがね〉（宇野正一「私の新美南吉」二七一頁）

大正十年二月、正八が八歳のとき、平井にある母りゑの実家の叔父新美鎌次郎が亡くなり、新美の家は母りゑの継祖母である志も一人となる。このとき新美家の跡取りとして新美の家へ出されたのが実質的には渡辺家長男の正八であった。渡辺の家には多蔵と継母志んとの実子、益吉がのこった。

のちに南吉は、養子に行った日のことを書いている。無題「常夜燈の下で」（昭和十年一月十四日）がこれである。

〈常夜燈の下で遊んでゐるところへ、母が呼びに来て家につれられて帰ると、初といふ人が私を待つてゐた。少しの酒と鰯の煮たのとでさゝやかな儀式がすんで、私は新しい着物を着せられ、初といふ人につれられて、隣村のおばあさんの家に養子にいつたのだつた〉（『校定新美南吉全集』第七巻、三四五―三四六頁）

正八を連れに来た初がどのような関係の人だったかはわからない。ただ、実母と血のつながらない継祖母志も四十六歳と正八との二人暮らしが岩滑の隣村の平井で始まったことは確かだった。小学校は同じ半田第二尋常小学校に通ったにしても、志もが近くの子に菓子を与えて遊んでくれるようたのんだにしても、志もと正八の二人暮らしは無理があったようだ。平井での暮らしは四か月ほどで終わっている。正八が岩滑へ帰ったのである。家に帰ったといっても復縁したわけではない。新美家の志もとのつながりはこののちもつづいてゆく。渡辺家にあって戸籍上は新美正八を名のることになる。

3

南吉はどんな子だったのだろうか。

暮れの三十一日はなんとはなしに人を感傷的な世界にさそう。その年をふり返り昔を思う。昭和十六年、アメリカとの開戦の年の三十一日というより、使わずにすんだが遺言状を書くはめになった年の大晦日の夜、子どものころのなつかしい話を日記に残している。

〈僕達は子供の頃喧嘩するにも歌をうたつたものだ。

——よそむらがんち、糞《くそ》がんちイ、おかわん持つて来い、糞やるにイ

——まけて逃げるはへいだんご、勝つて帰るは米だんご。

——昨日の喧嘩忘れたかア〉（『校定新美南吉全集』第十二巻、三四一頁）

半田第二尋常小学校に行っていたころ、石合戦の仲間の中にいたとは意外だった。病弱だとばかり考えていた。どちらかといえば主流にならずガキ大将からいちばん遠いところでながめる風のある正八であったからだ。

石合戦時代を知る、正八より五歳下の小栗大造《おぐりだいぞう》に平成二十四年二月、新美南吉記念館で当時の様子を聞いた。小栗大造は戦争で亡くなった友の追悼のために矢勝川の堤防に彼岸花を植え

た人。秋の彼岸には赤い花が矢勝川の堤防を埋める。その小栗は、喧嘩は学校から帰るときの別れの挨拶だと言った。

当時はジャリ道で石にはこまらない。石合戦は二か所であった。一か所は正八・大造が通った半田第二尋常小学校の校門を出た十字路、もう一か所は隣村になる阿久比《あぐい》と岩滑村の境を流れる十ヶ川の立て切り。学校前のそれは石合戦といっても授業が終わって帰る際のほんの挨拶代わり。本郷に帰る子どもと新田に帰る子ども、いわば同じ岩滑どうしの悪態のつきあい。「ヤーハイ、ヤーハイ」ではじまり最後は思い付く限りの悪態を言い合い石もとぶ。

十ヶ川の石合戦は様子がちがう。立て切りは川の水をせき止める用水堰《ぜき》。水深もあるので子どもらの絶好の遊び場になる。水あびの特等席、遊ぶといったらそこへ行くような場所だった。「立て切りへ行こかや」。畦を走って行った先に隣村の子どもが集まっていればどちらが仕掛けるともなく始まる。

――阿久比がんち糞がんち、おかわん持って来い、糞やるにイ

――岩滑がんち糞がんちイ

4

ただ川で遊んでいただけではない。大正十一年、九つの正八は尋常小学校三年の「綴方帳」に、作文「私の学校」を書いている。素直ななかに物書きのたましいを持つ芽がみえる。

〈私の学校は村はづれにあります。一方には、田があり。一方には山があります。学校のまどから田の方を見ると稲は黄色ろく実の《ママ》てゐます。又山の方を見ると松があをあをとしてゐます今は秋です。秋は一ばんべんきようするによいときです。今学校では一年生は読方です。二年生は唱かをうた。《ママ》てゐます。ぼくらは綴方をしてゐます。（以下略）〉（『校定新美南吉全集』第十巻、四頁）

　南吉の小学校は高山と呼ばれる山のふもとにあった。その高山でうさぎ狩りをしたことが南吉の日記にも出ている。

　その「綴方帳」から五年、南吉はどう変わっただろうか。「作文草稿帳」からみていく。作文の題は「第二学年の終わりにのぞみて」。いかにもかっこうをつけた読み手を意識した作文である。

〈第二学年の終りにのぞんで書けと云はれると、さあと首を傾け無くてはなりませんと云ふのは、此の一年間何をして来たか分りません、只、春も夏も秋も又冬も勉強して来たから。

　と云ふと如何にも勉学家の様に思へますが、勉強したと云つても夜どほしやるとか、朝早く起きてやるとか云ふ事はありません〉

　中学に行って、もったいぶることを覚えたような文章だが、この部分は筆慣らしかもしれない。佳境はこの先だ。

〈まあ、今までの其の日〳〵を考へて見ますと、朝は普通に起きて学校から帰つてからは、家の手伝が無ければ雑誌、全集もの等を読みます、其れから夜に入つて飯を食つた後は、少し学

校の事を勉強しました〉

　筆が意外な方向に動き出す。

〈そこでです、三学年になつてからはもつと、今までより勉強をしやうと思つて居る人もあるでせうが自分は、もう余りやらない心算です、と云つても今までより怠隋《ママ》にはなりません、どちらかと云へば、自分は体が弱い方だから、其んなに強いて学ばなくても好いと思ひます、雑誌など読むと怒られますが三年になつてからも読む心算です、自分は只雑誌などが面白い為に読むのではありません、と云ふと得手勝手な事を云ふ様ですが、本当は将来の為に読むのです、どうしても好い文を書くには沢山読まねば駄目です〉（『校定新美南吉全集』第十巻、四四頁）

　年齢でいえば十四歳、少年南吉の辛辣な読みの原点がうかがえる。好い文を書く、そのために読むというのだ。

　さらに五か月ほど後に「梅雨」を書いている。半年前にはない難読の文字が使われ、病膏肓《やまいこうこう》に入った感すらある。南吉の二葉にあたるそんな文章かもしれない。

〈私はKに恁《こ》う云はれた事がある。

「君の文は中々面白い、好い所がある。併し、君はいつも同じ様な文を書く癖があるね。その癖は、思ひ出と悲戯だよ。」と。

成程と思つたから私はそら《ママ》からは成る可く愉快な明るい気分を有つ文章を書かうと努力して茲半年許りは変な文章を書いてゐた。併し私は此麼事を考へる様になつた。

「癖にも悪いのと良いのとがある。Kは私にあんなに告げたけれども、先生には度々賞められたのだから必ずしも私の癖が悪いのでは無い。あの悲しみを持つた文が私の前世からの付物だつたのかも知れない。だから私はそれを棄捨するには及ぶまい。」てな事を。だから今度は、昔に返つて自分の癖をぶちまけて赤裸々に書く〉（『校定新美南吉全集』第十巻、四八頁）

Kとあるのは同じクラスの久米常民《つねたみ》とされる。久米はこのあと第八高等学校、東京帝国大学に進む秀才である。その競争相手のKから言われた悲戯に反応した。

しかし「先生には度々誉められた」が伊藤仲次《なかじ》先生に教わった小学五、六年のころか、あるいは中学になってからのことかはわからないが、いずれにしても、そうした先生の評価が書くことに向かうひとつの寄りどころになっていたことがわかる。中学時の二つの作文を読み比べるだけでも読みのすさまじさが伝わってくる。文中にある「此慶」は、どこで見つけたものか、「こんな」と読むのだが、こんな漢字をことさら使うところにも文学青年の自己主張が見えかくれする。

「此慶事」「此慶思出」「此慶時」「此慶夢幻」と、わずか四枚ほどの原稿に四回も並べた。その「此慶」よりも、さらに心に刻みつけられる言葉が「前世からの付物」（傍点筆者）である。付物《つきもの》には、もって生まれついたもの、という意味があるが、その語の前に「前世からの」としたところに何を言おうとしたかのいわく言いがたいものを感じる。文末に昭和三年七月完了とあるから、十五歳になったばかりの正八である。

第2章　軌道

1

昭和四年（一九二九）十二月三十一日の日記は、一月一日の〈早朝、八幡様に詣る〉に始まって十二月三十一日の「今年中の作品をしらべた。童謡百二十二篇、詩三十三篇、童話十五篇、雑九篇である」と書いている。そのあと「夜、創作「普通の男」を初《ママ》めた」とある。年一度の総決算のすぐあと大晦日に書き始めたという驚きとともに創作の二文字にも目が引きつけられた。十六歳の南吉が作品を書く意識を持って書いていた。別のこともわかった。南吉が日記の余白に残した童話のタイトルの上につけた「〇」の数が十五まで数えられ、その数が総計算の数と一致した。自身がマルをつけ、よしとした数をかぞえていた。また雑九篇のそれが、少年小説・小説・創作・歌劇を合計した数であることも日記からわかった。

成果物の柱が童謡であることをうかがわせる記述が日記にある。南吉が毎日の生活を日記に書くとそれが創作の記録になる。日記が創作の土俵であり、創作の記録にしかならなかった、それが文学を志す南吉の日常であった。

昭和四年一月二十九日の日記。この日はアルス発行の北原白秋の童謡集を友人から借りて読み早速感想を書いている。

〈白秋に感服した。実は今まで、少々軽蔑してゐたのである。この一冊の集の中から、大に得るものが有つたのは嬉しい。集の中の、「雨がふります、雨がふる。云々」の童謡は、余が尋常三年の時、坂田総香と云ふ先生に教はつたものである。懐しい〉(『校定新美南吉全集』第十巻、七六頁)

南吉の生活が童謡を中心に回っている。二月一日の日記には書店に行って赤い鳥社の宛名を見て帰った、とある。その目的を、童謡、童話を投書しようと思って、と書いている。二月六日の日記にも同様の記述がみえる。

〈本屋に立ち寄つた。「赤い鳥」に童謡を投書しやうと思つて、既作四篇「教会堂」「散歩」「校庭」「車窓より」を清書した〉(『校定新美南吉全集』第十巻、八〇頁)

この日は半田新田に使いに行ったとあるのでそのついでに寄ったことがわかる。投書のための要項でも確かめに行ったのだろうか。

「赤い鳥」は夏目漱石の弟子鈴木三重吉《みえきち》によって大正七年(一九一八)七月に創刊された児童雑誌。主宰の鈴木三重吉が「募集作文」を、北原白秋が「自作童謡」を選出した。

南吉十六歳の昭和四年七月二日の日記には白秋の名が出ている。

〈北原白秋の童謡集が出ていた。が悲しいかな余りに値が高すぎる。大枚四円五〇銭とは！〉「赤い鳥」はこのあとすぐの三月号で一時休刊し、復刊は昭和六年一月から。既作四篇を清書した十日後の二月十六日、半田に使いに行って新美書店に立ち寄った。

〈「赤い鳥」三月号が出てゐた。頁を繰つて見ると、最後の頁に、来月から休刊すると云ふ事が、鈴吉《ママ》三重吉の編輯后記として出て居た。情ない。「愛誦」も三月号が出てゐた。「愛誦」に投書をしやうと又思つた〉

　翌十七日の日記。

〈半田新田へ使に行つた。書肆に過つて、も一度「赤い鳥」を手にとつて見た。「後日の為、愛読名簿《ママ》を作るから、貴君の住所氏名を報せて呉れ」と記してあつたので、余も名と住所を書いて、報せてやつた〉（『校定新美南吉全集』第十巻、八五頁）

　中学五年、十六歳の南吉の日記である。事実と、感じたことの日記、だれがどうしたと簡潔にまとめている。「赤い鳥」を見るために何度も書店に足を運んでいる。立ち読みですませていた。知り合いから借りるか、本屋で立ち読みするかが南吉の読書法であるようだ。

　自分の本を持たなかったわけではない。

　南吉は自分の本に通し番号をふっていた。番号を書いて整理しなければならない冊数ではなかった。本は借りて読むしかなかったのだから。では、なぜふったか。自分の本だとあらためてたしかめたかった。誰の本でもない、これが自分のだと。そうとしか考えられない。中学生特有の年齢から来る気分がそんな行動をとらせたと言えなくもない。気まぐれでという線も捨てきれない。だが、気まぐれというには日にちが離れ過ぎる。

番号は第一号と三号が確認できた。三号があるから二号がある。あわせて三冊。この事実は何をおしえているか。第一号のいきさつが日記にある。昭和四年一月十八日。

〈榎本茂久に「兎の耳」新年号を借りた。余の童謡「づいつちよ」がのつてゐたので、母、弟、父に見せた。

此奴の賞は去年の師走に貰つた。

「チム・カム」を清書して了つた。「兎の耳」へ出す心算だ。風呂の中で、少年小説を一つ生む。

風無し。沖天の月〉（『校定新美南吉全集』第十巻、七一頁）

南吉が投稿していた「兎の耳」は尾張地域で発行されていた同人誌。その中心になっていたのが童話を書く大西巨口《きょこう》、南吉がもらった賞品はその大西の童話集『三人呑兵衛』だった。昭和四十七年に名古屋童話協会から、『大西巨口と兎の耳』という私家版が出ている。その本の「はしがき」名古屋童話協会名を付して書かれたそれにはこう記してある。

利害を越えて――
一生を一事に徹することは、
むずかしく、また、たっとい。
大西巨口先生――

子どもを愛し、
子どものために話道を開拓し、
子どものためのお話づくりに、
その生涯を捧げられた。
本書は――
先生と親交のあった方々の厚意と、
先生によって啓発された後輩からの
感謝によって作られた。
（後略）

筆者は涙が止まらなかった。巨口の困難を押しての刊行、復刊、その復刊「兎の耳」に南吉が投書していた。万年筆の文字に涙のフィルターがかかった。過日、『大西巨口と兎の耳』の巨口の文章を読んでいたからだ。「兎の耳」の創設は大正五年ごろ、〈おとぎばなしという名まえが、童話という名称に変ったのは、その年、大正五年の秋、大阪朝日新聞社が、童話の懸賞募集を紙上に発表したころだと覚えて〉と大西がその本の中に書いている。大西が月刊少年少女〝兎の耳〟を発行するのは、大正八年六月五日（七月号）から。南吉が投稿したのは復刊後のそれであった。あの「赤い鳥」が復刊、「兎の耳」も復刊となると南吉の強運が思われる。『三人吞兵衛』に南吉はこう記した。

余の童話　兎の耳に入選し　賞とし
て此の書及び　賞状を貰ふ。
依つて此の書は余の所有に帰す。
一九二八・シハス
新美正はち　印（顔のスケッチ）

蔵書番号
才壱号

蔵書番号三号のいきさつも日記にある。昭和四年八月二十六日。
〈晩方半田へ行つて日本童謡集の古本を八十銭で、物理の参考書のやはり古本を一円で買つた〉（『校定新美南吉全集』第十巻、一五七頁）
『日本童謡集』（童謡詩人会編、新潮社、一九二六年）定価二円二十銭、表紙裏の直筆書き込みに
〈蔵書番号3　大国屋古本部で此の書を八十銭を投じて求む　一九二九・八・二六　正はち〉
（『校定新美南吉全集』別巻Ⅰ、四三六頁）
二つの蔵書番号のあいだに半年の時間がある。この時間こそが中学時代の読書を推定するものさしになるような気がする。

そんな南吉が半田駅近くの同盟書林で本を買った。〈今日から盆である〉と書いた八月十八日である。

〈少年倶楽部を見てゐたら余の少年詩「汽車」が優等でのつて居た。すゐせんが一人あつてその次が余だ。選者が西條八十だから好い。

そこで五十銭を投じて少倶を買つて帰つた〉（『校定新美南吉全集』第十巻、一五五頁）

「少年倶楽部」は当時「赤い鳥」と並ぶ児童雑誌の雄だった。その「少年倶楽部」で詩が認められた。同じ年の十月十二日の日記には〈白秋全集編集部に童謡三篇を投じた〉とも記した。東京の「愛誦」に新美南吉の名で投じた一篇「空屋」が掲載されるのも同じ十月だった。

南吉は詩と童謡を三十三篇、百二十二篇とわけているが両者の線引きはむずかしい。昭和五年九月六日、十七歳の時の童謡観を日記に書いている。

〈僕は童謡を中学二年の時から始めて、今でも、絶えず作つてゐる。

僕の一番始めの童謡は、センチメントばかりを内容としてゐる。

僕が読んだ既成作家の童謡の中で、センチメンタルなものが、一番僕の感性に印象を残した為だらう。僕はその時は、センチメント以外のものを童謡にうたふ事を知らなかつた。だから、センチメンタルでない童謡を読んだ時、何故こんなものが童謡として価値があるだらうとうたぐつた。次に僕は一歩進んで、風景のイムプレツシヨンを主とする童謡を作つた。だから、僕は風景を写生ばかりした。そして今では、郷土色を含むそれを作つてゐる〉（『校定新美南吉全集』第十巻、四四二頁）

昭和二年から数えて四年間を総括したことになる。

「赤い鳥」が昭和四年三月号で休刊したことがきっかけとなって「赤い鳥」の投書家を中心に童謡同人誌「チチノキ（乳樹）」が昭和五年三月に創刊される。そのチチノキの編集をになったのが白秋門下の与田準一と巽聖歌であった。ともに明治三十八年生まれ、出身は与田が福岡、巽は岩手だった。この二人がどのようないきさつで童謡を投書する南吉を知ることになったかはわからないが、二人が共に投書家だったことと関係するかもしれない。昭和六年九月十八日、巽の住む下北沢ミハラシ館宛に南吉は手紙を出している。文面からすると巽が出した手紙への応答である。便箋二枚、文字数も少なく葉書でもすみそうなものだが、この手紙が南吉の人生を大きく方向づけることになっていく。（『校定新美南吉全集』第十二巻、四一九頁）

お手紙拝見しました。

〝チヽノキ〟とあなた方先輩の童謡集の出るのを待つてゐます。与田さん（こんな風におよびしては失礼ですか）の童謡集はもう出てるんですか？

愛誦10月号であなた方の御熱心さを見せて頂きました。白秋先生の門に集う方々、チヽノキの方々の進出を望んでゐます僕ですから、たいへんうれしく思ひました。

私は、こつこつやつているにはやつてゐますが、入学試験の為の勉強なんかで、あまり進歩もしません。

今年の十二月下旬には、はじめて上京するつもりです。高等師範の国漢科を受けるんです。

こんな機会にもしあなた方にあへたら好いだろうなと思つてゐます。おあひしたいなと思つてゐます。

私なんかに下すつたお手紙に感謝しつゝ。

6・9・18

にいみ南吉拝

巽聖歌様

南吉はパラピン紙に、緑色のぶる罫の二百字詰原稿用紙で投書した。同様に、理由はともかく「チチノキ」の編集者から届いた手紙の返事など、普通なら書かずに終わるそれに返事を書いて送った。極く短い手紙ながら、言うべき用件を尽くしている。点と丸のつけ方、簡潔さ、自分の気持ち、この編集者宛の手紙にどれほどの気合いを込めたか。南吉の念頭にあったのは、「上京」という二文字でなかったか。昭和六年ばかりでなく南吉の日記に東京高師どころか「受験勉強」にかかわる文字を見つけたことはない。

編集者・巽聖歌に会うための上京であったことは動かない。「チチノキ」へは作曲号（十月刊）から作品が出ている、と巽が自著（『新美南吉の手紙とその生涯』一九六二年）に書いたように、東京行きを心に燃やしての巽への恋文でなくて何の手紙かという可能性が高い。

2

ちょうどそのころ南吉はどこに向けて書いたかわからない「発刊のことば」という見出しの一文を日記に書いている。それは巽聖歌に手紙を出す五か月前、昭和六年四月五日に書かれた。時期でいえば岡崎師範学校を受験し身体検査ではねられ、母校の半田第二尋常小学校の代用教員になったころである。読んでいくとそのころ南吉が何を考えていたかがわかる。

〈いつかの夜でした。私と弟は窓のある風呂に入りました。月夜でしたから、遠くが白くけむつてゐました。

ちらちらする小い灯が遠くの村、（多分横松だつたんでせう）にしてるのが見えました。私は灯を見ると、なにか詩的な気分につゝまれるのですが、それを表現するには随分困難ですし、またたとひそれを表現しても平面的なマンネリズムにおちいつたものになるにきまつてゐると云ふ気持があるものですから、この灯を見る時には、私の心は苦悩するのです。

弟が、ふと、

「あの灯のところから見たらこのランプもちようどあの灯のやうにチカチカ見えるかしら」

とこんな事を云つたのでした。すばらしい詩人が子供であると思ひました。

（云つておきますが、私はこゝに童詩の必要な理由なんかを述べるんぢやありません。）

しかし、一たん、児童に筆をあたへて、童詩なり童謡なりをつくらせると、彼等はひじようにせつれつな、いやなものをつくります。

何故にかくあるでせうか？

それは、子供の模倣性と、既成作家の作品がいけないのです。

（既成作家なべてがいけないのではありません。）


子供の模倣性については、あなた方はよくごぞんぢの事と思ひます。

こんな事がありました。

私の弟が六年の時、先生が、童話を家で作つてくる様にお命じになりました。

ところが先生は何のお考へもなく、（多分）一つの童話を児童にお示しになつたのです。それは、何でも、仲の好い鰻《うなぎ》とはぜの話でした。

そこで、私の弟は家へきて随分考へた様でした。そして、出来あがつたと云ふので読んで見ると、何のことはない、鰻とはぜの代りに、烏と雀が主人公になつて、水中の場面が空中のそれに変つただけの事で童話をつらぬくすじに於ては何等の変化もありませんでした。唖然たらざるを得ません〉（『校定新美南吉全集』第十巻、三〇五―三〇六頁）

右の文章を写していて怖くなった。満年齢で数えても十七歳九か月の南吉が書いている。弟益吉と風呂に入った、までは事実だろうが、水中の場面が空中に変わるのは、南吉がつくった比喩《ひゆ》ではあるまいか。先をつづけたい。

〈在来の童謡が卑俗であると云ふので、大正七八年頃から新興童謡運動が起り、この運動から、現在の多くの既成作家は生れ出たのであります。成程彼等は「卑俗」から脱出しました。彼等は芸術味の盛られたものを作りました。けれどそれは大人の作品でした。大人が、無理に「子供にばけて」うたつたものでした。また子供には分らないむつかしい大人の詩を童謡にしたものもありました。
また児童だと云ふので教育的な内容のものもありました。も少し好いのでは児童の生活感情を勝手に憶《い》そくしてそれをうたつたものもありました。
これらの童謡が、木の芽の様なやはらかなまつしろな児童を、変なものにしてしまつたのでした。と私は思ふのです。（以下略）〉（『校定新美南吉全集』第十巻、三〇六―三〇七頁）

子どもにばけて、が身震いするほどいやだったその感情がこちらの身体まで伝わって鳥肌が立つ。自分なら、ばけてなど書かないぞと南吉が吠《ほ》えた。

南吉の心の中に「生活童話」でくくられる潮流が見えていたからこその発言である。詩・童謡を書くと同じ意識で童話にも目を配っていたことがわかる。それにしても昭和二十七年に出された河盛好蔵著になる『文芸用語辞典』（アテネ文庫）の辞典解説「生活童話」の解説（「赤い鳥」全盛時代の主潮であった自由主義的、芸術主義的傾向に反対して、生活的、社会的立場から批判して出てきた童話）に近い洞察を十七、八で理解する事実に驚かされる。

八月で代用教員を終えて書いたのが「ごん狐」の一篇である。原稿末尾に六・十・四とある。児童雑誌「赤い鳥」に入選し、掲載されるのは年が改まった昭和七年の一月号。「赤い鳥」への入選は先の「正坊とクロ」（昭和六年八月号）、「張紅倫《ちやうこうりん》」（同十一月号）につづいて三作目、その四作目は「のら犬」（昭和七年五月号）であった。四作品ともペンネーム新美南吉が用いられた。

3

「赤い鳥」を主宰する鈴木三重吉がその「創刊に際してのプリント」において強調したのは、次のことである。

〈巻末の募集作文は、これも私の雑誌に著しい特徴の一つにしたいと思います。世間の少年少女雑誌の投稿欄の多くは厭にこましゃくれた、虫ずの走るような人工的な文章ばかりで埋っています。（中略）私が選定補修して、一方に小さい人の文章の標準を与えると共に、（中略）どうか文章の長短にかかわらず、空想で作ったものでなく、ただ見たまま、聞いたまま、考えたままを、素直に書いた文章を〉と呼びかける。

芥川龍之介や北原白秋なども寄稿したが、三重吉は芥川龍之介の原稿にも手を入れたとされる剛の者であった。南吉の「ごん狐」にも手が入っている。南吉の書いた草稿と、「赤い鳥」掲載のそれとを比べてみれば照合が可能である。初めの部分にもっとも大きい変更が加えられた。まえがき部分を一行に圧縮した。南吉も後に文章を書くときの心得として、一切のまえおき不要と言い切っている。文章に正解はない。

〔南吉のノートにある草稿〕

茂助と云ふお爺さんが、私達の小さかつた時、村にゐました。「茂助爺」と私達は呼んでゐました。茂助爺は、年とつてゐて、仕事が出来ないから子守ばかりしてゐました。若衆倉《わかいしゆぐら》の前の日溜で、私達はよく茂助爺と遊びました。私はもう茂助爺の顔を覚えてゐません。唯、茂助爺が夏みかんの皮をむく時の手の大きかつた事だけ覚えてゐます。茂助爺は、若い時、猟師だつたさうです。私が、次にお話するのは、私が小さかつた時、若衆倉の前で、茂助爺からきいた話なんです。（『校定新美南吉全集』第十巻、六四九頁）

〔赤い鳥版〕

これは、私が小さいときに、村の茂平というおぢいさんからきいたお話です。

多数の投書のなかから、作品を取り上げた与田準一、その与田が裁許をえるために回した「ごん狐」を掲載可とした鈴木三重吉。南吉にはただ感謝しかなかっただろう。では三重吉はどこをどう推敲したか。ひらたくいえば直したか。このとき忘れてならない前提は、南吉の書いた「権狐」が手を入れるに足る作品だったことである。

三重吉は、題名の「権狐」から手を付けた。「権」を平仮名の「ごん」に直し、五つに分けられていた本文を六つに再構成した。加えてこんな変更も試みた。前者が南吉の草稿、後者が三重吉の推敲である。

「兵十だな。」
と権狐は思ひました。

「兵十だな。」と、ごんは思ひました。

本文の「権狐」も題名に合わせて「ごん」に変えた。推敲前、五十六回を数える「権狐」を二回の「ごん狐」と四十四回の「ごん」に変えた。南吉の書いた権狐の数と三重吉推敲後のごんの数が合わないのは、三重吉が文章をつないだことによる。
しかしこれだけの推敲を受けながら、ストーリーには、いささかの変更もない。三重吉は手を入れていきながら小躍りするのを抑えられなかったのではないか。他方南吉は「赤い鳥」に印刷された活字を一文字ずつたしかめながら、文章の要諦を学んでいったと思われる。南吉は鈴木三重吉の陰の助力をえて登竜門をくぐった。
そうした推敲の経緯も大事だが、「ごん狐」が原稿用紙に書かれる前にできあがっていたという話も聞き逃せない。くり返すようだが原稿用紙末尾の日付は、昭和六年十月四日となっていた。だが南吉が代用教員として教えた、当時小学六年生の榊原二象はこう記憶していた。半田第二尋常小学校、南吉の母校でのことである。〈私が「ごんぎつね」の話を直接先生から話して戴いたのは、尋常六年生で確か昭和六年の初夏の、雨の降っている体操の時間であった。（中略）どんな筋であったかも忘れてしまって、ただ最後の「青い煙が、まだつつ口からほそくでていました」という結びのところを、例の丸い目をさらにまん丸くして、口をとんがらし、両手で煙の上がるさまを手真似して、声を落として話を結ばれたあの強烈な感動が、三十年近い今日もはっきりと頭の中に残っている〉（『新美南吉童話全集』第三巻、付録No.３）

語りだけでなくジェスチャーも、というところが話の完成度を感じさせる。先生が語る話を目をかがやかせて聞く生徒、その生徒の反応ぶりを観察する南吉の顔が思い浮かぶ。雨の降る日の教室である。

4

昭和六年十月十二日の日記に、〈白秋全集編集部に童謡三篇を投じた〉と書いた二か月後の上京、東京高師の受験は南吉にとっていったい何であったか。前年受験した岡崎師範を身体検査ではねられた翌年の、しかも当時最難関とされた東京高等師範学校の受験である。このとき東京で南吉を迎えた聖歌によれば、（南吉は初対面の巽の住む下北沢のアパート、ミハラシ館に泊まった）「最初から投げているようだった。試験だというのに万年筆を忘れていった」と、その受験ぶりを書いている。聖歌にすれば、本当に受験のための上京？　と言いたげである。本当のところはわからない。十二月二十日夜行で上京する南吉の荷物の中に英語の参考書がつめこまれていたかもしれない。試験は二十六日から二十九日までの四日間。しかし二十四日のクリスマスイブには聖歌たちと神楽坂・神田から新橋際の銀座パレスへ。二十五日は大橋図書館の柴《しば》野《の》民三《たみぞう》に会い、その柴野の案内で、神田・二重橋・丸の内・銀座・新宿を歩いている。

二十七日の日曜日は出版社アルスで聖歌・柴野民三・小島寿夫と四人で「チチノキ」発送の手伝い。風月堂でお茶。巽とミハラシ館へ。二十八日、大橋図書館に柴野を訪問。まるで表敬訪問を思わせる。柴野とよほど気があったということか。そういうことでいうなら十二月二十一日から正月二日の夜行で帰るまで泊めた聖歌とは気のすむまで話し込んだに違いない。半田における家庭の事情も伝えたことだろう。師弟の、といえば本居宣長と賀茂真淵の松坂の一夜が思われるが、下北沢ミハラシ館の十三夜である。それは日ごろ無口な南吉が饒舌になった十三日でもあったはずである。

一月二日、受検結果を予想した聖歌は南吉にひとつの提案をした。「もうひとつ、受験せよ」。それがアルスから近い東京外国語学校だった。

南吉が上京して受けた受験の相手は東京高師などでなく、実はアルスの編集人巽聖歌であったかもしれない。

上京の成果はそれだけにとどまらない。聖歌がその師北原白秋の正月の挨拶に南吉をつれていった。昭和七年正月である。

南吉にとっては本の背文字でしか知らなかった白秋に会えたのである。

南吉の日記帳「その日その日」（昭和六年七月八日から昭和七年二月四日）に白秋に宛てたお礼の手紙が出ている。（遠山光嗣「新資料紹介『その日その日』」／「新美南吉記念館研究紀要」第九号、二〇〇二年、五四頁）

拝啓
うれしくてうれしくて、故郷に帰つた今、また砧村の先生のお宅でお目にかゝつた時のことをくり返しくり返し思つてゐます。

巽さんが、「明後日の晩先生の所へつれてつてあげよう」と仰有つた時、僕は、「せんえつだから」と辞退しましたけれど、ほんとうは、つれてつて頂きたくてたまらないのでした。だから、「つれてつてあげるよ」とはつきり云つて下さつた時、うれしくてぞくぞくしました。そして、先生のお宅にあがつてから、先生が、僕を「新美君」と仰有つたときも、うれしくて、返事も出来ないほどでした。

先生は、巽さんを「巽」とお呼びになつたと思ひます。与田さんも、「与田」とお呼びになるでせう。僕も「新美君」でなくて「新美」と呼ばれる様に、努力しようと思つてゐます。

先生、短冊も、有難うございました。みんなうれしい事ばつかりです。

砧村の夜の印象は、星と、白菜畑と木冊《ママ》とでした。

先生のお健康を祈りつゝ
先生のお厚情に感謝しつゝ
七年一月三日

愛知県半田町岩滑
新美南吉

白秋先生

初対面の南吉をともなって師の住む世田谷区砧《きぬた》村につれていく巽聖歌のやさしさを忘れるわけにはいかない。岩滑に帰った南吉にとって東京は近しい人が住むなつかしい土地に変わった。

東京から帰ったうれしさのなかで書いた手紙には階段をひとつ上がった南吉の自信がほの見える。

この手紙にある白秋の短冊については岩滑の中山ちゑの弟中山文夫が書いている。

〈母の枕元ちかく正八が上がりこんできた。正八は野口雨情の古びた色紙を見上げながら、自分もこの正月に北原白秋先生から短冊を頂いた、と遠慮気味に語った。

ちょっと前に、中学校教科書に載る「浅間嶺」を読んだばかりの母は、白秋の短歌に深い感銘を覚えていた。その白秋門下にして貰えるとは、正八は何ぞ夢でも見ているのではないか、と母は耳を疑った〉（中山文夫「私の南吉覚え書」／「南吉研究」三十一号、一九九四年、七一頁）

中山文夫の母は正八が白秋門下にはいったと聞いて、名前しか知らない高名な白秋とつながったとみた。南吉にすれば、尊敬する白秋と言葉を交わすことができた。目に見えない大きな財産をもらうに等しい事件だった。なお、中山がここで「浅間嶺」としたのはおそらく記憶ちがいで「落葉松」が正しいと思われる。
先の白秋宛の手紙は夜行で帰った一月三日当日の日付、巽聖歌には翌四日の日付になっている。巽への手紙は前回のあなたから、兄さんという呼びかけに変わっている。

きつと兄さんは僕からの便りを待つてゐてくれたと思ひます
僕は三日の朝何事もなく家につきました　けれど汽車の中で一睡もしなかつたのでねぶそくの不健全な手紙をあげまいと思つてそのまゝねました
兄さんほんとうに色々の厄介をかけました、あなたが僕にして下さつた事のかず〳〵に心から感謝します
あなたを表現するにすこし誇張したので　家の人々は非常に尊敬してゐます　僕だつて尊敬してゐますが僕の場合はなつかしさが先になります
汽車の中の淋しさなんか言ひますまい現代人でなくなります只兄さんの事ばかり思つてゐました。そして今でも
いゝ兄さんいゝ兄さん　兄さんは僕についてすべてを知つてる　もう云ふ事もない。
よろこんで下さい僕のぺあれんつは僕の東京に出ることを許してくれます

この手紙をごらんになつたらどんなに簡単でもいゝからなにか云つて下さい　待つてゐます

一月四日　　新美南吉

巽聖歌様

巽に対しては巻紙墨書である。南吉の思いが巻紙を選択させた。手紙に応答がほしいとも記した。冷静というより冷たさを含む南吉にしてはめずらしい手紙である（『校定新美南吉全集』第十二巻、四一九―四二〇頁）。

南吉が十三泊した当時のミハラシ館周辺を巽は次のように紹介している。

〈当時の下北沢は、今のようにたてこんでいない。井ノ頭線のできたのも、ずっとあとだったろうし、まだ区制もしかれていなかった。ミハラシ館は小松林の大きな丘つづきで、閑静といってよかった。その下宿へは、「君たちの生活の探訪にきた」と、ふざけて白秋先生がたずねてくれたりした。下宿ではさっそく松林の間に朱毛氈《せん》を敷き、酒をあたため、珍客を迎えての大宴会になったりした〉（巽聖歌『新美南吉の手紙とその生涯』一九六二年、二五頁）

下宿ミハラシ館にはアルスに勤める巽の他、北原白秋のところで秘書のような仕事をしていた藪田義雄、赤い鳥社に勤める与田準一がいた。その藪田義雄の次の秘書が昭和十年八月にその後任となる宮柊二《みやしゅうじ》であった。

知多半島の空気より知らなかった南吉が東京の空気を吸った。はじめての上京の収穫はこのことだったのではあるまいか。人それぞれいろいろな生き方がある。そのいろいろの中に自らの可能性と目標をより鮮明な形で見つけたかもしれない。東京高師？　もちろん落ちた。

5

先に、山を押してと書いたが、南吉はただやみくもに、また、めったやたらに押したわけではない。またそんなことで押し切れるハリボテの山など、この世にない。押すには急所を探す目と、一点に力を注いでかつ持続する力がいる。力はまた自身を鼓舞しつづける確信に多くを負う。

南吉の「文芸自由日記」は、昭和五年六年の作品と、代用教員時代がわかる日記として知られている。年齢でいえば十七、八歳時の日記である。昭和五年九月六日のところに「軌道」という二文字が出ている。日常あまり使う言葉でないだけに目にとまった。変哲のない使い方だといっていい。そのおもしろくもない説明がどこにつながるのか。これはその前半部分である。

〈地球は太陽のまわりを水すましの様にめぐつてゐる。地球の軌道は円である。その円は地球の通るべき道である。地球は地球がこの宇宙に存在しはじめた時から、その道を通つて来た。彗星は低能だから、道を通らない、だから、度々限りない宇宙の中に迷児になつて了ふ。地球がもし軌道からはなれたら、やはり彗星の様に、迷児になるか、若しくは他の天体と衝突して、あはれな滅亡に遭遇するだらう〉

これだけでは何を言いたいかが見えない。続く中段に具体例が三例書かれている。一例目に空を飛ぶ男、二例目に自転車で世界一周をやったドイツの青年、三例目が童謡をつくる南吉当人である。二例目から引いてみたい。

〈自転車で世界一周をやつたドイツの青年があつた。一寸考へて見ると、到底そんな事は出来ることではないのだ。併しよく考へて見れば、金と時間さへあれば何でもない。Aの部落とBの部落には道があるBの部落とCの部落にも道がある、

CとDにも——

かうして、道は世界中続いてゐる。この道を辿つて行けば、やがては世界一周も出来るわけだ〉

次の三例目で童謡に向かう南吉自身の関心の変化に及び、後段の結論を導く。

〈——別にあせらなくてもいゝ、ぼつ〳〵やつてればいゝのだ、僕の境地がその作家の境地まで高められゝば今わからないその童謡は僕に分る様になるのだ、僕の境地とその作家の境地との間隔がどんなに大であつても、村と村に道があつて、どんな遠くの村にもいたれると同じ様に、僕の境地とその作家のそれとの間も必ず道によつてつながれてゐるのだから。たゞ僕はこつこつやつてればいゝのだ〉（『校定新美南吉全集』第十巻、四四二—四四三頁）

空いたバスに乗れ、に近い人生訓のようにも読める。南吉の理屈はそうだが式のフタを着せるのは簡単である。どうなったか。「詩稿ノート」（一九三九年二月—六月頃）にある「春の電車」がその中間報告的な役割を示してくれているように感ずる。「春の電車」は昭和十四年三月三

十日に創作されている。（『校定新美南吉全集』第八巻、二三三頁）

春の電車

わが村を通り
みなみにゆく電車は
菜種ばたけや
麦の丘をうちすぎ
みぎにひだりにかたぶき
とくさのふしのごとき
小さなる駅々にとまり
風呂敷包み持てる女をおろし
また杖つける老人をのせ
或る村には子供等輪がねをまわし
或る村には祭の笛流れ
ついに半島のさきなる終点に
つくなるべし
（後略）

つくなるべしの一点に寄り添って足掛け十年の歳月がすぎた昭和十四年三月、南吉は何を思ったか。終点に、つくなるべしとした。

宮沢賢治も「軌道」を使っている。「軌道」は、『春と修羅』の「小岩井農場」パート一から始まってパート九で終わるそのパート九、最終部に要石のように置かれている。（天沢退二郎編『新編宮沢賢治詩集』一九九一年、一〇一頁）

明るい雨がこんなにたのしくそそぐのに
馬車が行く　馬はぬれて黒い
ひとはくるまに立つて行く
もうけつしてさびしくはない
なんべんさびしくないと云つたとこで
またさびしくなるのはきまつてゐる
けれどもここはこれでいいのだ
すべてさびしさと悲傷とを焚《た》いて
ひとは透明な軌道《きだう》をすすむ
ラリックス　ラリックス　いよいよ青く

雲はますます縮れてひかり
わたくしはかつきりみちをまがる
（一九二二、五、二一）

賢治が〈ひとは透明な軌道をすすむ〉といい、南吉が〈軌道からはなれたら〉という軌道とは何か。賢治の軌道は自身の道としてとらえているわけではない。生き方につながらない軌道のつかい方である。だが、南吉のそれははっきりしている。修業さえ積んでゆけば必ず上達するという「職人の原理」である。手に職をつける、年季を積むことへの信仰にも似た確信である。単に「道」とせず、「軌道」としたところにより切実な、現実から出発する決意をみる思いがする。

第3章　上京

1

東京外国語学校（東京外語）に合格した。英語部文科十六人の中に入った。巽聖歌によれば、掲示板を見た南吉は巽のいる神保町の出版社アルスへきてこう言った。

「あるんですよ、あるんですよ。番号は私のらしいけれど、見あやまりでないかと心配なんです。いっしょに行って見てください」

南吉は泣き出しそうな顔をして、じたばたした。巽は南吉に連れられ竹橋にいった。アルスと竹橋は五分とかからないがその間を二人して駆《か》けた。合格できなかったときは就職を斡旋《あっせん》するとの約束も反故《ほご》になった。昭和七年（一九三二）三月、南吉の東京での生活が約束された日になった。

中野区上高田二ノ二八五、巽が南吉を迎えるために新しく借りた家である。三畳・四畳半・

八畳のここで巽と南吉の生活が始まる。巽は世田谷区下北沢三四一ミハラシ館を引き払って上高田で待っていた。

南吉がこの上高田にいる期間はおよそ五か月、二学期のはじまるころには、東京市外野方町上高田一一四外語寮6に移っている。巽が武居千春と結婚した。寮に入るのを巽が止めたというが、平屋の三間では同居も無理であった。それはそれとして不思議でならないのは、中学時代、本は借りるか立ち読みですませていた南吉が東京で下宿生活を送り、喫茶店などにも足しげく通うことである。

確かなことはわからない。東京外語一年のときも日記を書いたはずだが見つかっていない。年が変わった昭和八年一月五日の日記にこんな記述がみえる。

〈明日法事がある、その菓子を半田の饅頭屋《まんじゅうや》へとりに行かうとして家を出たら、榎本が来た。同窓会に行かうと云ふ。招待状は来なかつたので、あるとは知つてゐたが行かないつもりでゐた。が彼がさそひに来たからにはと行つた。佐治と道で一緒になつた。菓子をまづ新田へはこんでから行つたら、はなびらの様に、そろつてゐた。若い連中が多かつた。久米も来てゐた。畑中もすみの方にゐた〉（渡辺正男編『新美南吉・青春日記』五頁、以下本章の日記引用は同書から）

新田にはこんで、の新田は、平井の新美家をさすように思われる。父渡辺多蔵の実家も同じ新田の奥であるがその可能性は低い。半田中学の保証人が平井の継祖母新美志もであったこと。日記や手紙のどこにも書いてないが、学費は渡辺家と養子先である新美家の両方から出ていた可能性がある。

2

南吉が東京外語二年の春の昭和八年四月十六日、日曜日の日記。

日記に、〈長崎からきた一柳と本郷座に暴君ネロを見る〉とあり、一柳から長崎の話を聞いたと書いたあと、一行ほどあけて、独立した一行でこの日の日記を終わらせる。

〈俺の触角にふれたもの宮島《ママ》けん治の短い童話〉

〈ヂーヂー
地の底で一ぴききりの虫が鳴いてゐる様にミシンで縫つた着物の縫い目が解ける様に、活動写真の機械が音を立てはじめると、今までざわめいてゐた見物人が死んだ様にぴつたりしづかになつて、闇の中から、スクリーンの方へ眼をひからせました〉
　で物語の幕があき、
〈ヂーヂーヂー
「お母さん、あれ虫が鳴いてるの」
「黙つておいでよ、この子は！」〉（『校定新美南吉全集』第五巻、二五―二七頁）
で終わる「蛾とアーク燈」。ヂーヂー、ヂーヂーヂーのつかの間にくりひろげられる一匹の蛾の物語。

遠くから聞こえてくるヂーヂーヂーが呼び起こすなつかしさは何か。四〇〇字詰原稿用紙四枚の紙の世界がはこんでくるそれは、一時間物よりはるかに濃密ですらある。

同年四月十七日、月曜日。

〈宮島《ママ》けん治の童話にしげきされて昨夜、一ぺんを軽い気持で書きあげた。〝蛾とアーク燈〟〉

この日の日記の一行である。

南吉は賢治の作品を「短い童話」とするばかりで何を読んだとは示していない。しかしここでそれを詮索《せんさく》する必要もないだろう。重要なことはオノマトペを使った作品に対する南吉の触角のするどさ、感度のよさこそ認めるべきことのように思われる。

昭和八年四月は宮沢賢治が亡くなる五か月前、草野心平編の『宮沢賢治追悼』（昭和九年一月）や『宮沢賢治全集』全三巻（昭和九年十月―十年九月）の刊行以前に、賢治の存在を認め、またその夜の内に一篇を物した事実こそ強調しておきたい。

ヂーヂーヂー、どんな形の虫だろうか。

3

ヂーヂーヂーのあの音がまだ耳元にのこっている四月二十一日の日記。

〈新しい与田さんの下宿をたづねて行つたら、大岡越前《おおおかえちぜん》の守《かみ》の話を三百枚書いて見ないかとの話があつたので自分はひきうけて種本と原稿用紙百枚を貰つて来たが、史実を少年読物にする

のは相当ほねである。そしてそんなものが、一体どんな仕事として、自分のあとに残るものであるか〉

引き受けてなお冷静な南吉がいる。こうつづく。

〈一枚二十銭、三百枚六十円、その金がほしいからひきうけたのであるが、来月の十五日までと云ふからそれまでは他の勉強は手につくまい。全く労働である。稲生が言つた様に、ローソクの両端から火を点じて、尊い人生をはやく燃しつくしてしまふ様に思へられる〉

コーヒー一杯十五銭の時代（東京も半田も同じ十五銭）であった。二十三日には資料を求めて大橋図書館に出向いている。その日の日記である。

〈自分の思ふ様に燃焼させ得る可能性のあるものがない。みな探偵的であつて、芸術性を欠いてゐる。しかもその材料も、三百枚を埋めるには少なすぎやしないか。心配でたまらぬ〉

五月十六日の日記。

〈三つの道に迷ふ。英文学にゆくか、児童文学に行くか、小説にゆくか。英文学は学問にとゞまり、児童文学はあまりにせまいであらう。そして又小説は、貧弱な自分に非常に莫大な経験を要求する〉

ここで注意させられるのは小説を自身が行く道の一つとして挙げていること。それは将来文筆で立つ選択にほかならない。

四月に与田の指示ではじまり、その後与田の指示による執筆中断があっても、その間、森鷗《もりおう》外《がい》、高村光太郎、ドストエフスキー、谷崎潤一郎、チェーホフ、トルストイを読み、与田から執筆再開を指示された六月二十八日夜から七月二十日までの半月で三百枚を書き終えている。巽と与田の雑用を手伝い、新宿などで映画を楽しみ、喫茶店にも足を向ける中で書き上げた。七月十二日夜には、与田について新宿で初めて寄席《よせ》を見、初めて落語を聞くとも書いている。

七月二十日の日記に、

〈少年大岡越前守やつと書きあげた三百枚。自分ながらこれだけのものを半月あまりで書いてしまつたかと思ふとうれしい気がした。これだけのものとは内容の質を言ふのではなく量を言ふのである。量とは原稿用紙を積み重ねた時の厚みを言ふのである〉

突き放して物を見る南吉に、二度までも「のである」をくり返えさせた仕事、それが三百枚の手応え、実感であった。

昭和八年七月十六日の日記に、セイカは童謡の方をすすめる。与田さんは大衆文字をすすめる、とある。

4

南吉の東京外語時代の友人と言えば、真っ先に岐阜県大垣市の河合弘《かわいひろし》の名前があがる。南吉より二歳下、大正四年生まれ。その河合は同じ東京外語でも仏語部文科、南吉は英語部文科、二人が友達となったのは南吉が河合に声をかけたのがきっかけだという。その時のようすを河合が自著『友、新美南吉の思い出』（一九八三年）に書いている。どんな出会いであったかみていきたい。

〈とにかく、道ばたに枯れ葉が散らばっていたことだけは、鮮やかに覚えている。なにか闊葉樹の大小さまざまの葉が、くるくる巻きになって、陽光にとりどりの形の影をつくっていた。

それを眺めるともなく眺めて、歩いていたのである。学校は終わったものの時間はまだ早かったし、たまたま一人であったから、また喫茶店に寄ってレコードでも聴いていこうかと思いながら。神田の一ツ橋にある学士会館の裏通りであった。そこは、ひとつ横へ入っただけで、もう市電の喧《やかま》しい軋《きし》みも聞こえず、あたりはひっそりしずまっていた。

ふと、じぶんの名前を呼ばれたような気がした。それは、後ろのほうから、確かにもういちど呼ばれた。振り向くと、一人の見知らぬ学生が、小走りに近寄ってきた。

ひよわそうな男である。背はじぶんと同じくらいで、痩《や》せていた。顔も痩せて、色はむしろうす黒く、ふつうの細縁の眼鏡をかけ、眉のふといのが目立つ。くせのない長い髪を、いやに片方にだけ垂らしている。はにかみながら、つとめて微笑をうかべて、こう口を開いたものである。

——君も文学が好きだと聞いたから、友達になりたいと思って。

僕は、びっくりした。そういう素直な言いかたを聞くのは初めてであった。じぶんではとうてい言えそうもないことを自然に言うのである。たちまち好感を持った。

二人は、すぐ近くの左側にある喫茶店の木の扉を押していた。さっき寄って行こうと思っていたのは、そこなのである。マイネ・クライネという行きつけの店であった。店内は暗褐色で統一されて落ち着けたし、それに名曲のレコードの豊富に揃っているのが大きな魅力であった。そのときも、ショパンのエチュードが高らかに鳴っていた。その芸術そのもののような音のなかで、客はみな頭を垂れ、ウエートレスは壁際にひっそり佇っていた。

——ショパンだな。

と、君は言った。それにつづいて何か言うのかと思ったが、それだけで黙って、奥のほうへ向かい合って座った。曲目まで言ったりしないので、こちらは気楽になれたのである。

——僕は英文の、新美正八というんだ〉（『友、新美南吉の思い出』二九—三一頁）

達意の文章である。河合弘が出て来た学校の所在地は、麹町《こうじまち》区竹平町一番地、今で言えば千代田区一ツ橋、毎日新聞社の辺りにあたる。

神田は本屋の町、古本屋の町・学校の町と言われて喫茶店も多い。マイネ・クライネに入った二人は互いの距離を確認し合った。二人が同じような距離のとれる男であることを確かめた。東京の神田で同じ学年の、年齢で二歳下の友達とめぐり会えたことが大きい。

河合弘とともに忘れることのできないもう一人の友が、「赤い鳥」の投書で知りあい「チチノキ」同人の蒲郡市に住む歌見誠一《うたみせいいち》である。交友は歌見からの手紙ではじまり、昭和七年九月中旬の上京の途次に家を訪ねるほどの友になる。

その「赤い鳥」だが、主宰者鈴木三重吉と童謡の選者北原白秋が絶縁。白秋は昭和八年四月号で降り、巽聖歌など白秋門につらなる者も行動を共にする。両者のケンカ別れにより発表場所がなくなった。南吉にとって「赤い鳥」との関わりはわずか二年で終わった。

昭和八年で忘れられない事柄は岩手の宮沢賢治の死である。

南吉は賢治の死をいつ知ったのであろうか。いつ知ったにしても年を越えた昭和九年二月十六日の第一回宮沢賢治友の会に巽聖歌と出席したことは南吉の年譜のなかで光を放つ。新宿の帝都座地階のモナミ、この席上で、発見されたばかりの「雨ニモマケズ手帖」が回覧されている。出席者に、詩集『春と修羅』、童話集『注文の多い料理店』、和綴の『法華経』一巻が贈られた。

同じ昭和八年で落とせない体験が徴兵《ちょうへい》検査である。

南吉の受検《じゅけん》は八月二十三、四の二日間、場所は半田第一尋常高等小学校、二十三日の午後に学科試験、二十四日の午前に体格検査、受検の結果は丙種《へいしゅ》合格、このときの受検者百六十名余。日記にはその受検の模様が書いてある。が、それは書いてあるといった性格のものでそのときの南吉の心情までがわかるわけではない。受検の翌日、二十五日の午後には中学の恩師（恩師であるが担任ではない）である遠藤慎一《しんいち》のところで風呂を使い夕飯をごちそうになっている。南吉はその事実関係だけを日記にしたが、これは遠藤の側からいえば受検を終えた南吉を思って慰労会をしたに等しい。受検は自分一人のことではすまない。家の名誉にかかわる。受検してどう結果がでるかを知らぬ南吉ではない。丙種合格と合格の二文字こそついているがそれでよろこぶわけにはいかない。

当時の丙種合格は不合格に等しい。徴兵検査は、やめていることにひけめを感じる南吉にダメを押した。衝撃の大きさははかりしれない。人から、痩せていると言われることへの嫌悪感は、南吉の子どものころから晩年までつづいた。

第4章　アンダンテカンタービレ

1

男の友達が河合弘だとすると、女の友達は「チチノキ（乳樹）」同人の清水たみ子であろう。「チチノキ」は、昭和四年（一九二九）三月の「赤い鳥」の休刊がきっかけとなって「赤い鳥」の投稿者を中心に結成され、白秋門下の与田凖一、巽聖歌がその中心にいた。南吉と清水はその「チチノキ」編集の拠点巽聖歌の家で知り合ったらしい。南吉はこの清水を口数の少ない女性と認識したようだが、口数の少ない人は観察名人であることを忘れている。南吉の人を見る目も一級だが、清水のそれも南吉に引けを取らない。巽の家からの帰りだろうか、南吉が清水に声をかけた。その清水が四十年後に児童文学者として『校定新美南吉全集』（大日本図書）の編集委員を務めることになろうとは深読みの南吉も知らなかった。

〈東中野の駅へ向って歩きながら、新美さんは、「最近なにかよい本を読んだ?」ときかれた。

私は、「ボードレールの『散文詩』を読んだけれど、とてもよかった。ボードレールをもっと読みたくなって、『悪の華《はな》』を、神田の本屋を歩いてさがしたけれど、みつからなかった」といった。そのころ私は、若さの気負いと、現在のように児童図書が多く出版されていなかったこともあって、内外のおとなの文学を乱読にちかい読みかたで読みあさっていたのだった。新美さんは、「それなら、中野の古本屋に村上菊一郎訳のがある。これからいっしょにいきましょう」といった。黒い布表紙のあまり装幀のよくない古本のその『悪の華』を、私は買った。

それから二、三日して、新美さんから葉書がきた〉（清水たみ子「手紙のこと、日記のことなど」／『校定新美南吉全集』第十巻、月報）

清水が書いたある日の南吉、東中野の駅に向かう会話のなかに南吉のほとんどすべてが出ている。一枚の写真を見せられたような印象すらある。「これからいっしょに」。これだけで、尽きている。たとえば与田準一から大岡越前守の執筆を打診され、三百枚を引き受けたときもこんな具合だった。こんな具合とは、すぐ決める、決断に時間をかけないことである。南吉はこの清水に五十通ほどの手紙や葉書を書いたとは清水の自己申告だが、清水が返事を書いて出すとその場で書いたと思われるほど早く返事が届いたらしい。先の葉書、国に帰ったときの知らせにも南吉らしい工夫のあとがみられる。余白の部分に小さい文字で「『悪の華』は食えそうな華ですか」と書いた。清水と南吉が共有したあの日の時間を『悪の華』でもう一度呼び戻してみせた。

東京での女友達といえばこの清水だけかもしれない。その清水が「死の予感」と題した一文を書いている。驚くにはあたらない。清水がそのことを南吉から聞く前、昭和六年二月、三月にも南吉自身がほぼ同様のことを短歌にしているからだ。

・我が母も我が叔父もみな夭死せし我また三十をこえじと思ふよ。

・かくもくらき男ははやく死ぬならん――ふとかく思ふときもあるなり

・左右見て人のゐざるをたしかめて肺やみのごとくせきをするかな

十八歳の南吉が漠然とした形にしても死を意識していたことは重大である。さらに同じ昭和五年六年の「短歌帳」には先につながる短歌も見える。

・この一分も我が一生の一分だ――時計を見つつ思ひたるかな

では、このとき清水にはなんと言ったのか。

〈「ぼくは、たぶん、二十四で死ぬ」

話のとちゅうで、新美さんが突然言われた。

私はおどろいて、新美さんの顔を見た。

じょうだんともまじめともつかない皮肉なわらいをうかべておられるので、私はとまどってしまった。だまっていると、

「二十四ぐらいで死にそうなんだ」

と、こんどは、すこしまじめな顔で言われた。

（中略）

その部屋で、新美さんはやがて病気になられた。

巽さんの奥様とごいっしょにお見舞いに行ったときには、ふだんからやせて、みるからに神経質そうだった顔が、いっそう細って、声も、ささやくような、かすれたよわよわしい声しか出なくなっていた。私は胸がつまった〉（『新美南吉童話全集』一巻、付録No.1）
二十一、二の新美が二十四で、と言った。しかし清水の前にいる男は病臥《びょうが》しているわけではない。だれもこたえを返すことなどできない。だが、清水がこのことを聞いたのは南吉の一度目の喀血《かっけつ》の後であった可能性が強い。一度目はいつか。一度目は東京暮らしも三年目、東京外語二年の三学期、昭和九年二月二十五日とされる。二十五日に喀血、二十八日に帰郷したのが一度目である。清水はこの日のことを「死の予感」としたが、南吉自身のなかではこの時点で「避けられない現実」としての死があったかもしれない。

2

南吉は東京の四年間に四度下宿を変えている。

最初の下宿というのもおかしいが、巽の中野区上高田の家、ついで外語の寮、そして中野区新井川村方、最後がやはり上高田の松葉館になる。友人の河合弘はこの松葉館しか知らず、その期間は二年余という。河合が書いた『友、新美南吉の思い出』にその松葉館で宮沢賢治の名前を教えられたことが出ている。

〈(前略)やおら本棚から一冊の本を引き出すと、頁をばらばら繰ってから、例の如く読み出した。ダダスコダーダーというリフレインの入る『春と修羅』のなかの詩である。今まで未知であった世界を粗野・繊細に現出した一篇であった。ちょっと、クラシック音楽ばかり聴いていたところへ、いきなりストラビンスキーでも聴かされたような新鮮な感じである。——持って行ってもいいよ——、といつものように気軽に貸してくれた。今から思えば、賢治の最初の全集が出版されたばかりのときである。それなのに、君はいち早くその揃いを備えていた〉(河合弘『友、新美南吉の思い出』五九頁)

先の第一回宮沢賢治友の会に集まった人の手で昭和九年十月より翌十年九月に『宮澤賢治全集』全三巻が東京神田の文圃堂《ぶんぽどう》(古書店)から出版された。南吉の本棚に三巻全集があるのは必然といえる。南吉がこの三巻全集からどれほど影響を受けたのかはわからないが、巽聖歌

（賢治と同郷）がこう書いている。

〈文圃堂にはそのころ福井研介君がおり、賢治全集が発行されるごとに、わざわざ届けにきてくれた。届けに——というより、私にあいにきてくれたのであろう。三巻の発行に一年ほどかかったようだったが、南吉ももちろん、そのつどに読み、難解な方言を聞きただし、賢治のひととなりについて、質問したりしていた〉（巽聖歌『新美南吉の手紙とその生涯』二六〇—二六一頁）

3

巽聖歌（野村七蔵）の妻野村千春は、師中川一政《かずまさ》のいる春陽会に属す絵描きで、そんなところから巽のところに出入りする清水や南吉なども絵のモデルにさせられていた。河合が松葉館の正面の階段を上がってその左側にあった部屋で見たカンバスのまま立てかけてあった油絵、学生服の男を描いた野村千春の作品を見て南吉をこう読み解いている。

〈しかし、ああして己の肖像画を堂々と飾っていたことからみると、君はあんがいナルシストであったような気もして、ほほえましくなる〉（河合弘『友、新美南吉の思い出』六〇頁）

南吉をナルシスト（自己陶酔型の人）だとする河合の見立ては意外に的を射ているかもしれない。中学の同級生数人と写した写真で一人だけ横を向いた写真が知られているが、横を向いた写真は他にもある。自分の顔を撮られるのがきらい、よって写真ぎらいかというと、そうでないかもしれない。嫌いなのはそれだけ自身を強く意識している証《あかし》である。見てくれに無関心ではないということである。

東京外語四年の英語劇「リア王」では、女装した南吉が記念写真におさまっている。『校定新美南吉全集』の年譜には、次女リーガン役、とあり、近衛師団入営中の榊原畑市《さかきばらはたいち》が東京外語訪問、化粧姿の南吉に会っている。年譜によればそのあとドーランを落とさず巽宅へ、とある。前者は榊原の、後者は清水の直話という。四年で英語劇に出たのは、四年生だけが参加することになっていたから。演劇が好き、注目されることが好きな南吉を自己陶酔型の人、ナルシストと見たのはまさに友、河合弘の卓見というべきか。ついでにというわけではないが河合は南吉についてもう一つ重要な特徴を示唆《しさ》する。それは南吉の本の読み方である。

〈さあれ、君の大好きなのは鱒二《ますじ》と犀星《さいせい》であった。ついでながら、よく話題にのぼった作家のうち、今なお健在（しかも傑作を書いている）なのは、鱒二くらいではなかろうか。この人の新作（題名は忘れたが）で、さる男が友達に恋人とのことをのろけている中に、プレゼントに買ってきたストッキングをじぶんではいてみせる、という場面をひじょうに面白がっていた。これは鮮やかなエロチシズムが気に入ったのでもあろうが、空想的なユーモアを巧みに書いた点に興味をそそられたようであった。

（中略）

君の読みかたは、いわゆる古典の名作についても同様であった。たとえば、トルストイの『戦争と平和』にしても、ふつうのように登場人物たちの思想を論じるなどということはまずなくて、――ぬかるみ道を行く馬が、すぽんすぽんと接吻《せっぷん》のような音をたてた――、という描

写に感激していた〉（河合弘『友、新美南吉の思い出』四二頁）

河合は南吉を語るとき「実際的」という言い方を多用する。河合の言う実際的をくだいていえば、現場主義、有効性、とでもいえばいいだろうか。楽しみで本を読むのではないと主張する南吉にとって本は書き方を学ぶ実戦の道場に同じ。自分にひびいてくるものだけが栄養になる。だから、ジャンルは問わない、自分の好みかどうかも関係しない。こころにのこるものを極上とした。演劇全集からも、絵描きからも、レコード音楽からも学んだ。好きで本を読むのではない、南吉ははっきりそう言っている。

アンダンテカンタービレは、おだやかな曲である。聴いていていつかどこかで聴いたと思わせるポピュラーな曲で心をたかぶらせない、いい意味でゆさぶりをかけてくる曲ではない。この曲がいいと南吉から聞いたのは清水たみ子であった。やはり巽の家の帰りである。南吉が清水をお茶にさそった。清水はそのときの様子をこう描写している。

〈巽さんの家からしばらく歩くと、西武線の中井の駅がある。その近くに喫茶店があって、クラシックのいいレコードをきかせるというのだ。（中略）新美さんは、だまって入り口の右手のまどぎわに座った。歩くと粗末な木の床がコツコツ鳴るので、足音をたてないようにそっと、私も新美さんの向い側に座った。すると、ぴたっとオーケストラがやんだ。そしてじきに、チャイコフスキーのアンダンテカンタービレの美しい旋律《せんりつ》がながれだした。新美さんは、「ほーらね」というように、私の顔を見てわらった。終ると、もう一ど同じ曲がくり返しかけられた。新美さんは、もう一どにんまりわらって、私を見た。その顔には、幼いいたずらっ子のようなとくいげな表情があふれていた。

アンダンテカンタービレ、ほんとうに新美さんのすきそうな曲だ、と私は思った〉

アンダンテカンタービレの余韻が尾を曳くようにこのあとも清水のことばがつづく。

〈それから、まじめな顔になって、「アンダンテカンタービレのような作品（文学の）が書きたい」といった。

「小さな太郎の悲しみ」や「ひとつの火」や「去年の木」のような、美しい哀愁にみちた南吉の童話を読むと、私は、あの日の新美さんを思い出す。そして、〝すべての芸術は、音楽の情態をあこがれる〟というウォルター・ペーターのことばを、なにかで読んだけれど、私は新美さんが「ひとつの火」や「小さな太郎の悲しみ」や「去年の木」のような作品を書いていると き、その心の奥には、美しい旋律がながれていたにちがいない、と思えてならない〉（『校定新美南吉全集』第十巻、月報）

南吉は清水にこう言っていた。

「アンダンテカンタービレのような作品が書きたい」と。

昭和十年に書いた「蛍のランターン」の中で南吉は自身の音楽観についてこう言っている。

〈私が音楽をきくのは、それがただ単に好きだからといふのではない。音楽をきいてゐると文学のことが考へられるからきくのである。私から汚い粕《かす》が落ちていつて、私の精神がすつきりと美しくなつて、明瞭に文学のことが考へられるから好きなのである〉（『校定新美南吉全集』第九巻、二〇七頁）

南吉の外語時代を見て意識されるのは中学時代のように一本調子ではないことである。どう進むべきか、路を決めかねている南吉がいる。南吉の詩「墓碑銘《ぼひめい》」はタイトルだけを見ると意表を衝《つ》かれたような気にさせられるが、詩の言葉をたどっていくと南吉のうぶな気持ちに再会することができる。なお、『校定新美南吉全集』の編集者として参画した保坂重政《ほさかしげまさ》によれば、南吉が書いた原題は「新美正八の墓碑銘」であるという（保坂重政『新美南吉を編む』二〇〇〇年、三〇―三二頁）。詩「墓碑銘」は南吉二十二歳、東京外語四年、昭和十年八月三十一日に書かれた。（『校定新美南吉全集』第八巻、二〇四―二〇五頁）

墓碑銘

この石の上を過ぎる
小鳥達よ、
しばしここに翼をやすめよ
この石の下に眠つてゐるのは
お前達の仲間の一人だ
何かの間違ひで
人間に生れてしまつたけれど
（彼は一生それを悔ひてゐた）

魂はお前達と
ちつとも異らなかつた
何故なら彼は人間のゐるところより
お前達のゐる樹の下を愛した
人間の喋舌る憎しみと詐りの
言葉より
お前達の
よろこびと悲しみの純粋な言葉を愛した
人間達の
理解しあはないみにくい生活より
お前達の
信頼しあつた
つつましい生活ぶりを愛した
けれど何かの間違ひで
彼は人間の世界に
生まれてしまつた
彼には人間達のやうに
お互を傷つけあつて生きる勇気は

とてもなかつた
彼には人間達のやうに
現実と闘つてゆく勇気は
とてもなかつた
（後略）

聖歌が出した南吉の詩集のタイトルが『墓碑銘』（英宝社）、墓碑銘ということを知らずに閲読を乞われた与田が書名に推したタイトルも「墓碑銘」だった。聖歌から推薦文を頼まれた伊藤整は、「彼は自分が何に感動したのかを知っている。確かに知っている。そして、それをどのように表現すべきかを知っている」と書いた。その詩集に『『墓碑銘』のそばに』を寄稿した与田は、「彼の〝精神の素顔〟がここにある」と書いた。

聖歌という南吉のもっとも近くにあった詩人がこの本の解説でもらした「南吉の詩は、わたしもまた、生前はあまり多くを見ていない」という驚きの中にこそ南吉のもう一つの表情があるのかもしれない。

素顔ということで言えば南吉の素の気性を伝える詩ではないこの一文も忘れることはできない。東京外語の卒業アルバムに書いた意志である。（『校定新美南吉全集』別巻Ⅱ、四六頁）

鳥がとびたつのはがけつぷちや

梢や塔の頂からばかりではない
地上のあらゆる點からとびたつ
何故なら鳥にはとぶ意志が
あるから

卒業まで一気に走ったのはいささか早とちりであったかもしれない。昭和六年代用教員を務めていたころ知り合い、交際をつづけていた木本咸子《みなこ》との別れに触れておかなければならない。結論からいえば、昭和九年二月の喀血、翌十年、岩滑でも有数な地主の長男で、南吉と同じ「オリオン」同人の遠藤峯好《みねよし》から、木本咸子への結婚の申し出があり、南吉との交際は幕をひく。その地主の畳を縫う父多蔵。同十年十二月三十一日「詩稿ノート」に書かれた「父」は、どうにもならぬ非力な自分と畳を縫って届けるしかない父親の後ろ姿を書いた。先の「墓碑銘」にならぶ詩人南吉の心をうたった一篇である。(『校定新美南吉全集』第八巻、一九二―一九三頁)

父

わが父は　われを棄てしをみなが
嫁ぎゆく地主の家の

畳縫ひたまふ
なりはいなれば　寒き夜を
ともしびかゝげ
力をこめて　ひたに
縫ひたまふ
わが子は貧しきが故に
見棄てられしと思はば
父の口惜しさいかばかりならむ
されど父よ
人な恨みそ
まことはわれのかのをみなを
愛すること少なかりし故ならむ
げに父よ
心して縫ひたまへかし
その青き畳の上に
春立ちかへるころいとなまれん　かの
をみなとかれが夫の生活に
よき日はあれと祈りつつ。

東京外語時代を語るに喫茶店とレコードだけで終わるのはいささか気がひける。南吉の書評「デブと針金」は後の章でも採り上げるがここでも少し触れておきたい。書評の「デブと針金」はアンドレ・モロアの童話でそれはそれでいいのだが、書評の中で南吉がこう書いているのが注目される。

〈「死」によつてヒツトしたフランスの作家ブールヂエのものは、遂に全集になつて出てゐるやうだ。今更全集を出さねばならぬ程の作家とも思へないが、売れるからには本屋の方で出すのだらう。一頃大騒ぎしたジイドにしても、同時に二つの出版屋から全集が出なければならぬ程の大した作家とは思へない〉（『校定新美南吉全集』第九巻、二三六頁）

ここで南吉がいう二つの出版屋とは、金星社、建設社の『ジイド全集』（昭和九年刊）をいう。ジイドの『地の糧』『背徳者』『一粒の麦もし死なずば』を読み大騒ぎしたなかに南吉もいた。聖歌がこう書いているのだ。

〈梶井基次郎や嘉村礒多を愛し、ユトリロのパリにあこがれ、リルケやジイドに傾倒した〉と。（『新美南吉の手紙とその生涯』四七頁）

童謡を中心とした同人雑誌「チチノキ」（昭和五年三月から昭和十年五月）は南吉の東京時代とほぼ重なる。南吉の近くにいた清水たみ子が南吉を評してこう言うのはその才能を身近に見た文学者の目として尊重したい。清水は南吉作品をこう言った。

「詩が核になっている」と。

次に挙げるのは東京外語一年、昭和七年五月二十二日に「チチノキ」に掲載された「月の角笛」である。第四連第一行にあるをばは、知多方言特有の言い回しである。(『校定新美南吉全集』第八巻、三四頁)

月の角笛

月が角笛
夜ふけにふいた。

ぽうぽうぽうよ、
ぽうぽうぽうよ。

犬が野原を
めぐつてないた。

　ぎりり、時計のねぢをばまいて
牧師が階段、ことことおりた。

月が角笛
とほくにふいた。

ぽうぽうぽうよ、
ぽうぽうぽうよ。

牛があくびを
あわわとやつた。

　からら、シヤーレの窓をばしめて
ああ、ああ、遠いと乳屋がいつた。

親友らと中学卒業の記念に（昭和６年３月）
左から、榊原太郎平、花井仁六、榊原徳三、山口正吾、新美正八
新美南吉記念館所蔵

学芸会の後で担任する２年生たちと（昭和６年、月日不詳）
中学を出てすぐの代用教員時代　新美南吉記念館所蔵

第1回宮沢賢治友の会での南吉（昭和9年2月16日）
東京・新宿モナミで開かれた会に南吉は巽聖歌とともに出席する。この会は前年9月21日に亡くなった宮沢賢治の文学を世に広めようとする草野心平の呼びかけで開かれた。後列右から巽聖歌、南吉　新美南吉記念館所蔵

中山ちゑ
「聖火」30号より転載

木本咸子
知多高等女学校　新美南吉記念館所蔵

緑陰で読書する南吉（撮影年不詳）
「聖火」18号より転載

南吉　アンドレ・ジイドを気取って　明治神宮にて
（昭和8年11月4日）
「日光の直射をうけるとこけた頬がはつきりとわかるので自分はなるべく日かげでとりたいと云つた」（日記より）
「聖火」4号より転載

第5章　帰郷

1

昭和十一年（一九三六）東京外国語学校を出た南吉を雇ったのは、東京市麹町区丸の内三ノ十四にあった東京商工会議所内の東京土産品協会である。仕事は東京でひらかれるオリンピックの観光客目当てに売る玩具、菓子類の英文カタログの制作であった。在学中に翻訳の仕事をしたのと同様の、英語力を生かした仕事に就いた。それは理想とした職業とは遠いものであったろうが、それでも東京にいたかったというあたりが本音であろう。南吉にとって自分の庭のような丸の内が職場になった。

大垣で静養する河合弘は、南吉からの手紙で右のように記憶した。だが当の河合が記憶ちがいだったとして自著にこう書いている。

〈澄川稔の「教育会館の一室（三階）にあった貿易協会」というのが信用できるかと考えられ

る（中略）同級生たちが、それぞれいちおうの職に就いて活躍を始めているのに、名も知れず、先輩にも来てもらいたくない所で、ろくに仕事もなく、しかも三十円足らずの安月給で働かねばならぬのに、どうして楽しいはずがあろうか。まして、教育会館といえば母校のすぐそばの建物である。もし、その部屋が南に面しているならば、窓のすぐ下に、学校の裏の外濠が眺められたはずである。あの江戸時代のままの石垣、濠の濁った水、雉子橋のたもとの塵捨て場、そこに集う達磨船の群れ、そして母校の低い屋根の連なり。君はどんな眼で、それらを眺めていたのであろう〉（河合弘『友、新美南吉の思い出』一〇九―一一〇頁）

同じ東京外語に通った友ならではの文章であり内容である。

しかし南吉は勤めはじめて半年ほどで二度目の喀血、病床に就く。

看病につくす巽聖歌はその前後の様子をこう書いている。

〈二、三ヵ月でまいってしまった。その年は暑い夏だったが、ときたま早く帰って彼を見ると、驚くほどの変わりようだった。八月の末か、九月に入って床についたように思う。写生旅行に信州へ帰っていた妻を呼びよせ、看病のほうを任せた。派出婦にきてもらっていたが、一時間おきぐらいに取り換えねばならぬ浴衣《ゆかた》に、私も派出婦も音《ね》をあげていた〉（巽聖歌『新美南吉の手紙とその生涯』四六頁）

六か月というより数か月で体調をくずしたことがわかる。南吉が床に就いた下宿は松葉館である。新井薬師前駅に近い、巽の言い方でいえば、狭い階段をのぼって、ひとり立つことがやっとのような廊下の向こうに、南吉の部屋があった。暗い部屋だったというそこに巽が通い、また妻の野村千春がスープを持って通った。看病のかいがあってなんとか帰郷できたのが十一月十六日の夕方、両親が夕食中のところに帰った。

そのあとのことについては南吉本人が小説「帰郷」(『校定新美南吉全集』第六巻、三七九—三九一頁)に書いている。ただ東京から帰ったわけではない。昭和九年・十一年と二度喀血し、治る見込みのない体になっての帰郷。結核は死と同義語の時代だった。

2

身の置きどころがない。仕事をやめ岩滑に帰ってからの二年がこの期間にあたる。働くに働けない、挫折である。

昭和十二年三月二日は長い日記になった。午前は性慾から逃がれるために『カラマーゾフの兄弟』を懐に喫茶店へ、午後はカフェーまるまんの女給のしぐさを書き留める。日記は女給を観察したそぶりだが詳しいことはわからない。カフェーの二階に上がりたい、が顔に出ていたのかも。毎日近くをぶらぶらすれば顔は知られていただろう。この日の日記は長い。その後半部分である。

〈私はまだ自分の体が父や母の考へてゐる程よくなつてゐないことを正直にいつた。それがひどく彼等を落膽《らくたん》させてしまつたのである。母はまたいつもの愚《ぐ》ちやらうらみ言《ごと》をいひ出すのである。父や母の気持ちもよく解る。あらゆる楽しみをさけて私一身にそそいで来た汗と血の莫《ばく》大《だい》な金銭。世間に対する敗北感。これから先の苦しみ等。思へば実に彼等こそ気の毒である。しかしながら今の私にどうすることが出来よう。自分の体に自信のない私はいつまでにはなほるからそれまで待つてくれと将来を約することさへ出来ないのだ。強いて今の私に求めるならば、ただこれからの彼等の負担をいくらかでも少くするため自分で自分を亡ぼすばかり。さう云う覚悟はしてゐると母に話したら、それこそ野暮な話ではある。親の口から死ねと云へるものでないといふ尤もな話。その口振では或ひは死んで欲しいのではないか、と思つたが、いや死んでくれとはつきり言葉で云つて貰ふまでは、と自分の胸の中でいひのがれする。要するに死にたくないのだ。

飯のあとで奥の間にきて耳をそばだててゐると、父と母は店で火鉢をかこんで、もうこうなればきりつめて生活するより致し方ない、新聞も止さう、ラヂオも止さう。離れの方に便所と火たき部屋を造つて人に貸さう。もう今夜は風呂をたく元気もないから今夜は止さうなど話してゐる。一々きいてゐる此方の胸をえぐるやうで、やがて息までつまつて来るのであつた。死ねたら死にたい。しかしかうした最後のどたん場に来るとどうしても死ぬ気は起きない。たわむれなればこそ死なうなど思つてみるのだが。しかも父の、あんなものはもう死んだつていいといふ言葉が聞えて来るのに。これは死刑の宣告のやうに恐ろしい言葉だつた。がーんと頭が鳴つて動悸《どうき》が急に速くなつて来たほど。黙つて父母の傍を通りぬけて離れへ来る途中、一かばちか半商の先生を志願して見ようか、志願する意気だけでも父と母を元気付けるだらう。それならば己の体はどうならうと——いやまて、直俺は己れの体などどうならうとと考へる。こいつがいけない。現に死ぬのはいやだとつくづく思つたばかりではないか。と反省して、それでは、この体がどの程度に恢復して来てゐるか検べて見よう、その結果を見てよかつたら父と母の意を迎へて見よう。と離れへ来ると自分の胸をはだけて、指で叩いてしらべた。患つてゐる方の胸は左手の指でしか叩けないのでよくは解らないが以前と比較して余程よくなつてゐるらしいのでやや意を強くすることが出来た。

憶へば余は僅かばかりの己の文才のため身をあやまつてしまつた。この文才のために途方もない夢を持ち、この夢のために馬鹿なふるまいばかりをして来た。

健康回復が第一。決して小説の筆はとらない。長い手紙は書かない。読書にはこらない。馬鹿な散歩はしない。
次に倹約。喫茶ゆきは全然はいし。封書は出来うる限り書かない。

私は最後まで自分の惨《みじ》めなことは人に告げたくない性質だ。江口先生のところで、家庭の事情はどうか、ときかれたとき、弟がうまくいつてゐるので父母は精神的にそれで救はれてゐると楽観的なことを云つたし、遠藤先生にもそれほど苦しい状態にはゐないと思はせてある。私はあまりに惨めな状態を人に告げるとその人がそのために私を嫌ふだらうと本能的に思ふのである。恰度《ちょうど》人が手足のない乞食から眼をそむけるやうに。さうして見ればこれは自衛心であつて虚栄心ではない。果して自分の体はよくなるであらうか。仕事にたへうるほどの健康をうるだらうか。私には不可能なやうに思へる。何故なら病気になる前に於てすら自分の体は仕事にたへうるやうな体ではなかつたからである。自分には子供の時分からそんなよい状態は一度もなかつたやうな気がする。現在の病気が平ゆしたとて依然として脆弱《ぜいじゃく》であらうことは火を見るより明かだ。ああ、希望はない。希望はない〉（『校定新美南吉全集』第十一巻、二〇八―二一二頁）

引用をどこで止めようと迷いながら、結局日記の最後の一行まできてしまった。切れなかった。日記からは自身の状況を書かずにおられなかった南吉の文学者としての魂までが透けて見える。本音というばかりではない。河合の見立てを裏打ちする記述としても読める。

療養中の南吉が巽に送った手紙がある。昭和十二年三月二日の日記以前の情況である。

〈「（前略）小説の筆は、今年（筆者注：昭和十二年）になってから、一度もとりません。体のためを思って、折にふれて動く創作心を抑えています。なにしろ、現在のところ、体のことを一番先に考えねばならないと思っています。この間もねていて、こういうことを考えました。

もう自分には、何一つ、これという欲望がない。それは仮令《たとい》欲望を持ったとて、それを実現することは殆ど不可能にひとしいからだ。併しただ一つ欲望がある。健康になって、自分の空想を思うままに、紙の上に吐き出して見たい。自分の欲望の世界を息のつづく限り、空間にひろげて見たいという欲望である。この一つの欲望のために自分はもう一度、筆を持ちうるような状態になりたい、と考えたのでした。

自分もまた、人生において、何事かをなしとげたいと思うタイプの人間の一人である故やむを得ません」〉（一九三七年一月十七日推定）（『校定新美南吉全集』第十二巻、四三四―四三五頁）

巽聖歌は後に南吉の「何事かをなしとげたいと思うタイプ」のそれをとらえ自著にこう記す。

〈宮沢賢治もこの病気だったようだ。南吉の生涯に、賢治と似ているところがあるとすれば、こういうところであろうか〉（巽聖歌『新美南吉の手紙とその生涯』九頁）

賢治と浅からぬ因縁を持ち、賢治の童話集上下巻（新潮文庫）の解説をした同郷人の聖歌の言葉であるだけに重い。聖歌は南吉と賢治を同じ病気、とみたてたのだ。

昭和十一年十一月十六日に帰郷し、十二年四月に河和第一尋常高等小学校に代用教員（三か月期限）の口を見つけるまでの四か月間、療養・静養といった言葉は聞こえてこない。療養・治療は二の次といった風だ。もっとも「言いだせなかった」というのが真理だろうが。同じ病気になった河合弘が同時期に、家で安静にしていたのと大ちがいである。

といっても南吉がまったく療養しなかったなどと決めつけるつもりは毛頭ない。昭和十一年十一月六日の河合弘宛ての手紙。

〈（前略）僕は大分よくなつて来た　昨今では二度の食事を床の上に坐つてしたゝめる五六日前部屋の中を一周して見たら案じた程でもなく壁にたよる必要もなかつた　熱はここ十日あまり打続き平熱である　僕も亦たいくつしてゐる〉

年が明けた十二年一月七日の手紙はさらに回復を印象づける。

〈（前略）君の手紙拝見して驚きました　自分がよくなつて行くので君も同じやうに快方に向つ

ていることと思つてゐた　一月十五日にはやつと許しが出て弟と名古屋へ遊びにいくことになつたので君も誘つて見ようかと思つてゐたのでありました〉

当時、結核にかかれば助からない、というのが世間の常識であった。それほど怖い病気とされ、安静にするよりなかった。ストレプトマイシンとイソニコチン酸ヒドラジドなどによる化学療法が登場するのは昭和二十年代後半になる。

昭和十二年一月二十九日の手紙にはこちらの驚くことが書かれている。

〈(前略) 僕は現在大衆文学に「色目を使つてゐる」理由はいはずもがな〉

療養生活も一定の安定期に入ったと思われる昭和十二年二月二十三日の手紙では河合との出会いが突然語られる。手紙からあの宮沢賢治が〝ただ一人の友〟保阪嘉内にいだいた男性同士がつながる（賢治でいえばデンシンバシラでつながる）賢治の感情に近いものを南吉も持っていたのだな、と気づかせられる。

〈ショパンの舞踏曲をきいてゐて猛然君のことを憶ひ出した　別れの曲をシネマパレスで見たのは去年の今時分ぢやなかつたらうか　あれが遂に僕等の別れの曲になつてしまつたのだ一年前君と喫茶店で過した楽しい時間がまざまざと今眼の前に甦つて来る　僕等はよく喫茶店にいつたね、(中略) 全く二人はよく喋舌つた。傍に人なきが如く。何をあんなに話すことがあつたのだらう。そして二人は一度一しよになるといつまでも、いくつ喫茶店をわたり歩いても離れることが出来なかつた。市川の方へゆく電車がまだあるかどうかを気使はねばならぬ頃までうろついてゐたことも二三度はあつた。ああした情熱が二人の体を悪くしてゐたんだね。

遂々お互ひが倦怠してしまつて、一度、僕が随分ひどいことを君に云つて、君はぷんと怒つて帰つてしまつたことがあった。僕はあの時デカダンスの果にヴェルレーヌがランボオを撃った気持ちが解つたやうな気がした。あれは神田の鈴蘭通りだつた。

君といふ人間は異常な存在だ。少くとも僕にとつては。言行の数々を思へば思ふほどさういふ感が深い。僕は君に対して殆んど同性愛的なものを感じてゐた。最初見た時から君は僕の眼をひきつけた。それは入学式の時だつたが。それ以後一度君と話したいと思つてゐたのだ。その宿望が或る小春日和の日叶へられたのだつたが、あの時の歓喜、胸のときめきなど今も忘れない。それから二人の惑溺ともいふべき交遊が始まつた。

すぎて見れば君と僕とが持つたあの一つの時期は僕にとつては一つの恋愛体験に等しい。たとひ失恋に終つても本当の恋愛はあとから憶ひ出して楽しいやうに、今君のあの頃のことを憶ふのは悲しいほど楽しい。（後略）〉（遠山光嗣「河合弘に宛てた二十七通の手紙――『校定新美南吉全集』未収録書簡」／「新美南吉記念館研究紀要」第十四号、二〇〇七年）

なぜ南吉はこんな手紙を書いたのだろう。桜の咲く入学式のときから、南吉が河合を呼び止めた枯葉散る小春日和のそのときまで。南吉は床にあるあいだ東京外語時代を思い出していたのかもしれない。物音一つしない部屋で突然レコードがまわるように昔がたぐり寄せられた。青春をなつかしむには早いが碁石をならべる日常が何かのはずみでスイッチをいれさせた。

河合に手紙を書いて四か月、南吉は河和第一尋常高等小学校の代用教員になっていた。勤めると気力の出方までちがうようだ。同僚教師・山田梅子《うめこ》とのつきあいがいきおいに拍車をかけた。五年前、漱石の弟子の三重吉によって全国誌の門「赤い鳥」をくぐった南吉が漱石の「明暗」をこう読んでいる。五月九日の日記後半である。

〈漱石の明暗を半分程読んだ。この厖大《ぼうだい》な、と云つてもよいほどの小説が要するに一つのことを言はんがために構成されたことを思へば、冗漫であるともいひうるし、よくもそんな芸当が出来たものだと賞賛したくもなるのである〉

本を読みつづけてきた南吉だから、読みとれるのだろう。賞賛という語も持ち出しているが辛辣《しんらつ》、いや冷静である。

〈この小説は真の意味の傑作ではない。描写は緻密《ちみつ》でぬかりないが、とり扱はれてゐるテーマが浅いのである。深くなりうるテーマなのだが浅いところで終つてゐるのである。といふ気がする〉（『校定新美南吉全集』第十一巻、二四八頁）

南吉の射程にあるのが「小説」であることを、これほど明瞭に示したものはめずらしい。だが期限付の代用教員の行く手は無職でしかない。

3

昭和十二年九月一日、新美正八は地元半田の杉治《すぎじ》商会にいた。配合飼料を扱う会社に就職が決まったのである。

半田名物何かと問えば
御酢とビールに鶏の餌

中埜《なかの》の酢《す》、カブトビール、養鶏飼料、どれをみても日本一というわけである。杉治商会には「配合飼料」の祖と呼ぶべき杉浦治助《じすけ》がいた。半田駅の側線から飼料列車が編成され、日本全国に送り届けられた。その杉浦治助が「ひとのみち教団」に出会って信徒になったのが昭和八年、宗教というより、生き方を説く教団の教えが事業家杉浦治助の心をとらえての入信であった。従業員にも入信を勧め、寄宿舎に入れて教育したのも「人のために生きる」人間をつくる実践であった。正八も鴉根《からすね》山の寄宿舎に入った。昼間は農場で働き、夜は寄宿舎で寝泊りする新しい生活が始まった。

鴉根山畜禽研究所育雛部《いくびょうぶ》、などというといかめしいが、農場で飼っているニワトリの世話係である。鴉根山は知多半島の背骨にあたる丘陵の一角、キツネもタヌキもいる山の中。当時の農場の建物を書き上げるだけでもその規模が知られる。鶏舎三十五棟、豚舎八棟、厩舎二棟、実験室一棟、農具倉庫三棟、住宅五棟、寄宿舎二棟、変電所。その総面積は百二十町歩であった。

朝昼晩の食事も寄宿舎内の食堂でとる軍隊並みのその二日目に、正八は河和第一尋常高等小学校の教師山田梅子に手紙を書いていた。

〈勤労生活第二日目。たいへんうまくいつてゐる。体の點全然心配はいらない。

僕らは育雛部という部門で鶏のひよこの世話をするのである。ゴムマリ位のひよこが百羽程づつゐる部屋が十三四ある。僕らはみんなで十一人ゐる。それぞれ仕事を分担してやるのだが僕は一般管理という役目で、つまり何でもやるのである。菜つぱを刻んだり、餌をやつたり、床をかへたり、掃除をしたり、死がいを片付けたりする。実につまらないようなことばかりだが僕は一生けんめいである。一人前しとおせるかどうかゞ今の僕の一番の関心事だからだ〉

このとき正八の頭にあったのはみんなと同じに勤まるかどうかであった。

南吉の日記は七月五日を最後に二か月ほど止まる。

再開は、〈鳥《ママ》根山の畜禽研究所に来て丁度一ヶ月〉と書く十月三日である。翌四日の日記に中学の恩師遠藤慎一夫婦がたずねて来たことを書いている。正直に書いたとは思えない意図の解せない文面になっている。

〈松本君を送つて帰つて来ると遠藤先生夫婦が鶏舎の金網の前で待つてゐられた。遠藤先生は義理をとほすのが主な理由で、それに性来の好奇心も手伝つて来られたのだが、夫のいふとほりになる奥さんは、何となしに、夫のいふがまゝについて来たのである。そこですつかりくたびれてしまつて、鳥も羊も見る元気がなくべつたり腰を落したまゝだつた〉

この日のことは書けない。一行の余白を取って書かれたそれは本音といっていい。

〈本当に困つてしまつて、もうどうにもならない話をされると話される方でも困つてしまふものである〉（『校定新美南吉全集』第十一巻、二七五頁）

九月一日から勤めた南吉が杉治商会としての正式な給料を手にするのは昭和十二年十二月二

十六日のことになる。二十六日の日記。

〈昨日給料を貰った。十二月分給料弐拾円〉

十二月十二日の日記に〈この何くそと思ふ気が起る様になつたことは実に何年ぶりだらう。これでやつと自分の軌道にのつた気がする〉と書いた南吉だったが、給料袋の金額をどう納得できたのだろうか。

鶏舎の前で何があったか。その書かなかった日のことを、後年、遠藤慎一が語っている。

〈鳥根山の畜禽研究所に新美君を家内と二人で見舞つたことがあります。ただでさえやせている新美君が毎日たくあんと梅ぼしばかりの生活でと、げつそりほほもこけてしまつているのにはこちらも涙をもよおすしまつでした。新美君も泣いて話も制限時間があるといつてゆつくりできず、後ろ髪をひかれる思いでした〉（遠藤慎一「巽さんと南吉と私」／「聖火」六号、一九六六年）

勤めて一か月の職場に南吉をたずねた遠藤慎一。その遠藤と半田中学で同僚であった佐治克《さじかつ》己《み》の協力。この二人の尽力が南吉に「中等教員免許状英語」取得の道をひらく。それに加えて佐治克己が校長を務める安城高等女学校への赴任が決まる。尋常小学校でなく中等学校である女学校への就職こそは、南吉の長く夢見たものであり、まさに挫折のあとギリリと舞台がエキセントリックな音を立てた場面展開ということができる。

遠藤慎一は明治三十五年山形市生まれ、山形高校から東大の英文科に進んで昭和三年卒業。学生時代に胸部疾患をやり、郷里に帰るとまた病気に悪いということで半田中学に就職、と本人が「聖火」の世話人で中日新聞社に勤める渡辺正男に語っている。

第6章　三河の女学校

1

昭和十三年（一九三八）四月五日、前日の入学式につづいて始業式が愛知県安城《あんじょう》高等女学校の講堂であった。新年度入学の一年生を加えても二百人少し、一学年一クラス、四年制の小さい女学校の始業式で新任教師新美正八の挨拶があった。

ただいま、佐治校長から御紹介のありました新美正八であります。シャクハチではありません。けさ、学校へ来る汽車のなかで、いっしょに乗り合わせたこの学校の制服を着た生徒が、「今度来る英語の先生の名前はショウハチって言うげな、おじいさんみたいな名前だね……と笑い合っていたけれど、僕はごらんのとおりのハンサムな先生であります。よろしく。

この年、新任の教師は南吉ひとり。その新任の挨拶で、登壇し、降壇する南吉はこれだけの言葉を発した。逆に言えばこのほかの言葉はすべて節約した。よろしく、の前に間を入れたのはもちろんである。頭も下げたという。誰から聞いたとしないのは、おおよそこれが生徒共通の記憶だからである。

南吉はこのとき教諭心得、俸給七等俸、俸給七十円、四月に入学した五十六人の主任、今風にいう担任になった。

生徒二百、教職員十六人の女学校といっても、講堂と四つの教室があればすむというわけではない。東西に三棟の校舎がならび、その三棟を串差しのたて棒のように中央廊下が通っていた。中央廊下の北端が正面玄関、南端を出ると運動場がひろがりその先には松林があった。創立時の大正十年から、農業を重視する学校の方針もあって校舎の西には農園があった。

一年生の教室は、中棟《なかむね》にあり、教室には一列八人、横七列、五十六人が一人机で座った。

新任教師がはじめにやったことは、生徒を廊下にならべ、端から順に名前を言わせること。生徒から名前を聞いた南吉は、生徒の名前を復唱し、生徒ごとに短い言葉をかけていった。五十六人まで言わせると今度は校内を自由に見学させた。自分のクラスの生徒を見つけたら、その場で名前を言う、と言い渡しての解散だった。南吉はクラスの生徒を見つけるたびに名前を言っていった。担任の先生が自分の名前を呼んでくれた。入ったばかりの女学校で先生の口から名前が出る。それは、生徒にとって尋常小学校時代に体験しなかったうれしいことだった。

南吉の担当科目は一、二、三、四全学年の英語と一、二年の国語、そして一、二年の農業。国語とあっても、国語とは別枠で作文と習字が週一時間であり、それぞれに点数がついた。国語、作文の担当は古参の戸田紋平《とだもんぺい》、習字は古寺《こでら》研珠だった。

女学校で作文を教えたい、これが新任の英語教師が申し出た希望だった。普通なら一蹴《いっしゅう》される新米のわがままな言い分であるが、教頭格の教務主任大村重由《おおむらしげよし》が国語担当の戸田と話し合って南吉の希望どおりに決した。とくに面倒を見てくれるよう頼まれていた先輩教師戸田紋平が自身の担当を譲る形になった。校長佐治克己の前もっての口添えがなければならない話ではある。南吉に国語一、二年を譲った戸田は図画にまわった。

このとき国語を南吉に譲った戸田は南吉の日記の中でだれよりも辛辣に書かれる一人だ。だが、もっともひどいことを書かれた戸田がいることで、もっとも恩恵を受けたのは南吉なのだった。

2

五月に「私の世界」と題する一文を南吉は女学校の学報（年三回発行）に書いた。新任教師の挨拶文である。学報は新聞の四分の一ほどの大きさで毎学期の初めに出る。一学期号の発行は五月十五日。印刷を業者にたのむ立派なものである。

〈東京にゐた頃、一度武井武雄《たけいたけお》といふ子供向きの絵を描く画家の家へ行つたことがある〉

こんな意外な書き出しで童話画家の家を手際よく紹介していく。(『校定新美南吉全集』第九巻、二一〇—二一二頁、以下同巻から)

南吉が語るところによれば、武井武雄(一八九四—一九八三)は一風変わった絵を描く実在の画家。明治二十七年生まれ、大正八年に東京美術学校西洋画科本科を卒業。

武井の部屋の中にある一切の家具調度の類は一つとして武井のデザインにかかわらないものはない。南吉も〈実際いつて見ると一時間とゐることが出来ない程いら〳〵してくる〉と書く。どうも武井の描く絵本そのままが部屋になっているようだ。

南吉は武井の家を下敷きに、学報の読み手を〝南吉の家〟にいざなう。南吉がその本領?を発揮するのはここからだ。

南吉は新美南吉の私の世界を見ようとして来た人たちに小さい声でこうささやく。

〈シャルル・ルイ・フイリツプといふ門をくゞらねばならない〉と。あなたはフィリップをご存じありませんかと問う。もちろん当時も今もご存じの方は少ない。それを承知のうえでの挨拶である。心得ておりますとばかりに南吉が言う。

〈あなた方は恐らく誰もフイリツプのことを御存知あるまい〉

こうふって、フィリップはフランスの田舎《いなか》の或《あ》る小さい町で、木靴造りの子供として生まれ、貧しい人々の間で育ったと紹介する。

南吉は次の扉にアンデルセンを立たせておいて、ここでもまた靴屋を父に生まれたと解説する。アンデルセンなら知っているだろうといささか挑発的に。次は家の中にはいって家具調度を解説する段取り。しかしここは名前だけ挙げるにとどめようとならべたてる。聞く者は有名人の品評会場か人物辞典の中にいる気にさせられる。人名がシャワーのようにそそがれる。

〈アントン・チエーホフ。ニコライ・ゴーゴリ。ウイリアム・バトラ・イエーツ。トオ・トルストイ。キヤサリン・マンスフイールド。宇野浩二《うのこうじ》。ジユール・ルナール。アナトール・フランス。ハドソン。ラゲルロフ。井原西鶴《いはらさいかく》。狂言作者達。ドストエフスキイ。ゴーリキイ。牧野信一。ソログープ。井伏鱒二《いぶせますじ》。ビヨルソン。マーテルリンク。ドオデ。ヒエラン。マルク・シヤガール。マチス。モジリアニ。梅原龍三郎《うめはらりゅうざぶろう》。中川一政。小杉放庵《こすぎほうあん》。ローランサン。セザンヌ。フレデリ・シヨパン。フランツ・シユーベルト。ストランヴインスキイ〉

南吉は、まだあるがそのすべては出せないと客にことわりを入れ、庭に出る。

庭にはさやえん豆が咲き、麦笛が鳴り、ペンペン草が生える。庭の隅には小さな木小屋まであって仔山羊《こやぎ》が啼《な》く。庭の生垣を越えると緑の美しい草場がひろがり牝牛がいる。雲雀《ひばり》も歌う。七面鳥がそちこち盛装して歩いている。

南吉が大事にしている世界がのこらず出ている。

だが、世間は広い。日本でフィリップを読むのは南吉ばかりでない。

〈そのころ西大久保の路地をはいったところにあった、ふた間くらいの小さな修ちゃん（滝沢修氏）の家へ集って、みんなでよく朗読の会をやったことがある。（中略）二回目の時にはフィリップの『小さき町にて』の中の「自殺未遂」を読んだ〉（『一冊の本』一九七六年、三一三頁）

書いたのは俳優の宇野重吉《うのじゅうきち》（寺尾聰の父）。フィリップの文庫『小さき町にて』の刊行が昭和十年十月だから、南吉と重吉が同じ頃に読んでいた可能性がある。

「私の世界」は安城高女における新美正八の自己紹介文である。だから、誇張も筆のすべった部分もあると思って、割り引いて読んだ。だが途中から（途中からというのは「私の世界」を読んで一年が過ぎたあたりから）これは南吉の世界そのままだと思えてきた。二十五歳の南吉が名前を挙げた人物すべてに精通しているとしたら。梅原龍三郎の次にくる中川一政は巽聖歌の妻野村千春の師でもある。とにかくこういう男が教師になって三河の女学校に来たのだ。

3

女学校の朝は理科準備室で鳴る愛国行進曲のレコードではじまる。

蓄音器を操作する学芸部員と競争のように西の通用門をくぐるのが半田から汽車で通う南吉だった。南吉はそのまま校内の散歩へ、学芸部員は南棟の理科準備室にいそぐ。

朝一番の学芸部員よりひと足早く動き出すのが住み込みの小使《こづかい》さん夫婦だ。朝起きると大釜に湯をわかす。

口数の少ない夫婦が腰を伸ばして立っている姿を見た者は少ない。黙々と仕事をこなす夫婦だった。南吉は夫婦ともその子ともウマが合った。南吉はこの二人を小父《おじ》さん、小母《おば》さんと呼んだ。

お湯がわくと小父さんは職員室に朝のお茶を出しに行く。

朝から行進曲をかけるのは前年七月にはじまった日中戦争が理由ではない。ラジオ体操の体形に生徒を誘導するためのものだ。

職員室でお茶をすすった先生方の中で一番早く校庭に出てくるのが体操の三田村俊男先生。それにつづいて行進曲が止むころ中央廊下の南口から先生方が運動場へ降りてくる。生徒は一段高い校舎から誰が降りて来るかを見ている。

今日は降りて来るだろうかと生徒に心配をかけたのが半田の先生だ。

先生もレコードに合わせ生徒といっしょに体操する。先生だからまじめに体操するとの保証はない。体操をやりながら、自分の前で体操する先輩の頭のハゲ具合を詳細に観察し、日記にのこした不心得者がいる。嫁がほしいと日記に書く半田の先生だ。

体操が終わり全員で「くろがねの力」を歌い、校長の朝礼を聞くと解散になる。

予鈴が鳴り、本鈴が鳴ると授業がはじまる。五十分授業、小学校より十分長いこの時間の差が生徒に女学校に来たことを実感させる。ゴム靴や布製のはきものの代わりに革靴、そしてセーラー服、いやでも女学生気分が高まる。

週六日、平日六時間、土曜日三時間。授業が終われば朝と同じ体形をとって終礼、当番の者が掃除をして帰る。

雨の日は体操がないかというとそうではない。中央廊下と中棟廊下にひろがれば体操ができた。中央廊下はそれほど広かった。

行進曲は日曜日以外の毎日鳴った。ちがうのは冬が駆け足、夏が徒歩で体操体形にひろがることだった。

4

南吉の新しい就職先（愛知県安城高等女学校）が本決まりになったのは昭和十三年三月六日ころ。六日は佐治克己、遠藤慎一の両先生から南吉が話を聞いた日だ。

南吉にとって天と地が逆転したに等しい教師としての就職、その四月から十二月の様子を知りたいと思うが日記がない。様子がわかるのは学報の記事によってだ。毎月十五日の「銃後《じゅうご》の日」（銃後の国民として反省する日、昭和十三年より始まる）に学校に近い南明治の八幡社への教職員と生徒による参拝、月一回ほどの全校勤労作業等が「学報」や女学校の「萬綴《よろずつづり》」からうかがわれる。

この時期南吉は童話も詩の類を書いていない。新任の先生としては学校に慣れるだけで一生懸命であったというべきか。それでも学報には「瀧山寺《たきさんじ》自転車行」をのせている。八月十五日のこの自転車行には生徒十六名が参加、引率は校長の佐治、教諭の大村重由、教諭の鈴木進《すすむ》、新美正八の四名。三年生一人、ほかは二年生、南吉の教える一年生の参加はない。岡崎公園から伊賀八幡《いがはちまん》、大樹寺《だいじゅじ》、瀧山寺へと進み夕方五時に戻っている。

何も話題のないこの十三年で注目されるのは、佐治をのぞく瀧山寺のメンバー三人が十三年五月の関東修学旅行の引率教諭と重なることである。女学校の修学旅行は、三年生関西、四年生関東が恒例になっていた。四年（十六回生）を引率した三人は江ノ島、鎌倉、東京、日光、善光寺六泊七日の旅行を共にする。そのとき大村重由の提案で旅の画帳「三人道中《どうちゅう》」が描かれる。

関東修学旅行、新任で病気を引きずる南吉にはいささか荷が重いと感じられる旅行が、そうではなかったことが道中記によって知られる。修学旅行らしい江ノ島を背景した記念写真も残っているが、そのはしゃぎぶりは「三人道中」に凝縮された感がある。

ここでいう画帳は集印帳《しゅういんちょう》を転用した画帳のこと。勧進元《かんじんもと》の大村は集印帳の題簽《だいせん》に俳味十分の文字を書いた。画帳の見返しに中禅寺湖畔、旅館橋本屋のゴムスタンプを押印、昭和十三年五月於橋本屋といれたのも大村こと、夜光虫の遊び心である。

画帳の第一図は旅館についてゆかた姿でくつろぐ新美先生を、「新美君男体山にむかう図」と題して夜光虫（大村）が、その第二図では「鈴木先生ひげ剪《そ》りのあと」と題して赤鶯（南吉）が、さらに第三図では火鉢に手をかざす大村重由と薬びんを写生し、「大村先生が風薬と対談之景」などと貴博（鈴木進）が茶目っ気を見せる。

白根《しらね》山、けごんの瀧、とつづき最後の第十五図では中央右から左に走る汽車を描き、その汽車の上と下に蝶《ちょう》を描く。汽車の先にトンネルがあるところをみると、これで幕という趣向だろう。もちろん幕引きは、いずこもぺえぺえ（南吉）の役である。

画帳を見ていくとベテラン教師二人に南吉が五分を超えてわたりあって楽しむ姿がみえてくる。南吉は先輩に臆《おく》することを知らない性格のようだ。

5

南吉が赴任した安城高女は、中庭に大きな西洋花壇を有することと、校庭に芝生のあることが特徴だ。花壇を造り芝生を植えた人がいての花壇であり芝生である。南吉はその人を見ている。正確には後ろ姿だが。その人とは二代校長の北野喜祥《きっしょう》である。

北野の在任期間は大正十四年（一九二五）七月から昭和二年（一九二七年）七月である。

北野は愛知県第二師範学校の教頭から校長として来た。安城高女の校訓はその北野が大正十五年につくった。

一、教養ある婦人たれ
一、よく働く女たれ

南吉の日記にはこの北野喜祥の名前が二度まで登場する。昭和十四年六月十三日の日記には先輩教師鈴木進とのやりとりそのままが書いてある。

〈北野さんのことを鈴木さんがほめた。おつとりして、人間味があつた。本をよくよんだ。夜おそくまで。

〝本を読まぬ人間は駄目です〟と僕はいつた。

（中略）
北野先生の話は僕の心を和げあたゝかくした。僕は昨年の夏鳳来寺《ほうらいじ》でちよつとその方をお見うけしたことがある。僕はあのとき、その腰弁風な風采《ふうさい》から心の中で軽蔑《けいべつ》してゐた〉（『校定新美南吉全集』第十二巻、一〇〇―一〇一頁）

なおここで昨年の夏といっているのは、ちょうど一年前、昭和十三年七月下旬の十日間、鳳来寺賢居院での夏期講習会が該当する。ただその時期の日記を欠いているため講習会に関する手がかりはない。

南吉を感心させた北野校長はどんな人であったか。校訓はともかく、校庭の芝・花壇のこととなると何の手がかりもないが北野が赴任した一宮中学での行動ぶりからおしはかることはできそうである。

北野の指導ぶりを伝えるのは一宮中学、昭和塾堂《じゅくどう》時代に北野の下で教師として勤めた杉下喜一郎である。

〈先生は校舎や校庭の清掃、整備には人一倍御熱心で、毎日間尺《けんじゃく》を持ちながら、綿密《めんみつ》に設計指導されたので、我々のやることはなかなか御気に入らず閉口したこともありました〉（『北野先生の面影』一九五七年、九頁）

一徹《いってつ》な人、初心貫徹の人らしい。話はまだつづく。一宮中学で何を記念植樹しようかとなったとき「楠がよい、楠は早く大きくなる」と言ったそうだ。

芝生に楠、それは安城高女で学んだ者の原風景としてある。新美南吉もその余慶《よけい》を受けた一人である。

沢田敏子（二十二回生）には南吉と芝生の草取りをした思い出がある。その時の南吉の言葉は、〈朝鮮アヤメは優しいきれいな花をつけるが芝生には大敵だから取りなさい〉

いつもカメラを持ちあるいている戸田紋平の撮った写真にも芝生が写っている。昭和十四年二月十五日の銃後の日を期して始まる八キロマラソン（全校長距離競争）で南吉が倒れ込むのも芝生なら、音楽の太田あき先生と放課後に楽しそうに腰をおろすのも芝生の上、いつも笑わない先生が笑っているのを生徒に見られるのも、芝生のあったおかげである。

中庭の花壇も大きい。一クラス五十六人が入って楽に作業ができる。運動場東側の女学校の池も教室でいえば三教室分ほどもあり、自然そのままの池でキャンベル種のアヒルが泳ぐ。

卒業生から芝生の話を聞かされたとき、私はなぜそこに芝生があるのかと思った。町立の女学校として刈谷高女とともに認可を受けた大正十年には芝生はおろか校舎そのものがなかった。その年の四月に入学した一年生と、それまで町外の女学校に通い一年を終えた生徒を四月に転校させて、二年生のクラスができた。

今校庭の東にはふた抱えでもとどかない楠が五本見える。校庭の東に道ができるときに移植された一本が旧町役場の庭にある。伐ってしまえば簡単だったその移植した一本がもっとも風格がある。樹齢八九十年。

六本の楠が木陰をつくる。楠にのぼって枝の剪定《せんてい》をやらされた卒業生（二十一回生）のいるところをみると、南吉の来た年に楠は人が登れるほどになっていたことになる。

本を読む、たった一事で南吉の気持ちをあたたかくした北野は、学校の雰囲気を整えた人として大きな役割を果たした。

もの言いの少ない笑わない先生がやさしい先生かというとまだわからない。しかしこんな顔をもっていた。

飯見久子（二十一回生）の謝恩会での体験である。

〈ナギナタの佐薙先生が仕舞を、新美先生が壇上に座って謡曲を謡《うた》われ、みんなでうっとりして聴きました〉

南吉は謡曲がうまかったなどという話ではない。飯見久子はこうつづける。

〈しばらくして、それが「もしもし亀よ亀さんよ」の歌だとわかり、みんなどっと笑いころげた〉（『安城の新美南吉』七二頁）

6

どの先生よりも早く学校に入るのが新美先生だった。

学校に一番早く来る生徒が南吉を目撃している。その生徒は学校に着いてもだれもいないので廊下を拭《ふ》くことを日課にしていた。その拭いている廊下を新美先生が来る。ツルーペタン、ツルーペタン、革のスリッパがそんな硬質な音を出した。そのスリッパの音といっしょに新美先生が来る。職員室から、中棟前にひろがる庭をながめ、中央廊下から校庭に降り竹ヤブの前、アヒルのいる池のまわりをめぐる。コースの終点は池の端の藤棚《ふじだな》の下。南吉は心臓のある方の肩をあげ、逆の肩が下がる胸の病気特有の歩き方をした。ゆっくりゆっくり、好きな花をながめながら散歩した。

午前中の授業が終われば弁当というのが学校のルール。

週の火曜日に「火曜会食」があった。いつもは生徒だけで食べる昼食に担任が加わる日。ただ弁当をいっしょに食べるだけでなく担任の話もあった。南吉が好んで話をしたのが耳なし芳一《ほういち》の話だった。南吉のクラスの生徒だった馬場貞が思い出を語っている。

〈(前略) 食後の楽しみは、先生が聴かせて下さるお話です。中でも〝耳なし芳一〟の話は、特に印象に残っています。とても恐ろしくて、緊張の連続、震えながら聴きました。「体中、経文を書いて、耳だけは忘れた……」等というくだりでは、面白おかしくて、みんなでワッと笑ってしまいました〉(『安城の新美南吉』一〇九頁)

芳一は体に経文を書いて命が助かった。壇ノ浦《だんのうら》の戦いで亡くなった亡霊から身を守った。芳一を甲冑《かっちゅう》をがちゃがちゃいわせて迎えに来る武士も死者なら、一門の墓の前で聞くのもまた死者という怪談《かいだん》ばなし。楽しい時間はすぐ終わる。話のつづきは次の会食の時ということがたびたびだった。南吉はこの耳なし芳一を会食の時間ばかりか夜、蚊帳《かや》を吊ったなかでもやった。夜になると元気が出る南吉らしいともいえるが、生徒がお手洗に行けなくなった。夏休み、夜の女学校、蚊帳のなかとくれば常にも増して力が入ったはずである。全職員全生徒が学級単位で二泊三日の宿泊訓練。南吉は何夜はなしに興じたことか。

冬になると小使室で弁当をあたためた。大釜の上に四角のセイロを何段もつんで大釜から出る蒸気であたためた。セイロを積みかえるのは小使の小父さんがやった。

食堂「川本《かわもと》」の赤い仕出し弁当が夕方届くこともあった。ちょうど生徒が帰る時間帯に入れ替わりのように届く。そんな日の生徒は弁当を横目で見て今日は会議かとうわさした。何でも気になる吸取紙のような生徒たちだった。

南吉の弁当の食べ方だが、日記によれば、昼に職員室で弁当を半分食べ、残りの半分はあとから食べるというのだ（胃の悪い人の食べ方なのかもしれないが）。

午後三時間の授業を終えると生徒は家に帰る。生徒が帰れば先生も帰る。掃除当番に当たった生徒も早くすませて帰りたいところである。

山口千津子（十九回生）は「掃除」と聞いただけで思い出す。掃除は七人一組の班単位で受け持つ。班ごとに持ち場を掃除し、掃除がすんだら報告して帰る決まりだった。

一年の秋、山口が班長だった。

掃除を終えたとき山口の頭にあったのは、早く報告して、早く家に帰ることだった。山口は掃除に使った道具のかたづけが済んでいることは確かめていた。先生を探した。まっさきに向かった職員室に先生はいなかった。先生の行きそうなところを探したが見つからなかった。そのとき土間のザラ板がパターン、パターンという音を響かせた。山口はその音を聞いて直感した。先生は小使室前を教室の方に向かって歩いていた。

先生の前へ出た。

山口は両腕を脇につけ直立不動の姿勢で、こう報告した。

「先生、おそうじ終わりました。帰ってよろしいですか」

しっかりした声で報告できた。これで帰れる。

言葉を待っていた山口の耳に先生の声が聞こえてきた。

「あっ、そうか」

それだけだった。いつもの、帰っていいよ、がなかった。ザラ板の上で時間が過《す》ぎた。

そのとき山口は先生を見る自分の目が先生の、のどのところで止まっていることに気づいた。

目を見て報告していなかった。先生の僕の目を見てといわれ、山口はゆっくり目を上げていった。

先生の目はじっと山口の顔を見ていた。

先生は見ていられた。

頭のてっぺんからつま先までいちどきに電流が流れた。

掃除したあとを見てきたか……。声にならない衝動がスローモーションでも見るようにからだにかぶさった。

先生に嘘はつけない――生涯忘れられない日になった。

きびしいだけではない。休みにサイクリングを計画する南吉もいる。

自転車で岡崎公園へ行こうと南吉がクラスの生徒をさそった。同行した生徒は四、五人、どこで声をかけたと思うほど少ない。そのなかの一人に床屋の娘だった神谷愛子（十九回生）がいる。その神谷が覚えているのは、矢作川《やはぎ》を越え岡崎公園にはいってアジサイの花壇のふちで休んだときのこと。南吉がクッキーのはいった缶を開けて言った。

「クッキーを食べなさい」

菓子など食べられないころのハイカラな菓子が神谷の記憶にのこった。いっしょに行った生徒の名前も日にちもわからないが、口数が少ない先生が見せたある日の姿だった。

女学校に入って間もない、おそらく生徒との初めてのサイクリング。安城の女学校から岡崎公園までおよそ九キロの道のり、五月の風の中を南吉は何を思いながらペダルを踏んで行ったことか。

女学校勤め一年目、昭和十三年でどうしても落とせない手紙がある。母志んにうながされて書いた聖歌あての一通。文面は手紙を書くきっかけから始まる。〈昨夜母が巽さんから近頃少しも便りがないが、お前は出してゐるのか〉。母の機転だった。日付は、九月二十二日。

第7章　日記

1

南吉の日記は、南吉の身体の一部と言ってかまわない。それは、大正十一年（一九二二）四月、九歳の綴方帳《つづりかたちょう》に始まって、昭和十七年（一九四二）九月まで、わかっているだけで十九冊、二十年におよぶ。その日記帳には真実も並ぶがそうでないものも並ぶ。食堂の入口、ガラスケースの向こうに見えるいかにもうまそうに作ってある蝋細工《ろうざいく》の見本に同じ。見るだけでなく味わってみなければわからない。

その南吉の日記が作家小中陽太郎の『青春の夢　風葉と喬太郎』（一九九八年）の第十九章で使われている。風葉は小栗風葉《おぐりふうよう》（一八七五―一九二六）。半田の薬屋に生まれ、尾崎紅葉の門人となり、明治・大正期に活躍した。小中が南吉を扱った章題は「喫茶店ドンに集う青春」である。

小中は喫茶店ドンを次のように紹介する。

〈名古屋の本町筋を来て、松竹座の向かいを入った末広町三丁目六番地に新しい喫茶店ができた。その名も「ドン」というのである。そこには、細面のはたらきものの美しいおかみと寡黙《かもく》なマスターがいた〉(小中陽太郎『青春の夢』四五八頁)

ドンは小栗きよが切り盛りする喫茶店でそこに小栗喬太郎、新美南吉、小栗きよの従妹にあたる女医中山ちえ、中山ちえの妹夏などが出入りした。

小中は、南吉がつきあう中山ちえと小栗きよは父親が兄弟のいとこ同士である、と紹介した上で南吉の日記に入っていく。

南吉は、ちえと夏とをつれて名古屋にむかう。東山動物園はもう時間がおそいというので、ミルクショップジャポンに寄り、そのあとドンに行く。昭和十三年三月十五日の南吉の日記である。

〈ドンといふ茶店で夏に別れた。それから大須の人込みを少し歩き八時頃になつたので奥まつた料理店にいつて二人で野菜鍋をたべそこに十時半頃までゐた〉

小中はこの先の展開を「そこから、ひりひりするような描写がくる」と予告した。

〈どうかした拍子にバットの火を僕の掌に押しあてゝ小さい火傷をつくつたので、僕の方でも白い手の甲の指の付根のところに火を押しあてゝやつたが、一向平気でゐるので、尚も押しつけてやると、更に冷静なのでこちらが気味悪くなつてやめたが、づつと後であれは熱いのを怺えてゐたのだなと解つた。何故そんなことをしたか知つてゐるかと聞くので、何故だと訊くと、可愛からといふので、止せといふと、それぢや憎いからよと言つた。そしてはつきり言つて悪かつたわねと、わざとエゲツなく付け足した。自分はもうその事に触れなかつた。もつと考へねばならないことが沢山あると思つたからだつた。……

熱田発十一時十六分のガソリンカーで帰つた。自分は眠くてふらふらしてゐた。あれは眠くないと言つてゐた。硝子戸に息をふきかけ、指でダス、コンムト、ニヒト、ウイーデアと独逸語で書き、その意味をくちづさんできかせた。まさかこんや死ぬんちやあるまいと思つて見てゐた。哀れであった〉（小中陽太郎『青春の夢』四六六―四六七頁）

同じ十五日、ドンに入る前の記述もそのときの南吉の気持ちを伝えている。

〈自動車で広小路を走つていく時、自分は通俗小説の主人公達のするやうな行為が身にそぐはない気がした。かりそめのことのやうな気がした。乞食が或る日王様のきらびやかな衣裳を借りて身に着けた様な気がした。

富士アイスで見せられた三十円ばかりがかうしてパッパッと費やされていくのだが、その三十円といふ金はこれから自分が教員になつたとて、月給の約半分であつて、それを得るためには半月も労働をしなければならないものであることを思ふと、さつさと自動車を下りてしまいたい位であつた。にも拘らず自分は自動車の心よい感覚に身をゆだね、まるで当然のことのやうにゆつたりしてゐた〉（『校定新美南吉全集』第十一巻、三一三―三一四頁、以下同巻から）

南吉の日記は、『校定新美南吉全集』（全十二巻、別巻二）の内の三巻が日記にあてられたほどのボリュームがある。ひとくちに日記といっても南吉の日記は、創作のための日記だ。訓練の場だった。だから、どう日記をつけるかが肝心であった。日記の変化はある意味その有効性の尺度が変わることを意味した。しかしその日記が劇的ともいえる変化を見せ、日記の主人公もそのことを強く意識するのは、女学校に入った年の暮の日記をおいてない。十二月二十九日の日記に何が書かれたか。

〈この日記（この前の一冊から始まる）は、最近二年間、間歇《かんけつ》的に記していきながらいつか発見した意義とは別の意味を持つてゐる。あれは恰度ルナールの日記のやうなものだつた。ルナールの日記を見るとそれは一個の人間の日々の記録といふより、寧《むし》ろ作家の観察や思ひつきや幻想や、つまり後日文学的労作をなす上で役立つものに対する備忘録だといふ気がする。私の以前の日記も殆《ほと》んどさういふ意図のもとにかゝれてゐた〉

　南吉が「この日記」と書いた日記は昭和十三年十二月二十九日から書かれている。そのため、南吉はかっこして、この前の一冊から始まる、と但し書を加えたほどだ。

　核心はここから。

〈しかし今私が書いてゐるこの日記はそれとは違ふ意図によつて支配されてゐる。それはしばらく筆を休んでゐた後一月程前から再びつけ始めて、間もなく発見したところの新しい意義である。といふのは、他でも作家にならうといふやうな野心のない平凡な人のつける日記がもつそれなのである。

いはばこの日記は一種の写真帖である。私は後になつて文学者の友達（そんなものが出来るかどうかは知らない）にこれを見つけ出して貰つて、あはよくば出版して貰はうなどといふ希望は全然持たない。私はこれを自分自身の後の日のために書くのだ。一生の末に近付くとき、もう何もすることがなくなつたとき、自分の若かつた日を憶出すために、もう一度過去をまざまざと思ひ出しその中に再び生活してゐるやうな錯覚を起すため、私は事実ありのまゝを克明に記してゆくのである。従つて、しやれた文句もない。気取つた思想もない。時々あるとすれば、それは全く消しさつたと思つてゐる以前の習慣の残滓か、この地味な記録に多少のはなやかさを与へるための意匠に他ならない〉（四九〇頁）

日記に、「発見したところの新しい意義」とまでいう何を見つけ出したのか。南吉はこうつづける。

〈私はこの日記を書く方法も同時に発見した。それは四月以来私が作文の指導をして来た生徒達が逆に私に教へてくれたものだ。叙事文の精神——あつたまゝのことを出来るだけ明細に飾らずに書きなさいといふ、あの言葉が私の方へ逆輸入されて来たわけだ。今私はこの方法が唯一無二のものとは思はぬが、平凡な人々には安神《ママ》して使用することの出来る、そして平凡人のみのものでなく天才でさへもこのそれによつて高い芸術境に到りうる——さういふすぐれた方法であることをはつきり知つた〉（四九〇—四九一頁）

新しい方法はいつ発見されたか。一月ほど前から再びつけ始めて間もなくということからいえば昭和十三年の秋ごろからであろうか。生徒に教えられたと言っているが、教えるという行為を仲立ちに自身が発見したのであり、それを一定の期間実践し、確信をえたこの暮れの二十九日に日記が新しくなるその日に記したものであろう。南吉の「はつきり知つた」の言葉に、書くための方法を発見した嬉びが満ちている。

この日以前にも克明な叙述がなかったわけではない。南吉の従姉のおかぎが高岡（豊田市）の百姓家へ嫁にいった日の日記などは（昭和十年三月十四日）童話一篇ほどの長さがあり、読んでもおもしろいし、祝言《しゅうげん》のようすも手にとるようにわかり、何よりその場にいる南吉の心根までがわかる。しかしそのような記述が毎日つづくということではなかった。つまり、以前の日記は、何かことがあったときにくわしく書かれていた。

おかぎの嫁入りを書く前の日にも南吉は、自身が日記をつける目的について自らの日記に書いている。そこに書かれたのは、これまで書かれた日記の目的であり、これから書かれる日記の役割でもあった。

〈長い間私は日記を怠つて来た。その間私はつけなければいけないと常に心の中でいつて来た。そしてそれをつけないでゐる自分を非難して来た。私がそのやうに日記を重大視するのは一つは功利的な目的のためである。それは将来私が小説を書く時私の日記が何かの役に立つやうにと思ふがためである〉（五頁）

南吉がここでいう日記の目的には、「作家として立つ訓練」という意味も含まれる。問題はそのうしろに置かれた一文である。

〈もう一つの理由は、日記をつけることによつて、さうでもしなければ、一瞬の火花のやうに私の心の上に咲いて、直忘却の闇に消滅するかづかづの思想の断片を私の意識にはつきりのぼせ、更にそれによつて、私の生活に意義附けやうとすることである〉

南吉の日記が相当な決意の下につけられていたことがわかる。南吉にあって日記の変更は物の見方の変更というより生き方の変更にあたる重大事、それが生徒との作文を仲立ちに実現した。

〈はつきり知つた〉（昭和十三年十二月二十九日）

暮の二十九日、南吉の家は苦餅を搗《つ》いただろうか。

2

暮の日記は南吉の中に真新しい白線を引いた。

昭和十四年一月一日の日記にその自信の一端が見える。

〈新しい年があけた。私はもう二十七歳だ。二十七歳といふ自分のとしに驚いてしまふ。二十六歳の一年間は私の生涯で、平凡なその上で最も紀念《ママ》しなきやならない年だつた。私は永い試練の後順当な職につき独立したのだ〉（四九八頁）

元日の日記も長かったが四日のそれも長い。原稿用紙に換算して十二枚ある。そのなかに井伏鱒二の『陋巷《ろうこう》の歌』（春陽堂、一九三八年）を読んだ感想も交じる。共感を持って読んでいる。

〈単純なリアルな書き方である。私もリアルな見方といふものを生徒にもすゝめ自分にもここ一二年来まなんで来たが、この人の文を見るとまだまだと思ふ〉

方向は間違っていなかった、で終らせていない。自らにこう反省を加える。

〈日記も自分ではこれ以上リアルには書けぬと思つてゐながら、この人の文を読んでゐて、ふり返つて見るとまだ一枚はがなければならないと思はさせられる。どんなものにも詩はある。（中略）いかなる事物にも、いかなる俗語にもそれはあるのだ。要は見方、使ひ方一つだ、と思つた〉（五一三頁）

三学期の始業式前日に勤労奉仕日があった。気の重い日曜日の出勤である。昭和十四年一月八日の日記。

〈十四日ばかり生徒に接しないと何となく教室で彼等に物を云ふといふことからに飢えを覚える。今日はあへるなと思つていつた〉（五二九頁）

その十二日には、〈こんなに体のコンディションのよい日は今までに殆んどなかつたと思はれる〉と書く。裏返していえば数え二十七歳の青年なら感じるはずもない体調を常に気にかけながらの勤務だったということである。いくら希望の中等学校に就職できたといっても、体までが好転しているわけもない。それでもそんな体調の良さが、誕生日会に劇がしたいとねだりに来た生徒の要求を受けさせる。たのみに来たのは南吉のクラスの蜂須賀《はちすか》と西村、二十日の日に受け、二十三日には劇の下稽古《したげいこ》を見てやっている。一月が誕生月の生徒には前記した蜂須賀芳枝、西村静江両名のほか、内藤紀子、高正惇子、草地萬壽子、大参佐代子がいた。誕生会は一月二十七日に無事終わり先輩教師の戸田、大村からも言葉がかかる。だが演劇としての完成度は低かったらしく日記にぐちをならべた。それでも夜になって元気が戻り、〈少し手を加へてラヂオの懸賞に応募して〉などと色気を見せる。

日記は原稿用紙一枚に満たない日もあるものの、五枚六枚ということもある。そんな日記の中に、さりげなく自由詩のパンフレットを、という構想の書かれるのが一月三十日の日記である。

〈細井美代子の日記にこれから毎日詩を一つづつ作ることにきめたと書いてあつた。また佐薙の日記にも詩が書いてあつた。そこでついに一月毎に自由詩のパンフレツトを作らうと決心した。佐薙がこの春でこちらをやめ東京の方へいくらしいので少しでもよい思ひ出を与へてやりたいと思ふのである〉（五六八頁）

以前から考えていたようにも読める。ただ決心という文字の書かれているところからすると、細井と佐薙二人の日記がきっかけを与えたようにもみえる。南吉が日記に書いた自由詩のパンフレットでは長いので、以下「生徒詩集」の名で呼ぶことにしたい。「生徒詩集」の大きさは、ワラ半紙を横半分に裁断して、ホチキスで袋とじにしたそれ。縦一二・五センチ×横一六・八センチ、南吉が謄写版の原紙を切り、印刷には生徒を手伝わせた。発行は月一回。二月から六月まで毎月発行、七月八月が飛んで九月が最終になった。戦時下の紙不足が休止の理由である。詩集にはそれぞれに生徒の詩作にちなむタイトルがつけられた。第一詩集は「雪とひばり」第二詩集「縁側の針」第三詩集「沈丁花《ちんちょうげ》と卵」である。表紙はいたってシンプル、タイトルの文字が表紙中央に、その左端に「一学年第一詩集・昭和十四年二月」の文字があった。表紙の裏に当たる面には「はじめに」と題して南吉の詩〝生れいでて〟がのった。〝生れいでて〟は二月二日の日記に昨夜詩一篇とあるそれ。南吉はこれを「生徒詩集」の挨拶代わりにのせた。実行のひとらしい手際といえる。

南吉がその生涯でもっとも詩を量産したのは昭和十四年のこの年である。体調のよかったこともあるだろうが、女学校に勤めて二年目の自信が詩作にむかわせたとみたい。自信だけかと思われた読者は勘《かん》の鋭い方である。好きな生徒ができたことも理由の一つに加えておくべきかもしれない。もうひとつ南吉の生活に大きな変化もあった。

昭和十四年四月から安城出郷に下宿した。南吉が半田の家から離れたくて下宿を決め込んだわけではない。教員は学校の近くに住むべしとの県の方針があった。

出郷は新田とも呼ばれたが、明治の新田でなく三百年からの歴史を持つ。広い耕地を持つ働き者の多い村としても知られている。

南吉の下宿先の大見坂四郎方はその新田に最も早く来た家だった。その一軒の大見から始まった出郷が新田、大見坂四郎は十代目にあたる。南吉がそのことをどこまで知っていたかはわからない。だが街道沿いの岩滑にない広い田んぼを背景にけんめいに働く百姓の姿を目にしたことはまちがいない。

南吉が決めた下宿大見家と女学校は、安城駅にコンパスの脚《あし》を立てて回わせば同じ円のなかにおさまる。駅までと駅からが同じ距離にある。

岡崎駅と刈谷駅のあいだに新しく安城駅ができたときの改札口が南にむいていたので安城の町は南にひろがった。東海道線の線路で二分された町の南を南明治、北を北明治といった。「明治に行く」といえば、周辺の村から、「安城の町」に出ることでもあった。

当時の町をひとくちでいえば、町の西の限りは明治用水、東の限りは追田悪水《おいだ》、方二キロの台地の上にあった。南吉の通勤コースを女学校の側からいえば、町の中央を横切るように駅前に出、駅の東の踏切りをこえ、当時東明治と呼ばれていた飛越《とびこし》、稲荷《いなり》を東に見ながら新田にと、非常にシンプルである。

地名の稲荷は、北明治の氏神にあたる稲荷社が伏見から勧請されたことに由来し、南吉の通勤の道からは若干はずれる。けれども南吉はその稲荷社で別所《べっしょ》の万歳が演じているようすを聞き書きして文字にとどめた。別所の万歳が村祭りにでも呼ばれていったのだろうか。

〈赤松にたのまれた別所のししまひが、途中のいなりでどんどんヒユーヒユーやつてゐた、狐にだまされて。四本木（いなり神社のところ）狐が庄屋へたのみに来て、四本の木をのこしてもらつた。開墾中に。〉（『校定新美南吉全集』第九巻、六四三頁）

南吉が偶然聞き取ったなんでもない記録であるが別所万歳とも三河万歳ともいわれる万歳が万歳とは別の芸能であるししまいを芸として演じていた安城での記録になった。南吉がこのあと書くことになる「最後の胡弓弾き《こきゅうひ》」に登場する尾張万歳はししまいを演じない。蛇足を承知でいえば、「花のき村と盗人たち」の一節はこのときの聞き書きをもとにしているように感じられる。

〈そこで盗人の弟子たちが、釜右ヱ門は釜師のふりをし、海老之烝《えびのじょう》は錠前屋《じょうまえや》のふりをし、角兵ヱは獅子まひのやうに笛をヒヤラヒヤラ鳴らし、鉋太郎は大工のふりをして、花のき村にはいりこんでいきました〉（『校定新美南吉全集』第三巻、一〇〇頁）

四月十六日の日記（昭和十四年ノートⅢ）に、生徒の酒井が卵を持って来た、とある。酒井とは南吉のクラスの酒井広子で出郷の隣りの弁天にいた。卵はボール箱に二十個、それがもみがらにつめられてあった。代はいらないと言われたが七十五銭を渡し、あとで聞いたのであろうか日記に〈宿の婆さんは百匁二十五銭です、百匁といふと七つ位ですと言つた〉と書いている。当時、卵は百姓にとって大事な商品、すぐ金に変えることのできるほとんど唯一といっていい商品だった。それを生徒が下宿へ持って来た。

宿の婆さんといっているのが誰かはわからないが、元小学校長であった大見坂四郎を爺さん呼ばわりしていることからすると坂四郎の妻まつと思われる。坂四郎とまつの間にできた一人娘が久子で明治三十八年生まれ。久子は名古屋の女学校を出てピアノも琴もひける女性だった。

南吉が遊んだ敬《たかし》と豊《ゆたか》の兄弟は十一代、彦一と久子との子ども。その敬が刈谷中学に入り体調をくずしたおり親身になって心配したのが同じ新田の教師大見富美子であり、南吉であったという。大家の久子から見た長屋門の（八畳一間）住人は「手のかからない下宿人」であったようだ。下宿人に無関心な大家ともいえそうだが、そうとばかりいえないところもある。〈宿に家賃及び電燈代《でんとうだい》を二円九十銭払つたら、あなたは電燈をお使ひなさらんからと四十銭かへしてくれた〉

大家と下宿人の関係はそんなこんなである。淡白というばかりではない。ある年（昭和十六年か）、南吉が鈴虫を小使の小父さんからもらって育て、翌年たまごがかえったことがある。南吉はその小さい鈴虫を母屋でもどうぞと持って来た。前年南吉の門長屋で鳴いた鈴虫が翌年は門長屋でも、母屋でも鳴き、家中が鈴虫になった。昭和六年に建てた三方に一間の廊下がついた四《よ》八畳《はちじょう》（八畳間が四室）のその場所を、鈴虫の声が占領した。

3

昭和十四年四月十八日、岡崎の村積山《むらずみやま》へ遠足。

この日の日記に体調のことが書き込まれている。

〈この頃あまり体が好調ではないので途中で憔悴《しょうすい》状態が来るだらうと情なく予想してゐたが学校を出ると間もなく生徒への関心がなくなり、〉（『校定新美南吉全集』第十二巻、七頁）とあって遠足に同行することすらが負担になっている事実を知ることができる。五月二十五日の関西修学旅行時にも体調のすぐれない様子が見える。

〈のどが少しいたい。この頃時々のどに痛みを覚える。咽頭結核といふ不治の病気があるさうだがそれぢやあるまいかとふと思つてほんとに不安になる〉（七二―七三頁）

三年生が行く関西修学旅行は三泊四日、四年が行く関東修学旅行は六泊七日、南吉は関東に一度、関西に三度同行した。昭和十四年のこれは二度目の関西にあたる。受け持ちのクラスでないことがこんなことをいわせている。

遠足と旅行のあいだに岩滑の家に朗報が届いていた。四月の第四日曜日、南吉がいう「ひしゃげた饅頭」を安城駅前で二箱買って家に帰る。伊賀饅頭である。三月の節供に食べる蒸し菓子を尾張の南吉は知らなかった。

南吉はその蒸し菓子と母の全快祝いの砂糖とを持って半田口駅近くの遠藤慎一宅をたずねた。勤めて二年目の春、恩師への報告も明るいものになったはずだ。家族の、とくに母志んの歓待ぶりも日記によって知ることができる。四月二十三日の夕方、南吉は早い夕飯（五目飯）を食べてガソリンカーに乗った。とんぼ返りである。

帰りの南吉は、満州（中国東北部）のハルピン市にいる江口榛一《しんいち》の手紙を持っていた。江口は東京外語時代に巽聖歌の引き合わせで知り合い？　このとき「哈爾賓《ハルピン》日日新聞」の文芸部にいた。手紙の用件は、「哈爾賓日日新聞」向けに原稿を書いて送れというものだった。新聞記者それも文芸部に属す記者としての依頼だった。せっかく家に帰って日帰りせずともと思うが、あるいはこの手紙が南吉を下宿へ急がせた可能性もある。家から通えと言ってくれないなどと母をなじったのは誰だったか。しかしこの日の日記に吉報をよろこぶようすはない。だが、〈原稿用紙と古い二三の原稿を持つて〉などと、日記に書くことからすると、案外足が地に着いていなかったかもしれない。

そんな気分に風でも入れるように、藤江《ふじえ》の駅で聞いた蛙《かえる》の声を日記に書いた。

〈しみじみと季節を感じた〉

立ち止まって聞いた南吉がいる。

この日の土産《みやげ》は、下宿の子どもである敬と豊と、佐治校長宅へ母志んが持たせた松栄堂の菓子だった。

南吉と江口とのつきあいは昭和八年十一月十八日にはじまった。

〈岩田君の十條からその足で神田へまはり、澄川をたづねた。江口と云ふ歌をやる男と、青木と云う創作をやる男とゐた〉（渡辺正男編『新美南吉・青春日記』二一〇頁）

明治大学の澄川稔が同じ大学の江口榛一を南吉に紹介した。

明治大学文芸科の江口と東京外語の南吉とがどうして友人関係になったかはただ単に二人が友達になったという以上に重要なことを教えてくれる。これは江口が後年『新美南吉童話全集』の付録に「哈爾賓日日の頃」と題して寄稿したそれである。

〈新美とは、彼が東京外語に在学中に知りあったのだが、彼が外語を、わたくしが明大文芸科を卒業した、たぶんその卒業式の日だったと思うけれど、お互いの仲間数名とともに神保町の喫茶店プリンスで落ちあって、しばし、別れの時を惜しんだ。その時、わたくしがことのはずみで、「あとで、写真を送るからね」といった。そして、しばらくして約束をはたしたら、折りかえし、

「ああいうかりそめの約束というものは、人はなかなか実行しないものだが、君はよくそれをまもってくれた。ありがとう」

あらましこのような返事がきて、それに、この全集の口絵に出ているのと同じ、学生服すがたの写真が同封されてあった〉（『新美南吉童話全集』付録No.3）

ほんとうの親友になったのはこのときからと江口はつづけている。

江口のいるハルピンは満州国を代表する都市。「哈爾賓日日新聞」は朝夕十二ページの新聞

を出す新聞大手であった。

渡行する前の江口のことを巽聖歌が書いている。江口からの手紙である。

〈名古屋では新美君が出ていてくれ、三時間ばかり一緒に歩いたり、話をしたりしました。お母さんが肺炎とかでやつれた顔をしていました。頭髪を刈ってしまい、目はいやに鋭くなって、とても女学校の先生には見えませんが、本人は日本一の女学校の先生だと思っているふうでした。しかし、それはその通りだと、僕も心に思いました。

さて、アルスで一寸おききしたことで、今日は手紙を差し上げるのですが、巽さんはハルピンへお知り合いがおありだそうですが、もしよろしかったら、御紹介状をいただけませんか。（以下略）〉（『新美南吉全集』第八巻、一九六五年、二八九頁）

このあと巽が江口を作家を志す人であると書くように江口は巽と面識があるばかりか紹介状をたのめる関係にあった。江口の渡行に際して南吉も餞別を包んでいる。ハルピンからの原稿依頼が来たのは単なる知り合いというばかりでなかったのだ。

この年の正月四日、その江口から年頭状が来てそれに封書を書いたことが日記にある。

同じ昭和十四年三月二十八日の巽宛の葉書に南吉はこんなことを書いている。

〈僕はいつものやうにやつてゐます。学校の方がかなり面白くなつたので殆んど何も書きません。その事が別にどうといふわけぢやありませんが、かうしてあなたにお報せするとなるとやはり多少寂しくなります。僕ももう二十七です。うかうかしてはいけないのです。いづれゆつくり〉

手紙を見る一か月前の南吉である。事実、昭和十三年ばかりかその翌年も、ほとんど書いていない。その南吉を一本の手紙が変えた。

投稿、投書の類ではない。書きさえすれば掲載が約束される原稿依頼が来た。

このあとの南吉の動きは速い。六日後の二十九日には外部の新聞などに発表していいかを校長の佐治克己に確かめている。もちろん親しくしている戸田紋平なり教務主任の大村重由ら先輩に相談をかけたうえでのことだろう。

「哈爾賓日日新聞」への最初の原稿らしい原稿は、童話「最後の胡弓弾き」だった。この原稿以前にも詩や短歌を送っている。「最後の胡弓弾き」は四月二十七日に書き始め、五月七日に送った。六日には南吉の元へ日日新聞が届いている。日記に〈僕の送つてやつた詩は出ておらず〉とある。新聞は毎日届いた。

翌七日である。

〈午後ハルピン日日が来た。僕の詩が二篇のつてゐた。〝ねぎ畑〟と〝雨後即興〟かうして活字になつて見ると見すぼらしいのでいやになつた〉

南吉のいやになった、を真に受けてはならない。謙遜の、いやである。いやになるほどうれしい、満面の笑みをこぼしたと考えておかなければならない。

創作は秘密のうちになされるのを通例とする。南吉もこのことだけは妙に人並みで手掛かりらしきものを、ほとんど残していない。ところがこの「最後の胡弓弾き」だけはその稀な例外らしい。

四月二十七日の日記は次行の一行だけ。二十八日の記述なし。
〈〝最後の胡弓弾き〟を書き出す〉（『校定新美南吉全集』第十二巻、二四頁）
四月二十九日（土）
〈天長節。野村と小川に〝最後の胡弓弾き〟の始めの方を清書させる。筆の遅いのには驚いた〉
四月三十日（日）
〈昨日夕方酒井の家へいつて頼んでおいたので、午前九時、酒井と内藤が手伝ひに来た。はじめにきれいに家を掃除してくれた。雨戸を久しぶりに――といふよりはじめてみな開けたら、庭の若葉が明るくてりはえてよい趣だつた。
朝飯をたべに川本まで歩いていつてお菓子を買つて戻つたが二三枚しか清書出来てゐないので、これは駄目だと思つた。お菓子を与へて帰した〉
五月一日、二日、三日日記の記述なし。原稿を書いているときは日記を書かないふうだ。
五月四日（木）
〈宿直。本が読めない。体がいふことをきかぬ。職員室へ蓄音機を持つて来て一人かけてきく。ビゼーのスパニッシユ・セレナード、ハイドンのセレナード。
（中略）
ところでいい音楽をきいてゐたとき、妻がほしくなつたのはどういふわけか。ふいとそんな気持ちがおきた。その時自分は妻と和かによりそつていける人間のやうに考へられた〉

レコードをきくうちに気持ちをよぎった何かがあったようだ。

五月五日（金）

〈鈴木先生がレコード会社につとめてゐる友人からベートベンの第九交響曲を借りて来てくれた。午後有志をあつめて標本室できいた。補習が五名ばかり、四年なし。三年ｈｈとｉ××ｉ（あんな頭の悪い子に音楽をきかうといふ気持ちがある）二年高正。一年なし。第一楽章むつかしい。昨夜のワーグナーの様に。第二楽章ややきゝやすい。

生徒達が退屈して途中で出てゆきはしないかとひやひやしてた。また生徒のことなど気にせず、自分だけきけばいいのだと思つた〉

読んでいて原稿はどうなったと大向こうから声でもかけたい気分にならないだろうか。それよりも、なぜひやひやする必要などあったのか。

五月六日（土）

〈昨夜戦争の夢を見て二度盗汗にぬれて眼をさました。今日は衰弱がひどい〉

五月七日（日）

〈朝〝最後の胡弓弾き〟を脱稿した。四十四枚〉

この日は、クラスの生徒谷山則子の祖父の葬式で、有志が学校に集まる段取りになっていた。六日の日記に衰弱がひどいと書いた南吉が徹夜で原稿を書き上げた。どうしたことか。原稿に締め切りがあったわけではない。しかも徹夜明けの葬儀への参列、ふつうなら帰って寝るところである。それが寝るどころか日記を書いた。この七日だけではない、八日も、九日も書いた。

いささか煩瑣な感じがしないではないが日記のこの部分を抜きには先へ行けない。五月七日の日記である。

〈七時半頃宿を出て学校にゆく。麦の穂が大分出た。だがまだ小さく、穂についてゐるすちばかり目立つ。れんげはもう終りかけた。まだ花は咲いてゐるが白ちやけて始めの頃の生彩がない。えにしだはあざやかな黄を見せてゐる。大てまり、小てまり。いちはつも今だ。

（中略）

まだ時間があつたので山崎と高正を呼んで原稿うつしを職員室でさせた。しばらくすると廊下でがやがやいふ声がする。知らんふりしてゐると、職員室前の朝顔の棚のところへいつて水をやつたりしてさわいでゐる。またやきもちだなと思つた。僕でさへ何かいらいらして来るのだから、二人の生徒はとても平静ではをれなかつたらう。

（中略）

生徒達は二組ほどにわかれて棚に《ママ》よつて喋舌つてゐた。小川、《ママ》や高正や山崎は南の方のグループに、野村は北の方のグループに。小川と野村が仲違ひをしたことが高正、野村の日記に書いてあつたが、まだそのつづきをやつてゐるんだなと思ふと可笑しくなつた。どつちにも加担しないやうに生徒達の方を見ないやうにして、道ばたに洋傘をついてしやがんでゐた〉

〈午後高正と山崎が来て午前の続きをした。山崎は少しやると疲れた様な顔をしたので先に帰した。高正は一人になつても同じやうにこつこつとやつていた。いい子だなと思つた。四時に書きあげた。すぐ江口のところへ送つた〉（『校定新美南吉全集』第十二巻、二四―三二頁）

以上が「最後の胡弓弾き」誕生の経緯である。執筆というより清書をさせた経過とでもした方がよさそうだが、南吉のねらいは執筆のあとの清書にあった。

推敲したあとの清書はしたくないことのひとつである。南吉は原稿の書き損じをしない性格らしい。書き始めたそれで完成までもって行く。そうなると、どこを直したかわからない原稿になる。書き変えたものをその上から消し、そこに書いた部分をさらに線で消して書く。まだ足りずに線をひっぱる。

そんな原稿が清書され生まれたばかりの姿になってもどれば、うれしさは計り知れない。しかも南吉がまんざらでもないと思う生徒が清書を、ということにでもなれば、誰でも徹夜をいとわない。

日曜日の朝、出郷から学校に向かう田んぼ道が、じゅうたんを敷いた道に見えたのではないか。手には書き上げたばかりの四十四枚がある。五月七日は南吉が第二の出発をしたその記念日になった。

昭和十三年十二月二十六日、アルスノートに書かれた俳句である。

妻ほしとおもひてゆきぬ冬の垣

4

昭和十四年七月二十一日から二十三日まで南吉は四年生（十七回生）三十三名を引率して富士登山を試みている。南吉以外の教諭は大村重由、鈴木進の二名、他に父兄二人。一人は石川亮（石川喜久枝の父）もう一人は野々山了淳。あわせて三十八名、二泊三日の日程である。このときに画帖「六根晴天」「六根清浄」が描かれた。

ここで知りたいのは南吉の登山ぶりだが、その前に事実関係を整理しておきたい。というのは正確であるはずの『校定新美南吉全集』の年譜に若干の誤りが見つかったこと、事実というもののもつ曖昧さと怖さを共有しておきたいためである。校定全集による旅程に従えば、二十一日安城駅発七時二十九分の汽車で出発、同日七合目で宿泊。翌二十二日七合目出発、九合目で御来迎を見、二十三日午前九時四分安城着となっている。

事実は出発日時こそ正しいが、宿泊は大宮（富士宮市）泊、二十二日登山開始。三合目で昼食、七合目着、宿泊。二十三日午前三時七合目出発、御来迎を九合目で見て午前九時頂上、安城へは二十三日夜九時四分に帰着。これによって南吉の人生がちがって見えるわけではないがひとつの事実といえども、こころもとないものであることがわかる。それはともかくここでは、たき火の会事務局の渡辺正男が調べ、巽聖歌に知らせたそれにしたがって南吉の登山ぶりをみたい。

〈翌二十三日は暗いうちから起きて登ったが、南吉は落伍してしまい、九合目までゆかぬうちに列からはずれた。野々山了淳が南吉の姿が見えないのでおりていったところ、八合目半ぐらいの大岩につかまってハアハア息をついていた。

顔は真っ青で、ハナを二本たらりとたれて、まさにスリラー物に登場しそうな感じであったという。

「先生、ロープつけてひっぱろうか」といったところ、

「それでは先生の体面にかかわる」といって、よろよろ歩き出した。

前日、途中でとった写真でも、南吉は最後列で、顔を見られないように、うしろ向きでうつむいているところを見れば、へたばったかっこうを見られるのがよほどいやだったにちがいない。

頂上では曇りで、ご来光は見えなかった。南吉は全くの単独行動で自分だけの休息をとっていたらしい。

須走り口からの帰りは、下りにかかって南吉は大変元気になった。

安藤澄子はこの時南吉と話をして、

「先生なんか、わがままで勝手だから、金持ちの家の一人息子だったろう」といってやったら、

「そんなに見えるかい、おい、うれしがらせるなよ」

と得意気だった。

御《ご》殿場《てんば》から沼津へ出て、沼津で宮さまののった二等列車に女生徒が間違ってはいり、南吉た

ち先生が国鉄の職員にわびる一幕もあった。
二十三日夜帰郷した〉（『新美南吉全集』第六巻、三二五―三二六頁）

昭和十四年の行動をもう一度振り返ってみたい。
一月、「安城高女学報」三学期号の編集、二月、生徒詩集「雪とひばり」発行、四月、村積山へ遠足、五月、三年生の関西旅行引率、六月、校内運動会優勝、七月、富士登山、学校宿泊訓練、八月、大村重由、戸田紋平と熱海・大島・東京方面に学事視察、熱田神宮への夜中行軍。病気の南吉がこれだけ動いて、どうもならない方がおかしい。結果はこうなった。

秋蟬《あきぜみ》や着物着換へてまた病臥《びょうが》

南吉の通称「アルスノート」に記された昭和十四年九月一日の俳句。南吉は精いっぱい、はじけてみたかったかもしれない。「あんじやう」と駅名をしるした看板の前で撮した富士登山にでかける有志のなかに、リュックを背に、白い帽子をかむった南吉がいる。その左手には、布を巻きつけたらしい金剛杖が握られていた。

第8章　先生の恋

1

私ハ新シイ背広ヲ着テ
立ツテヰル

少女達ノコーラスガ
ユルヤカニ光ツテ右ヤ左ニ流レル
少女達ノコーラスガ届クトコロカラ
雲雀ガノボリダス

少女達ノコーラスガ届クトコロニ
菫ガ落チテヰル
少女達ノコーラスハ
小川ヲ越ス

遠クニ白イ牝牛ガ見エル

私ハ少女達ノコーラスノナカニ
花束ノヤウナ心ヲ抱イテ立ツテヰル

少女達ノコーラスハ私ヲスギテ流レ
少女達ノコーラスノ届クトコロカラ
コトシノ春ガハジマル

南吉の「合唱」（生徒詩集第二集、昭和十四年三月）である。

私ハ、という明るい響きと、コーラスハ、という軽やかな響きと雲雀《ひばり》ガ、菫《すみれ》ガのガがそよこの葉音のように交互に聞こえてくる。詩人の魂が羽根をひろげてはばたいている。南吉が

「私の世界」で紹介した画家中川一政の言葉が思い出される。

「見る事の出来るものは、ただ肉眼に見えるものを描く淋しさにたえない」

「合唱」には南吉の目に映じるたまさかの春がうたわれた。そこには、手足が凍え出すと、自分からあらゆる幸福と希望が去っていく、とまで日記に書く南吉の、春への憧憬がある。だが、この二年後に平穏な生活が突然破られる。他人によってではない。南吉自らがおのれの手でこじあけた。

死亡通知を出す人左の通り、とある。悪い冗談ならやめてくれと怒鳴りたい。南吉は弟益吉に宛てて遺言状を書いた。父親の渡辺多蔵が南吉に宛てて書いたというならわからなくもない。だが書いたのは『良寛物語』を書き上げたばかりの南吉である。

『校定新美南吉全集』第九巻では、遺言の作成時期を昭和十六年（一九四一）三月から同年六月の範囲と推定した。

遺言状は、〈弟よ、〉ではじまり〈どうも今度はくたばりさうである。もしくたばつたら次のことをやつてくれたまへ〉、とつづく。

一、借金を払ってほしい。
一、僕のもの、
一、返す本、
一、書物の始末

一、葬式
一、僕が失敬してから、
一、死亡通知を出す人左の通り、
と目次のような項目が並びそのあとそれぞれを具体的に記した。

死亡通知を出す人
巽聖歌・江口榛一・澄川稔・河合弘・久米常民・畑中俊平・村松剛次・遠藤慎一・佐治克己・山崎敏夫・大橋栄三・佐薙好子・高正惇子・松井栄一・江口彰次
以上の十五名を挙げた。

借金を払う先は左の通り、料亭、呑み屋がなく、安城と半田の本屋と菓子屋がならぶ。
安城の日新堂に四五十円。
半田の栄堂に二十円ほど。
同盟書林南店に十円ほど。
安城の金魚屋に二三円。
同じく明治屋に三四十銭。
同じく日吉軒に羊羹二本八十銭。
諏訪先生に五円。

小使の小父さんに賄料、牛乳代等併せて七八円。

安城の小林時計店に一円五十銭。

本当に死を覚悟しての遺言だったか。ふすまの向こうから、書いてみただけという南吉の声が聞こえてきそうな気配もないではない。しかし本当らしい。昭和十六年一月、二月の執筆疲れでも、三月に転校した高正惇子へのお熱だけでもなさそうだ。持病というべき結核の進行が疑われる。

この時期の日記は書かれていない。ここでは南吉が出した手紙を手がかりにみていきたい。手紙はさながら南吉の病状のカルテのようである。

歌見誠一　昭和十六年二月二十六日

〈日曜日の午後から少々熱が出ましたので今日で三日間寝てゐます〉

佐薙好子《さなぎよしこ》　昭和十六年三月九日

〈僕少々夜更しがすぎたため今月はじめ四五日寝てゐましたもうよくなつて学年末の仕事に追はれてゐます御安心下さい一同元気でいよいよ最後の学年を迎へることになりました今時分になつて高正を送らねばならぬことは残念ですしかたありませんけれども〉

歌見誠一　昭和十六年三月十四日

〈風邪は一週間位で快くなりもう十日の余学校に出てをります〉

高正惇子　昭和十六年三月十七日

〈詩一篇〉
歌見誠一　昭和十六年四月十八日
〈今朝お手紙を頂いて嬉しく思ひました　病んでゐると朝の郵便が一番待たれます　あと十日もすれば快くなるでせう腎臓《ママ》です〉
細井美代子　昭和十六年四月二十二日
〈僕はそれ程ひどくないので魚でも軽いものは許されてゐます〉
早川房江　昭和十六年四月二十二日
〈仰せの通り六月の旅行までには必ず元気になります。四月の旅行が伸びたのは僕が病気になつたのが理由ではないので〉
高正惇子　昭和十六年四月二十三日
〈僕の病気は誰のせゐでもありません。しひていへば「良寛さん」のせゐです。ひどくはありません〉
村上高子　昭和十六年四月二十三日
〈うこん桜を見せて下さつて有難う。君達七組の人達が花壇の世話もよくして下さつた由これも有難う。お陰で僕は少しづつよくなつて来ました。もう直みんなに会へる〉
佐薙好子　昭和十六年四月二十四日
〈すこし気長にしてゐればよいのです。もうあと一週間位で学校にも出られる程ですから御安心下さい〉

高正惇子　昭和十六年六月十七日
〈昨日と今日勤労奉仕でみんなは麦刈にゆきました。私はまだすつかりよくはないので留守居をしました〉

歌見誠一　昭和十六年六月三十日
〈僕はまだすつかりよいわけではないけれども、この頃は勤務奉仕等で学校の方が忙しいので喘《あえ》ぎ喘ぎやつてゐます〉

手紙によると『良寛物語』の執筆時から熱が出ていたことになり、驚かされる。歌見宛に腎臓と書いた四月下旬から六月の間に遺言を書いたようだ。安静にしていなければならない六月に同人誌「童話精神」にアンドレ・モロア『デブと針金』の書評を書いた。執筆年月日、昭和十六年六月十六日、同人誌には同年八月三十日に掲載された。

アンドレ・モロアの童話が南吉のめがねにかなったわけであるが、驚かされるのは南吉のその筆鋒にある。第一、として南吉が強調したのは、〈余計な描写や、余計な心理や、余計な言葉がない。必要なだけのものがちやんとあつて、余計なものが少しもない〉そのことである。

南吉のいう余計とはどういうことか？　このあと横を向きたくなる文章がつづく。

〈かれこれ三十年から小説や童話を書いてゐる我が国の作家の作品を読むときにさへ、あまりに余計なものが多い（時には一篇の小説全体が余計なものばかりで出来あがつてゐて、もし余計なものを赤鉛筆で抹殺《まっさつ》してゆくとなると、あとに何も残らないといつたのさへある）のにうんざりする事実をどう片付けるか〉

第二、第三、は省略したい。

数か月前に、あるいは一か月前かもしれないが、これが弟に遺言を託した人の文章かと疑われる。からだと頭は別物だと言われてもにわかに信じられるものではない。が、これこそが新美南吉の、教師・先生という仮面をはずしたときの実像だ。南吉が子ども向けの童話を書いているからといって見くびってはならない。

こんな腹に響く文章ものしている。モロアの書評を続ける。

〈この童話がいろいろ難点もあるとしても、その辺にざらに見うけられる、郵便切手ほどの愛国主義を貼りつけてゐる作品、ミカン水ほどの感傷をたゝへてゐる作品、豚のしつぽ程の童心をふりまはしてゐる作品、曰く何々等とは比較にならぬくらゐ読みごたへを持つてゐるのは、モロアが、「大人文学の作家になれさうもないので童話作家になつた」といふが如き、腑甲斐《ふがい》ない作家ではないからだらう〉（『校定新美南吉全集』第九巻、二三六―二三八頁）

なぜだかわからないが昭和十六年夏のこの書評以降と『良寛物語』を書いた南吉とはつながらない。別人とさえ感じる。それは蝉が皮を脱いだような変わりぶりである。何が南吉を変えたか。

南吉の日記は学芸会前の昭和十六年二月十六日で止まり、そのあと長い空白がつづく。そうした中で『良寛物語』を書き終える。日記が再開されるのは同年六月二十二日である。一人で名古屋の町に出たらしい。

〈名古屋へゆくと大阪を連想し、高正のことが思ひ出された。実体のないものを恋ひしたふ癖《くせ》は自分にあつては十五歳の少年の日も今も同じことだと思つた。何故なら、知つてしまえば高正は実に平凡きはまる、俗な人間にすぎぬことは解つてゐるのだから〉

遺言の墨がまだ乾いていない人間がこんなことを書く。病気は危機を脱しても恋の始末は簡単ではなさそうだ。六月二十六日の日記。

〈家に帰ると温い寝床が待つてゐるのだと思ひながら退屈な芝居を見てゐるのは心安らかである。息をひきとると死が待つてゐると思へば、生の退屈さやわづらはしさも我慢出来る。尤も死を温い寝床と同じやうなものに考へるまでには相当の努力がいるが〉

七月三日の日記。

〈手術などを受けてゐるとき苦しいから殺してくれと口走る患者は、少くともその瞬間には僕と同じ思想なのである。つまり死は肯定出来るが苦痛は肯定出来ぬのである〉（『校定新美南吉全集』第十一巻、四二八―四二九頁）

ふところに匕首《あいくち》を忍ばせたような凄味《すごみ》を持つ文章である。南吉のなかで死は岸を離れていない。

2

南吉がいつ高正惇子に惹《ひ》かれたかは南吉当人でなければわからない。もっとも南吉に訊《き》いてみたところで多分気がついたときというのが関の山。生徒に恋してしまった教師にできることは用心深く隠し通すこと。それしかない。鳴く蝉よりも鳴かぬ蛍が身を焦がす。そんな言葉を地でゆくなりゆきとなった。今にして思い出すのは生徒五十六人がおさまったあの入学記念写真に高正と南吉が同じ三列目にいること。いがくり頭の南吉が写真の左端に、その南吉から三人おいて高正が一人だけセーターを着て立つ。

撮影は昭和十三年五月二十五日、うしろに写るのは女学校の正面玄関。ひとりだけセーターを着ている理由は名古屋の松坂屋にオーダーした安城高女指定の制服が間に合わなかったから。写真で見る高正は早熟ぶりがきわだっている。ふっくらとした体格でいかにも健康的、いや女っぽい。南吉が好きになった女性に共通するフェロモンを高正のなかにもみとめることができる。

南吉が中学時代に熱くなった木本咸子、河和《こうわ》第一尋常高等小学校の代用教員の時に結婚まで考えた山田梅子、また山田と同時期につきあっていた女医の中山ちゑ（ちい子）など、一人として豊満でない女性はいない。南吉の本能が女性特有の豊満さを求めた、というしかない。その南吉と高正は丑年《うしどし》、十二歳違い、結婚しておかしくない年齢差といえる。当時は女学校四年あるいは五年、十六、七歳での見合いもめずらしくはなかった。

高正の父親は、人口二万ばかりの安城の町で最大の会社となる内外綿《ないがいめん》株式会社の工場長。内外綿は、国内に西宮工場、安城工場、海外に上海工場、青島工場、金州工場を有する日本六大紡績のひとつ。工場のあった場所は安城駅の西方、南流して流れる明治用水の西、工場には安城駅に向けて貨物の引込み線もついていた。父親は東京帝国大学卒、母親は自由学院卒、工場長の社宅は二階建て芝生付き、メイドがいた。（『内外綿株式会社五十年史』一九三九年）

南吉の日記（昭和十四年四月十六日）の中に貸しボートを浮かべる大池の話が出てくるが、大池は昭和八年十一月操業開始になる内外綿の敷地造成の土を掘った跡で、それが大きな池になった。だから池は大池とも内外綿とも呼ばれた。

高正惇子は父親の仕事の関係で上海で生まれている。

その高正は『校定新美南吉全集』第三巻の月報に「であいとわかれ」と題した一文を寄せている。「であい」は、高正がバー投げでボールを受けそこなった昭和十三年五月二十八日に始まる。

〈先生が、眼をつぶってごらん。とおっしゃりながら、右のおや指をぐいぐい引張って下さった。そうしてヨードチンキをぬって下さったが、少しも痛みはひかないでだんだんはれ上がってきた〉

高正が自分の日記をもとに書いただけに少女らしい事実関係が淡々とつづられる。

一方、南吉は高正のつきゆび事件から一年半後の昭和十四年十一月二十四日に「指」と題してこれを詩にした。（『校定新美南吉全集』第八巻、三九一頁）

指つつこんだ子が
云つて来る

その指出しなさいと
わたしがいふ
まだとゝのはぬ
冷たい指
わたしがぐつと
ひつぱると
その子がよろける
ヨヂム塗つてやる
おかつぱ頭下げて
いつてしまふ
足音が廊下のはてで
消える
わたしはまだ若い
教師
あの指握つた掌を
そつと開いて見る
なあにわたしは
たゞの教師

これは窓から流れ入る
金木犀の
織い香、

高正の細い指が南吉のなかの何かを呼び起こした感じである。入学の写真を撮った三日後の事故が一年余を経て詩に昇華《しょうか》した。南吉の消化能力が強靭《きょうじん》であることはわかるが、それにしても長考である。

先の「であいとわかれ」で「わかれ」の部分を高正はこう書いている。

〈昭和十六年の三月、父の転勤で西宮に行くことになった私の為に送別会をして下さいました。組の人皆が作法室にぐるっと輪になって座り、思い出話や、餞《たむけ》の言葉などをかわるがわる述べてくれました。最後に先生の番になって、「高正は……」といいかけて言葉を探していらっしゃる様子で、暫く間をおいて、「教養ある人だった。」といわれました。学校の校訓が「教養ある婦人」というのでしたから、日頃の先生らしくもなくこんな抽象的な乾いた言葉でくってしまわれたことに、何かはぐらかされたような気持ちでがっかりしたものでした。そのあ「じゃ歌をうたおう。」とおっしゃって、英語で「アンニーローリー」をうたい始められたのですが、高音になる処でふっとやめてしまわれました。声が出なくなったのか、例の照れ屋さんが顔を出したのか、感情が激してきたのかわかりませんが、「もうやめとこう」と打切ってしまわれました。又々私は空しくなったのです。

その後、小さな花束を皆から贈られて会は終りましたが、うちへ帰ってからも、途切れた歌の行方を思っていたものでした〉

このときの高正には他の生徒の送別会とは違った女性としての期待があったろうし、南吉には他の生徒と同列に送り出せないとまどいのようなものがあったに違いない。

南吉のささいな動きや息づかいさえ見逃すまいとする高正のこころの動きには、いつもの高正でありながらまたそうではなくなっているひとりの女性を感じる。

年を経て高正が思い出す作法室でのあの南吉の姿こそは、何時の時代も変わらぬ、恋する者との別れにとまどう男そのものといえる。ここには芝居ぶることさえできず顔を赤らめるうぶな少年南吉がいる。

作法室での送別会が教師と生徒の別れではなかった。「であいとわかれ」はこうつづく。

〈それから暫くしての或る日、先生からちょっと会議室まで来てほしいと云われて、何かしらと思いながら行きましたら、先生は少し顔を赤らめて、「そこの戸をちゃんと閉めなさい」とおっしゃってから、書棚の扉をあけて、そこに入れてあったリルケの詩集を、「僕のお餞別《せんべつ》」といいながら下さいました。お礼をいって帰ろうとしましたら、又戸棚の中から一枝の沈丁花を出して、「今朝うちの庭に咲いていたから……。帰りに川にでも流して下さい。」といって下さいました。それは私の家のものより倍近く大きな花で、はなびらの外側の赤の色が鮮やかに濃く、香りが強くて、帰ってから自分の部屋に飾りましたが、その後随分長く匂っていました〉

高正は沈丁花がよほどうれしかったらしい。高正は同級の山口千津子にこんな言い方で話している。山口が高正から直に聞いたこの言葉こそ、より新美南吉の直話として聞こえ、高正惇子もまた高正らしくあると思う。

〈沈丁花、つまらなかったら捨ててくれたまえ、とおっしゃったけれど、私が捨てるわけないわよね。すっかり枯れるまで机の上に飾っておいたわよ〉

生徒の転校に合わせて本や花を贈るのは南吉のいつもの行動パターンである。けっして高正だけに向けられたものではない。

だが、茅野《ちの》蕭々《しょうしょう》訳『リルケ詩集』（第一書房）の見返しに書かれた南吉の言葉と南吉の署名には南吉の心情のありったけが出ている。

こころはあたゝかだつた
ことばはつめたかつた

昭和十六年三月十六日

南吉

ていねいに一文字ひともじ書いた文字のいくつかが横にはみ出してもいる。そして何よりもそうだったのかと思えるのは、安城高女で最初で最後の「南吉」の署名をここで使ったことである。女学校に来て一度も使ったことのないペンネーム「南吉」を使った。そこに正八という教師名ではすませられなかった南吉個人の思いがみえる。

3

新美南吉を虜《とりこ》にした高正惇子とは、どのような女性か。

ひとことでいえば、あっけらかんとした生まれも育ちも南吉とはまったく違う女性、ぶらない女性だといえる。たとえば二年生のころの歴史の試験でのこと。教室にはいって来た高正が突然大きな声をあげた。

「あら、今日は、歴史の試験だったの。わたし、公民と間違えちゃったわ」

そのとき試験にそなえて教科書をそらんじていた生徒たちは自分と次元の違う高正を見たにちがいない。

別の場面の高正を見た生徒もいる。

なんでも答えを罫紙に書いて出す試験だった。普通の生徒は罫紙を書き上げてしまうと教卓まで罫紙を取りに行く。ほとんどの生徒が自席を立つ。

クラスで高正だけは違っていた。自席を立って行くのを見た者がなかった。いつも一枚目の罫紙に書いて終わり。それも細かい、ちまちました文字でなく、大ぶりな字で書いて悠然《ゆうぜん》と構えていた。それが高正だという。

その高正が転校していく前に言ったひとことが十九回生（昭和十七年三月卒業）の間に伝わっている。まさにこう言えるのが誰もまねできない高正らしさというべきか。田舎の女学校の生徒がこんな言い方をしたらそれこそ鼻持ちならない。

「わたし、（別れるときに）さようならと言おうと思う――もう少し違った言葉を考えていたのよ――だけどやっぱりさようならだわ」

そんな高正の好きな言葉が、バイオレットとトワイライト。それは南吉の使ったプリムラ、マルセーユなどのひびきに呼応する。

高正と他の生徒とは言葉づかいにも違いがある。安城高女の生徒が普通に「隣のおばさん」と言うときの言葉である。高正は、「隣のおばさま」と言った。気どらずそのまま出た。本城良子はそんな高正を、動じない人、いばらない人、あせらない人、山のような人だとむかしを思い出すように言った。

高正とその家族は送別会の数日後、内外綿の関係者に見送られて安城をあとにするわけだが、そのときのいきさつがいかにも高正らしい。

高正はその日に着る洋服を名古屋の松坂屋に仮縫いに行くと友達に話している。さらに、当日は見送りの人が多くてホームでは会えないと思った本城が、「私は明治用水の堤防の上に立っている」と言った一言に「二等車よ」と一言で返した高正。

本城の立つ明治用水の土手から、高正らが乗る汽車が見えた。土手と駅のホームは声こそ届かないが見通せる。それでも駅を出てスピードを上げる列車のどこに高正がいるか本城にはわからない。列車が近づいたそのとき突然二等車の窓がパーと開いた。窓からからだを乗り出した高正が手をふった。線路の南、土手に立った本城だけが窓を開け手を振る高正を見送った。

南吉の詩の中に転校していった生徒をうたった詩（昭和十四年四月七日）がある。（『校定新美南吉全集』第八巻、一八六―一八八頁）

歌

夕闇の中から
やさしい子守歌が聞えて来る
風呂からあがつて
裸で林檎をたべてると
木立ちの向うから
細いやさしい歌声が聞えて来る
いつか聞いた歌だ
誰かが歌つた歌だ……

さうだ私の生徒、
三月静岡へうつつていつた
あの黒い眼の少女がうたつた子守唄だ

とんとんとろりこ
とんとろり

あの少女《コ》はさう歌ひ
私は悲しくきいてゐた
別れもまぢかい日だつたが

私はちやんと知つてゐた
私達はあまり年が違ふので
私の言葉はあの子に通じないことを
あの子の言葉は私の心にとゞかないことを

だがあの歌を

しみじみあの子が歌つたとき
それはあの子の魂のしんに触れ
私の魂のしんに触れ
それらは一つリトムをうつた
（後略）

「とんとんとろりこ／とんとろり」くちに乗せると別の世界へいざなわれる。南吉がつくった生徒を送るうたはこの「歌」だけにとどまらない。昭和十四年十一月二十四日には十月に中国漢口に移った小川安子のために「支那漢口へ移つてゆく子に」を書いている。高正惇子でしめるべき最後に「歌」を持って来たのは南吉のどこかに別れのバイアスを感じるからに他ならない。先生の、というより詩人南吉の別れを思う心が歌になった感がある。

第9章　作文の時間

1

学校で作文を習った者はいるか、大声を出して聞きたい衝動《しょうどう》にかられる。教えられたことがあるかと。南吉は英語の教師として女学校に来た。が、女学校で一番力を入れたのは専門の英語ではなく作文であったらしい。作文を教えたいと申し出たことはすでに書いた。ここでは授業の実際をみていきたい。とはいっても想像や義務感では南吉の「作文の時間」に近づくことはできない。ちょうどそんなとき中村とめ子（二十一回生）の作文を見ることができた。昭和十五年入学といえば南吉が作文を担当して三年目の年。はじめに引用するのはその中村がのちに語った思い出である。

〈先生は原稿用紙（安城高女専用のもの）を生徒に配ると、教室の窓に腰をかけるような姿で作文を書く生徒を見回したり、外を眺めたりされていました。ある時

「先生は楽でいいですね」

と私が申しましたら、その通りというようにニソッと笑っていらっしゃいました。今でもその時の先生のお姿お顔は、はっきりと目に浮かびます。

先生の作文の採点は、A°、A、B″、Bとかで評点を書き、評言というかコメントが赤ペンで書いてありました〉（『安城の新美南吉』一一八頁）

中村が大切にしてきた原稿用紙の上部の書込欄には、赤ペンで枡目四つほどの大きさのA°、Aが書かれ、南吉の評言もあった。評言は採点の近くにある場合と原稿の余白にある場合の両方があった。赤ペンの評言は一目で南吉のものとわかる丸く流れるような線で脈動感すらあった。書かれた評言におざなりがなかった。作文の内容と不可分な形で書かれていた。それが単なるほめ言葉のたぐいに見えたとしても、その文字から、読んだ南吉の感動、息づかいの伝わるものだった。

たとえば、
○ピチピチしてゐる。読んで気持がよい。（「矢作川まで」）
○力強い、男性的な文章である。（「私が手伝った家」）
○なかなか美しい。（「春の一時」）
○大層うまい。友達が塀《へい》にかくれるところなど見える様だ。（「友達の来た日」）
○さうです、大自然の静けさは朝よく感じられます。（「私の好きなひとゝき」）
内容にふれた評言の例として同じ中村の作文「私の仕事」の評言を引くと、

〈二階で布団にカバーをつけてゐた姉さんを呼ぼうかと思つてやめたりする所が面白い。わくわくしながら、心配しながらやつてゐる様子がよく書けてゐる〉

もう一例、今度は南吉のクラスの杉浦さちの作文「藤野屋」を引く。

〈その店の様子はこれで充分だ。その店がどういふ感銘をあなたに与へるのか、それをきゝたいのである〉

南吉が「藤野屋」につけた評点はAである。南吉はそれに注文をつけている。〝どういう感銘をあなたに〟と正面から問われた杉浦はこのとき物を書くとはどういうことかを己に問いかけたことだろう。

南吉はただ評点をつけ感想を書いただけではない。文字の校正的な直しから、句読点までを綿密にチェックしている。句読点については女学校専用の原稿用紙の欄外に、句読点（。、）を付けて差出すべしと注意書きが印刷されているのだが無視される。南吉は枡目《ますめ》のひとつひとつを丹念に追っている。指定原稿用紙（二〇字×二〇行）には句読点の注意書きの外にあと二つの留意点が印刷されてもいる。文字を丁寧に書くべし、分らぬ漢字は辞書を見て書き入れて差出すべし、の二つである。赤罫《あかけい》四百字詰の原稿用紙中央の柱に「魚尾」のように安城高女の校章、太枠外の左と下にそれぞれ二十までの数字が印刷され、書きながら今、何行目の何文字目を書いているかが書き手にわかる工夫も凝《こ》らされている。罫を含めてすべてが赤、そこに南吉の評点と感想が入る。赤というより朱赤の罫の持つ美しさ。生徒ならずともそこに何が書かれてくるか、待ち遠しかったにちがいない。

週一時間の作文の時間は一時間では完結しない。作文の時間は書く時間と読む時間の二週でセットになっていた。今週書かせると来週読ませる。中村に楽でいいなどと揶揄《やゆ》されるが、書かせてから返すまでが先生の「仕事」であった。

書く時間はともかくとして、読む時間はこんなふうであった。

時間のはじめに作文を配る。受け取った生徒は、どこに赤ペンが入っているかを見る。評点。Aの者は心のなかで名前を呼ばれるのを待っている。「○○、読め」、名前を呼ばれた生徒は起立して読む。また生徒の名前が呼ばれる。すべては作文次第。成績に関係しない。だから、次に誰が呼ばれるかはだれにもわからない。評点。Aになった作文を全員で聴く。いい作文が読まれるのだが、だからといってどこが良くてどこが悪いという解説はない。読み終えた者がホッとしたうれしさを感ずるだけ。

だが何を書かせるか。課題(テーマ)を決める側の南吉には見えない苦心があったようだ。自由題で何を書かせるか。昭和十四年(一九三九)六月十三日の日記である。

〈麦がよくみのつた。牧歌的《ぼっかてき》だ。生徒達に麦秋といふ題で抒情的なものを書かせたかつた。だがどういふ風にこちらの意のあるところを伝へたらいいのか。それがむつかしい。言葉で説明したのでは駄目。一番いい方法は課題に抒情的な調子を持たせ、それにより生徒等の抒情的な精神にうつたへることだ。としても、それならばどう課題を定めるか。さんざん迷つて、一層やめてしまはうかと思つたが学校についてからまたやつて見る気になつた。まだ一人もゐない教室にはいり、黒板に麦の秋と大きく書き、麦の秋とは麦の実る頃、つまり今日此の頃のことをいふのですと説明を加へた。この題一つでは不安だつたので、これも以前に考へておいた〝私のすきなひととき〟といふ題も竝べ好きな方を撰ばすことにした。ところがあの方の題に余計の説明を加へてしまつた〉（『校定新美南吉全集』第十二巻、九八頁）

わずか一時間の授業、生徒に出す作文の題をめぐって書かせる側の呻吟しきりである。作品に向かうのと同様の真剣さが見える。作文を教えることなど本当にできるものだろうか。答えのない授業を実践《じっせん》したのだ。

こんなこともあった。

ある生徒が作文に家が貧乏であることを書いた。南吉はその生徒に言った。

「そんなことを作文に書く必要はない」

その生徒は七十年前に南吉が言ったその一言を「座談会 新美先生の思い出」（昭和五十年十月二十五日）で実名で公開した。

この話を知ったときに思い出したのは民俗学者の柳田国男が使った「同情」であった。なぐさめるのでない、相手を心の中で思いやるのが柳田の「同情」である。南吉も経済的に楽な家にそだっていない。注意された生徒はそのときの南吉の目を見てわかったはずである。私は、「書く必要がない」と言った南吉の言葉に真の同情を見た思いがした。

提出された作文全般の感想も南吉の昭和十四年一月十六日の日記の中に出ている。

〈職員会で遅くなり鈴木さんに代つて貰つて泊《ママ》つた。二年の作文〝お父さん〟を半分ほど見た。みな文章がまづい。救ひがたいまづさだ。智脳の程度の低さから来るまづさだ。一年間見てやつて来たのに、自分としては一ばん情熱をこめてやつて来たことだのに、最初に書かした作文とどれだけ違つて来てゐるだらうと思ふとうたゝ情なかつた。こんな連中が立派な手紙を書くやうになり、男達を手紙で落胆させたりしない様になるであらうかと思つた〉（『校定新美南吉全集』第十一巻、五四三頁）

念のために言えば、ここで二年生といっているのは南吉のクラスではなく、一つ上の二年（十八回生）である。

宿直室から南吉の声とも嗚咽《おえつ》ともわからぬものがもれて来そうな日記である。

女学校で仲のよかった音楽教師太田あきが南吉のそんな日常を書いている。

〈（前略）暇さえあれば、かならず作文を読んでおられました。そして、いちいち批評をかかれ、その親切さは並大抵ではないと存じます〉（『新美南吉全集』八巻、月報）

南吉が音楽の太田あき先生と親しかったことは、平成七年に新美南吉に親しむ会がおこなったアンケート調査（対象は十六回生から二十四回生）にも出ていた。筆者が大見和子（二十回生）から聞いた話もそれを強調し裏打ちするものだった。学校ではよく音楽会があり、太田先生がピアノの伴奏の時いつも横に腰かけて楽譜をめくっていたこと、太田先生が出張の時いつも新美先生を連れていかれたこと、弟のように大事にされていたことなどである。作文とどう関わる話でもないが南吉の女学校での居ごこちを誰がつくっていたかということではないがしろにできない事実である。南吉の日記にも戸田先生から太田先生を守る南吉が登場する。

〈一昨日戸田さんと喧嘩した。一週間後に迫つた音楽会のプログラムを見て、二年生の出る回数が多すぎ一年四年が少ないといつてぐづぐづ太田さんに云つてゐた。それは仕方ない、熱意を示さない組は棄てるより、と僕は太田さんの肩を持つた。さういふ風に指導したのがいかぬといつまでもすねくつてゐる様子なので、そんなにいふんなら、戸田さんにやつて貰ひなさい始めから、といひ棄ててその場を去つた。しばらくして戸田さんが何処からか戻つて来て、「そんならあんたやりなさいといふ様な口のきゝ方がありますか。第一失敬ぢやないか」と怒り出した〉（昭和十五年二月十九日／『校定新美南吉全集』第十二巻、一九四頁）

何を書かせるか。生徒にどんな題名で書かせるか、志願したとはいえかなりの心労である。作文は授業中に書いて出す、もし時間内に書けなければその日の内に、が決まりだった。

しかし次の作文は、作文の授業でないときに突然出された。名古屋の映画館八重垣で映画を観てきた女の先生の一言が引き金になった。

〈登校する時、〇〇先生が外国の映画を見てとてもよかつたと盛んに言うから、どんなストーリーか訊いたら、そんなことは難かしくて言えないと言つた。君達はあれでは駄目だ〉。どんな作家の、どんな作品でもいい、その梗概《こうがい》を書いて提出せよということになった。あらましを書いて来いというわけだ。災難はどこから降るかわからない。生徒のボヤキが聞こえそうである。

一、二年、計百人の生徒の作文を読む南吉だが、読んで点数をつけ、誤りを正しただけではない。推敲《すいこう》もして具体的に書き換えてもいる。さらに推敲のあいまにこんな言葉も書いた。カンドコロはどこか。

南吉は「だれの言葉がいい」と具体的に言った。その日によって良しとする言葉が挙がる。読んで南吉自身が感動した言葉が挙がる。優等生が選ばれる保証はない。あの子だからもない。普段できないと思われている生徒の言葉からもひっぱる。教室にいる生徒の作文を、まんべんなく拾い上げ、しかも毎週その生徒が変わる。ぞっこんほれこんで言っているのが聞いていてわかる。常には下を向いている生徒も、ひょっとして私のことをひとことでも言ってもらえるかと待っている。誰にも何時間かに一ぺんは、の淡い期待があった。

授業が終わった後も生徒には返された作文を見直す楽しみがあった。

どこか、自分では気づかない、そんなところがほめてあった。読み直してみると、それは自分が素直に書いたところ、本当に自分の目で見て書いた箇所だった。

そんなふうに確実に評価をされる先生から、何も書かれずに戻る作文もある。書けたと意気込んだ作文に書いてないことが多かった。

その厳しさは、と本城は言った。

南吉の日記、昭和十四年一月四日の最後の部分に生徒の作文のことが出ている。

〈一年生の作文（題〝お父さん〟）の残つている二十五六篇を読んでしまつた。全体としてはつまらぬ作文にもどこかに捨てがたいところがあると思つた。さういふのを抜粋してノートしておくといいと思つた。比較的教養ある家庭の子、たとへば西村静江のごときが、父に対して全然敬語を用ひてないのには考へさせられた〉（『校定新美南吉全集』第十一巻、五一六―五一七頁）

生徒を格下に見ていない。作文をノートにしておくとまで言っている。生徒は、南吉が教え子呼ばわりしなかったように南吉にとって、対等・同格の人格としてあった。作文の授業と担任するクラスの日記を読む。この二つが南吉の中でどのような発酵《はっこう》を促《うなが》したか。文学書や新聞を読む以上の影響を与えたことが予想される。南吉がそれまで頭で考えていた家庭と現実、外からは決して見えない家での生活、西村静江（十九回生）の作文からも生の体験としてそのことを知ったようだ。

作文に比べ週三時間あった国語はその時間数の割に記憶されていない。そんななかで馬場貞の覚えはある日の南吉を知る映像になった。

〈国語の時間は、特に読み方を重要視なさいました。その頃先生の書かれた「うた時計」（成稿日、昭和十六年十一月二十四日）を読んで下さったことがあります。本を左手に持って、右手はポケットに入れたまま読まれる姿が、ふっと瞼に浮かんで来ます。そして、主人公の名前〝廉《れん》〟という文字を、指で空間に示して下さったのです〉（『安城の新美南吉』一〇九頁）

ここで馬場の言う本が「うた時計」を掲載する「少国民の友」（昭和十七年二月号）なら、四年生の三学期である。南吉なら、「うた時計」の本文にあるように、清廉潔白の〝廉〟て字だよ、と言ったにちがいない。

作文を見る目の確かさとともに、南吉が人の講演をどう聴いたかも気になることの一つである。講演をした人物は歌人釈 迢空《しゃくちょうくう》、民俗学者折口信夫《おりぐちしのぶ》である。

昭和十四年一月二十八日、土曜日、岡崎の師範学校に三河部の国語の研究会があって、いつもの汽車で戸田先生といった、と日記にある。

〈一人身体検査ではねられ夕暮のこの道を電車にのる気力さへなくとぼとぼと歩いて来たのだつたが、あの時はいれなかつたばかりに今日かうしてあそこを卒業した生徒より高い地位を得ている〉（以下『校定新美南吉全集』第十一巻、五五八―五六八頁）

今の自分と八年前の自分がクロスして書かれている。講演は午後伊賀町の岡崎市立高等女学校であった。師範学校から女学校へは歩いても二十分ほどの距離だから、二人は歩いて移動したのだろう。二階の作法室が会場で、演題は「萬葉集の成立」だった。講演は小憩をはさんで前半、後半と二つに分けておこなわれた。講演前に戸田から言われたこと、演者である折口信夫の印象までも、ていねいにこの日の日記に書きとめている。

〈折口さんの話は面白くないだらう。あなたには面白いと思ふが〉

〈始めて見る折口信夫氏はテーブルを前に立つて話してゐた。眼がねをかけ、恰好のよい頭をわけ、肩はゞのある胸を、鼠か黒の背広につつんでゐた。カラーの白さが清潔だつた。

（中略）

声はかなりかん高く女性的だつた。言葉使ひもさうでよく語尾に「ね」をつけた。いつかラヂオを通してきいた谷川徹三氏の話しぶりに酷似してゐた〉

観察が詳しいのは前年暮に日記の書き方を変えたその成果だ。この日の日記はまたとびきり長い。四百字詰原稿用紙に換算して二十枚を優に超える。戸田が、あなたには面白いと思うが、といった理由を南吉は戸田に尋ねている。戸田はこう答えた。

〈あの人の話のは感覚的でね、感できいてないとわからない。あとからまとめるとまとまるけれど、それだから他の連中にはそんな話は面白くないのですよ、といつた〉。終了後戸田が〈どうです私の云つた通りでせう〉と南吉に同意を求めた。南吉は戸田にこう返した。〈よかつたねと僕は云つた〉と。

どうとでもとれる百花蜜のような南吉の返答である。戸田は戸田自身が想像した範囲で聴き、納得した。南吉はどうか。講演の要旨を速記録のような日記にした。別の意味でよかったにちがいない。その日記は読む者を圧倒する。

折口信夫の講演を聴いた戸田と南吉は女学校下の小さな骨董店《こっとうてん》へ、さらにそこから電車通りの小野という古本屋に足を延ばし、駅に向かった。

岡崎の駅に着くまでに南吉の気持ちが固まった。

2

〈駅に来ると十分あつた〉（以下『校定新美南吉全集』第十一巻、五六五―五六八頁）

日記にこう書いた南吉はしかし十分あるなしなど考えていない。前の文につづけてこう書いている。

〈急に石川喜久枝を見舞ふことを決心した〉

こうも書く。

〈時間表を見ると七時五十八分が大府での連絡がよいのでそれで帰ることにきめた。まづ太田

春子の家へゆきゐたら彼女に案内させようと思つていつた〉

石川喜久枝は南吉のクラスの生徒（十九回生）で前年の四月に入学し、二週間ばかり出て休んでいた。その見舞いを決心したと南吉は書いた。時間が十分あろうとなかろうと、七時五十八分の汽車に間に合おうと間に合わなかろうと決心した。そこは決心しなければ行くことができないところだった。石川の病気は南吉と同じ結核なのだった。

〈昨年四月見たときの俤《おもかげ》がもうみとめられない程顔は小さくやせこけてゐた。髪は蓬々だつた。手は真白で人の手の形はなかつた。その指先で何かいぢつていた。のどに綿をまいてゐた。りんぱせんがこの二三日はれてゐるのださうだ。（中略）なんか笑ひながらしてゐると石川もくつくつとのどを鳴らして笑つた。病気で心がねぢけてをらず、少女らしい純真さでゐることがわかつた〉

家を辞した南吉は案内をたのんだ四年生の太田春子（十六回生）と喫茶店に入る。

〈まだ二十分ほどあつたので駅前の喫茶店にはいつて太田春子にココアをのませてあげた。ゆくときも帰りもそこにはいつてからも、卒業のこと、職業のこと、希望のこと、昨夏の旅行の楽しかつたことなど話しあつた。きいて見ると彼女のお父さんはもう家と関係を断つてゐるのださうだ〉

太田晴子と話しつづけることが救いだった。

翌日の日記にもその岡崎のことが見えている。

〈昨夜の岡崎が美しく頭にうかんで来る。何だか遠い町のやうな気がする。遠い昔のやうな気

がする。岡崎の附近に下宿し、自転車で通ふといふ方法もあるなと思つた〉（昭和十四年一月二十九日）

南吉が「学報」に石川喜久枝逝去《せいきょ》の報を書いたのは昭和十四年四月二十五日発行の一学期号であった。追悼文の余白に自筆のカットを添えた。石川喜久枝さん逝去の見出しと平行するように右横に太く黒線が引かれ、丸い弥生の壺を思わせる薄い色の花瓶《かびん》に黒い色の生け花一本が活けられていた。文章の行間は「学報」の他の文章と区切るようにそこだけが別の頁組になっていた。

3

蝉は季節を知らせてくれる。昭和十五年七月十八日の日記である。

〈仕事をしてゐたら――いや生徒の日記を見てゐたら、シヤーシヤーゼミがどこかの緑の中でシヤーと鳴き出した。夏が来た。うれしい来方《ママ》である〉（『校定新美南吉全集』十二巻、二五六頁）

学校で生徒の日記を読む。神谷愛子（十九回生）は、日記を提出する日を日記指導という言い方をした。南吉の指導は検印を押しておわりではなかった。朝、頁を開いて教卓の上に置く。班単位に週一度がその提出日だった。日記を受け取るのも返すのも教卓だった。

日記には赤ペンで意見や考え方が書いてあった。その文面によっては先生の顔がまともに見られないことも。きびしい指導ばかりではない、どこかほめるところがあるときっと何かが書いてあった。作文の指導に赤ペンを入れたように、日記にも作文と同等の力を注いだ。そのため半頁も赤ペンの文字のつづくこともあった。作文にしても日記にしても南吉の側から「そうだねぇ」などと乗ってくることはない。答えは出さない。生徒が、もう一度自分の中で考える。自分に問うこと、考えさせることを念頭に置いていたふしもある。

それはしかし、生徒の中で誤解も生んだ。生徒にすれば何を考えてる先生なのかがつかめない。人によってはそんなもどかしさが生じた。話せばわかるの逆だった。理由を話さないゆえのすれちがい、なんのことかわけがわからないままが、少なくはなかった。だが、生徒の中にはそんな状態を放置できない生徒もいた。前出の神谷がそうであった。これは神谷から筆者が聞いたその言い分である。

「私はなんだかしょっちゅう先生に叱《しか》られ、世話をやかれていた気がします。ちょっとのことでも、めつぼにとられて……。いつでしたか何が悪いのかわからなかったが、先生は肩をいからせてさっさと歩いて行ってしまわれたことを覚えています。友だちの太田清子（十九回生）さんが「ついて行ってあげるであやまりな」といってくれて職員室まで二人で行きました。何が悪いのかわからないまま、あれだけ先生が怒っていられるのはいけないのだなと謝《あや》まりに行ったことがあります」

なんで謝まるのか自分でもわからない生徒が、職員室の引き戸を開けて入って来た。受け手の南吉はわかったろうか。うまく生徒を教室へ帰せただろうか。理解不能のわからなさが、立っているだけで、ロマンを感じさせたかもしれない。南吉を好きと言う生徒の数と同じだけ、南吉は御免という生徒がいた。少なくともちょうどいい先生などではなかったことは確かといえそうだ。先生稼業《かぎょう》もむずかしい、あの世でそうぼやいているかもしれない。

人格が形成される前の頃か、といわれると心もとないが、文学に目ざめる前の南吉を伊藤照《てる》が語っている。伊藤は岩滑の尋常小学校で六年生の南吉の担任をした伊藤仲次（明治二十六年生まれ）先生のつれあいである。

こんころ下駄をはいて仲次宅へ来た南吉がこう言った。

〈「ボクのおかあさんはまま母だから夜弟の益吉とならんでねていると実の子の弟の足はふまないが、ボクの足はわざとふみつけてゆく」などというので「そんなことをいってはいけない、それはお前の思いすごしだ」とさとしたことがたびたびあったという。

また長じてからのことになるが、南吉が失火を出して（風呂の火から離れを全焼させた）警察に呼ばれた時に「お前はまま母がにくくて火をつけたのだろう」といわれ、「本当に情けなかった」と署から帰されてからの話に照さんも暗然としてなぐさめることばもなかったという。「ひがみっぽい人をいれない一面のあるところの子でかわいそうでした」と語っている〉（「聖火」四号、一九六六年）

昭和十五年は教師南吉にとって平穏《へいおん》な年になった。それはアメリカとの戦争が始まっていないというだけでなく、女学校に来て三年目、安城に住んで二年目という時間がもたらしたおだやかさでもあった。いつまでも変わらない、けだるい時間が流れていた。

変わりばえしない通勤の道の一角に鶏霊塔《けいれいとう》なるものができた。塔といってもエッフェル塔とはちがってどれほどの大きさでもなかったはずだが金属製であった。場所は御幸本町《みゆきほんまち》通りの金《きん》魚屋《ぎょや》、日新堂《にっしんどう》、新富《しんとみ》、博文堂《はくぶんどう》のその先、安城町農会と碧海郡農会という二つの洋館がならぶ、その道に面した所にあった。町農会の前にはこれ以前から猿《さる》小屋があったが鶏霊塔はそれと向かい合うような場所に建てられた。南吉の日記に登場するのは昭和十五年十二月二十日である。〈安城の鶏霊塔の前で、あの高いところで寒い風の日に、三四人の坊さんが経を読んでゐた。女学校の同窓生である尼さんもまじつて〉（『校定新美南吉全集』第十一巻、四一一頁）

日記の記述はこれだけ。鶏霊塔は安城食鶏共同処理場が屠生したニワトリの供養のためにこの年（昭和十五年）に建てた。処理場が開設されたのは昭和十四年七月、これは屠生鶏年々十数万羽の時代にできた。

冬の寒い日に鶏霊塔を見上げた南吉は鶏霊の文字をどう見たろうか。三年前の暮には鴉根山にいた。エサやりが主な仕事だったのだ。尼さんもまじってなどと女学校の教師らしい口を聞いているが、南吉はこのとき鴉根山の自分に出会ったのではないか。

4

授業中のこんな場面を覚えている生徒がいた。

「ナンキチ、いい名前だろう」

いかにも得意気、黒板に大きく新美南吉の文字が書かれてあった。そのとき南吉は、教壇に半歩足をかけたままこう言った。ニイミは少し暗い。ナンキチはア行だから明るい。ナンキチの明るさがよほど気に入っていた証のような話である。

　南吉は宮沢賢治の作風にそまることはなかったが、かなり意識していた。だがそのことがどれほどと具体的に説明できるかというと簡単ではない。四年間担任した生徒が授業のなかで何回か宮沢賢治の名前を聞いていたが、「哈爾賓日日新聞」の江口榛一に子どもが生まれ、クラス全員で名前を付けた、などといった具体的な話としては伝えられていない。そうした中で昭和十五年二月七日の日記に書かれた内容は興味深い。この日の日記に日付はなく、〈月曜日今日。立春〉とだけ書いた。

〈四年生で宮澤賢治の「永訣《えいけつ》の朝」を鑑賞する。死んでゆく妹に雪をとつて来てたべさせるのだ。僕はこの詩をながい間すばらしい詩だと思つてゐた。尤《もつと》も何をどう誤解したものか、僕の記憶の中では妹は死ぬのぢやなくてどこかへ奉公に出てゆくのだ。そして喰べるのは雪ぢやなくて、雪の中を買つて来る飴なのだが〉（『校定新美南吉全集』第十二巻、一八〇頁）

　ここでいう四年生は十七回生である。詩の鑑賞ということでいえば国語の時間。見事な思い違いをしたものだが、逆に考えれば詩の内容がそっくり頭に入っていた証にもなる。

　その少し前、一月二十日の日記は南吉の賢治への関心が並のものでないくだりがあって驚かされる。

〈高村光太郎、草の心《ママ》平の詩を読む。負けた。平板な表現がない。どぎつい感覚。豊富なボキヤブラリ。精神力の強さ。やゝ言葉のマジックなきにしもあらず。
草の《ママ》心平なんで《ママ》今まで頭から馬鹿にしてゐたが。宮澤賢治の影響を見受ける〉(『校定新美南吉全集』十二巻、一六二頁)

作文の添削《てんさく》をする南吉が生徒に赤ペンで示した言葉の中でいちばん多く使った言葉は、実感であった。実感がない、実感がうすい、実感にともしい、さらにその実感が形を変えた、観察があさい、観察が足りない、もよく使われた。大事なのは自分が受けた感じというわけだ。

それにしても、授業で扱った草野心平の向こうに、宮沢賢治の詩があると見立てたあたり、かなりの触角である。蛇足《だそく》を承知でいえば、昭和九年十月から翌十年にかけて最初の『宮澤賢治全集』(全三巻)が文圃堂より出るが、そこには高村光太郎、宮澤清六、藤原嘉藤治、横光利一らとともに草野心平も編者に名をつらねている。

安城高女職員（昭和 14 年初め推定） 16 回生卒業アルバムより転載
前列左から諏訪清三郎事務長　二瓶正先生　大村重由先生　戸田紋平先生
鈴木進先生　古寺研珠先生　2 列め左から永屋満先生　本多ハル先生
岡田都路先生　安藤らく先生　太田あき先生　後列左から加藤志げ（使丁）
岡田久江事務員　三田村俊男先生　**南吉**　加藤重三郎（使丁）　上部○の中、左から本城（内科校医）　久野（歯科校医）　中根（内科校医）

担任する２年生（19 回生）が校内運動会で優勝した時（昭和 14 年
6 月 15 日）『安城の新美南吉』より転載

画帳「筆勢非凡」（昭和 14 年 8 月）より
石松のみを切る　画文ともに南吉
安城市歴史博物館所蔵

安城高女図書室で校友会役員と（昭和14年初め推定）
前列中央　大村先生、前列右南吉
後列左　鈴木先生、戸田先生

岡崎市康生《こうせい》通（昭和初期）
安城から一番近い町　岡崎地方史研究会所蔵

哈爾濱キタイスカヤ街（昭和８～10年）
撮影　中根一郎（岡崎）　安城市立志貴小学校所蔵

第10章　蟬芸

1

教師とはいえ女学生の後ろ姿に異性を見たり、女学生が申し出る病気がわからなかったり、冷静沈着とはいかなかったようだ。

　そんな南吉が昭和十五年クラスの生徒を引率して関西修学旅行に出かけた。三年で関西、四年で関東が安城高女のスタイルだった。ただ、十九回生の四年の関東修学旅行は戦争のため自粛された。当時、新婚旅行でも一泊二日の伊勢参りという時代に、四月二十三日から二十六日までの宇治・京都・奈良をめぐる旅行であった。石山寺、比叡山、宇治川河原、平安神宮、京都御所、清水寺、そこから奈良の若草山、東大寺、橿原神宮《かしわらじんぐう》、吉野《よしの》朝《ちょう》宮跡を巡った。記念写真を撮るために行ったのかとあきれかえるほど写真を撮っている。京都では五十二人の生徒と引率の教師三人が十台ほどのタクシーに分乗し、市内を巡った。二泊目は祇園《ぎおん》の近くに泊まった。町を歩いて来た南吉が宿に帰って祇園に行ったか生徒に声をかけている。行ってないと生徒が返事をすると、南吉がこう言ったという。

「行かなかったのかあ」

京都に来て祇園の夜を見てこなかったのか、という南吉らしい残念さが言葉になった。見ておけばよかったのに。見ておけばは、南吉が使った常套句《じょうとうく》のひとつ。だが、見たくても見られない生徒もいた。宿について外出を許される前に買物に出たのが南吉に見つかった生徒だ。「君たちは夜の散歩はなし」。決められたことは守ってもらう、南吉先生に例外はない。

思い出にのこっているのは、タクシーに乗ったこと、祇園の夜に外出できなかった生徒がいたこと、セミの求愛行動を見たこと、南吉には東大寺が印象深かったらしい。セーラー服姿の十九回生がつれだって東大寺大仏殿前を行く写真を、一年で転校した東京の佐薙好子宛に送っている。

「からだをふるわせたり、足をすくませたり、スクワップの小さいようなうごきもされて、ちょっとはずかしかった」。大村ひろ子の見た蝉芸の印象である。

ユカタ姿の南吉が生徒の前でからだをふるわせてみせた。ところは興福寺南門前、猿沢池近くの旅館の大広間、ときは旅行最後の夜である。

夕飯のあと余興をやろうじゃないか、と切り出したのは、松の木に見立てたふすまを相手に手足をバタつかせているその南吉。夕飯の膳をひいてもらい、からかみ一枚を残した大広間、見るのは生徒ばかりではない。手があいた宿の仲居なども廊下越しに見物した。そこには宿に到着したとき売店にいたきれいな着物姿のおじょうさんの顔もあった。その女性は宿についた生徒達がいちようにきれいと認める美形の人だった。生徒の口さがないうわさによると、先生はあの人のために演ったなどと言われたほど。

この夜は南吉の一人芸だった。蝉のメスとオスを一人で演じきった。両者がにじり寄り、呼び合うさまを、からかみ相手に右から、左から演じて見せた。その白熱の演技には南吉の声も混じった。オスがメスを呼ぶときの呼び声をやりますと口上し、オスになり切った南吉が口のふちに指をはさんで鳴いた。みーんみんみん、みーんみんみん、みーんみんみん、メスを求める求愛の声を長くやった。オスがメスを呼ぶ動作がそのあいだじゅうも声が跡絶えた後までも熱演された。

南吉が一夜の余興にやった蝉芸はいったいだれに見せたかったのか。関西修学旅行（昭和十五年春）が生徒にとっても南吉にとっても最後の修学旅行となった。

2

セミは鳴くものと決めつけてはいけない。なかには鳴きたくても鳴けない唖《おし》の蝉もいる。そんな蝉を書いた作品が南吉の「セミになった子ども」（「唖の蝉」）である。

「セミになった子ども」の作品解説を巽聖歌が書いている。

〈これは創作といっていいかと思う。夕方の情景を叙して美しい。そして、子どもたちの姿態も、よく描かれている。気になるのは、これもまた、神秘主義的な手法を用いていることだ。セミになったか、神がくしにあったか、どこかへいったものは、帰ってこないのである。（中略）そういえば南吉は、茶話会や宴会で、「唖蟬の芸」というのを、よくやっていた。余興の番がきても、やることは何もないから、上衣をばたばたと鳴らし、柱や襖にとりついて、「唖蟬の芸でござる」というのである〉（『新美南吉十七歳の作品日記』六二―六三頁）

南吉はセミが好きな少年だった。

旅行先でセミの求愛行動を演って見せたのも、ひとつにはセミが好きということと、もうひとつはみんなの前で演じて見せたい気持ちがあったから。それにしても生徒の前で精いっぱい鳴いた求愛の芸の持ち主が東京時代には鳴けないセミを演じていたとは驚きである。「唖の蟬」はどのような作品か。そこからみていきたい。

書かれたのは昭和五年七月三十日。中学五年で書いたというより、十七歳の誕生日の日にできた短篇である。要約では作品を損なう恐れもあるので全文を引いておきたい。

唖の蟬

子供達は夕飯前にみかん畠へ蟬の子を捕りに行きました。子供達の中にたつた一人日が暮れたのに麦稈帽子をかむつてゐる子がありました。その子は唖でした。子供達はみかん畑の入り口に来た時、番人の爺さんに頼んで、板やブリキで作つてある扉をあけて貰つて一人づつ這入つて行きました。

お爺さんはそれを、ごつごつの手で勘定しました。

「一つ、二つ、三つ、四つ、五つ、六つ……」子供達は、みかん畑へは入ると、もう、せみの子を探しはじめました。せみの子は、みかんの木の太いみきを、ごとごと這つてることもあつたし、みかんの葉陰で、もう皮をぬごうとしてゐるのも、ありました。

子供達がまだ入口から遠くまで行つてゐない中に、番人の爺さんは忘れてゐた事を思ひ出して、

「みんな、遠くまで行つちやだめだよ、みかん畑は広いからはぐれるともう出られなくなるから。」と云ひました。

それで子供達はみな、遠くへ行かずに、探しました。やがて、子供達はみんな蝉の子を探しました。晩方のもやが、白い綿の様に、みかん畠に沈んで行つたのであります。

蝉のからを小指の先にはめてゐる女の子がもう帰らうと云ひました。

爺さんは、今度も出て行く子供の数を数へました。

「一つ二つ三つ四つ五つ……オヤ一人足りないぞ」

子供は、お互に顔を見合せました。よつちやんも居るし、あさちやんも居るし……

みんな考へたが誰が居ないのか分りませんでした。けれど遂々、麦稈帽を持つてゐた啞の子が居ない事が分りました。子供達は何だかこはくなつてきました。

「みーちやーん」皆で声をはり上げて呼ばりました。それでも、その子は出て来ませんで

した。いゝえ、その子は唖だつたから聞えなかつたかも知れません。

子供達はお爺さんと、も一遍、みかん畑に這入つて行きました。

一本のみかんの木に麦稈帽子がかゝつてゐました。それはあの唖の子のでした。そこには、今ぬいだばかりの蝉の皮がありました。

みー坊は蝉になつて了つたとみんなは云ひ合つたのです。

さうして、みー坊が、蝉になつてとんで行つたに違ひないあかね色の空を、一緒に見上げました。

それから子供達は、蝉とりに行つても、唖の蝉はとりませんでした。「あれはみー坊だから、可哀さうな唖のみー坊だから」と云つたのであります。（『校定新美南吉全集』第十巻、四二七―四二九頁）

唖の蝉のことは、この作品（昭和五年七月三十日）の他に今一度日記に出てくる。南吉二十歳、昭和八年八月二十一日の日記。

〈一夏鳴きもしないで死んで行つた唖の蝉も、木蔭をさがせば落ちてゐよう。一生だんまりで華かな生活の裾もつかまず了つて行く人間もあるだらう。

唖の蝉のやうに鳴かうと思はない人間ならあきらめの仕様もあらう。鳴かうと思ふに鳴けない人間はどんなにさみしいくやしい道を辿らねばならないことだらう〉（渡辺正男編『新美南吉・青春日記』一五四頁）

南吉は自身を鳴かうと思ふに鳴けない蝉にたとえる。その切なさが形になったのが「唖の蝉」の一篇である。意志の強さと虚弱な身体との、バランスのとれないいくやしさ。だがそれでも挑戦する手をゆるめない。

唖の蝉のモチーフはどこか佐々木喜善や宮沢賢治が書いた遠野のザシキワラシに似ている。ザシキワラシは家の奥に住む子どもの幽霊だ。南吉のそれは家にいる霊というのでなく「消える」、この世からいなくなる、にウエイトがかかる。消えていなくなる、あるいはなくなることを意識にのぼらせたのはこれだけではない。次頁に紹介する「ラムプの夜」も今はいないがモチーフである。

3

新美南吉は生涯独身であったが独身主義者であったわけではない。むしろ結婚は南吉のなかで強く意識されたもののひとつであった。

二十代後半の五年間、安城高女のそれには結婚前の華やぎすらが漂った。

万年ペンが昨日、たしかに職員室でなくなったと書いた日の日記（昭和十四年一月十日）に気になることが書いてある。

〈校長が教へ子か知合ひか何か知らぬが高農を出て朝鮮の奥地で農学校の教員になつてゐるといふ人に嫁を世話するといつて、卒業生のアルバムなんかしらべてゐるとき、僕は黙つて傍で学報の仕事をしてゐたら、新美君にも一人世話しようかなといつた。二三日前にもさういつてたと永屋さんからきいてゐたので、この際だと思つて、いや結構です、もう定めてありますのでと冗談のやうにゆふと、時々かういふ心臓の強いことをいふね、と肩を叩かれた。校長は遠藤先生あたりからうすうす僕達のことをきいてゐて、かまをかけたのだらうと思つた〉（『校定新美南吉全集』第十一巻、五三三頁）

校長は佐治克己、僕達のこととは中山ちゑとのこと。南吉ばかりではないが適齢期になるとなんとか私がもらってやらねばと考えるのが男の習性らしい。南吉は人よりその気持ちが強い。安城という田園地帯にある女学校に勤めたことが禍したのか何でもかんでも自分の田んぼに水を引き込むところがある。いわゆる思い過ごしである。すぐに娘をもらってくれ、ととらえる。昭和十五年二月十二日の日記。〈僕に半田第一校長間瀬勘作の娘を貰はないかとあつた〉

昭和十五年の中山ちゑの事故は南吉が日記に書きたくなかったことのひとつといっていいだろう。それは四月二十八日の日記のあと、七月八日の日記の前に置かれた電文のような一行である。大きな空白のあとに一行を独立させて書いた。大きな空白だが理由はわからない。〈六月九日に中山千枝が青森で自殺したといふことを十日程のちに弟からきいた〉（『校定新美南吉全集』第十二巻、二四八頁）

千枝とは女医の中山ちゑであり南吉がちいこと呼ぶ女性である。弟から聞いたとあるが、ちゑの弟の中山文夫か、南吉の弟益吉かはこれだけの文章ではわからない。もし中山文夫なら後年ちゑのこの一件を事故死だったと書いているので矛盾する。薬物による事故であったらしい。

ちゑは南吉が結婚相手と考え、またそれ相当のつきあいを持った唯一の女性であった。

この年、昭和十五年の日記が多少日にちをあけてつけられる傾向があるとしても四月二十八日から七月八日まで空白なのは尋常なことではない。書く気になどなれなかったのだ。次に中山ちゑの名前が日記に出るのは、自身が死を強く意識した昭和十七年一月のことになる。

中山ちゑの死を知ったとき、南吉は中山家に行って大泣きした。ちゑの妹がその現場を見たのだといわれている。

大きな衝撃を受けた、記憶しておきたくない、自分自身に正面から関わることを書かないのが南吉の日記の特徴といえる。巽聖歌もまた南吉は「こと」を書かなかったといっている。


昭和十六年一月五日の日記である。

〈一月三日。母が岩月みやのことをききに福釜へいく。翌日。みやの家の近所の親戚の家へ「あたつて」もらふため頼みにゆく〉

女学校でも結婚話の出ていたことが一月十日の日記に聞き合わせの結果がある。

〈みやのことはりは八日に来た。姉がうちにゐるし、本人がまだ若すぎるからとあつた。一寸さびしかつた。まだこちらの調べなどしなかつたらうそんな暇はないと父と母はいつた〉

父と母は家の格で断られたのではないとした。八日の日記に書けなかったことが南吉の落胆ぶりを伝える。十日の日記に続き、前段部分である。

〈六日の夜宿直で学校にゐると佐治先生が来た。みやに申し込んだことを話すと、もう他にないかなといつてうちの忠子でもいいといつた。始め冗談のやうにいつた。そこでこちらもあんまり若すぎると冗談のやうにいつた。十一違ふ位何でもないといつた。でも僕の家は貧乏だからといふと、そんなことはちつとも気にしないといつた。帰るとき、娘のことは冗談ぢやないよといつて帰つた。有難くてぼうとしてゐた〉(『校定新美南吉全集』第十一巻、四一七―四一八頁)

佐治克己は三姉妹の名前を忠子、孝子《こうこ》、礼子とつけた。孝子が南吉が教えた二女、忠子は一歳ちがいの姉である。佐治校長の異動によって娘たちは父親とは別の高女、愛知県西尾高等女学校、愛知県刈谷高等女学校と、二つの女学校を転校しなければならなかった。謹厳な佐治克己は父子が同じ学校になることを避けた。

この結婚話が進むことはなかった。

結婚話から一年後、昭和十七年一月十日の日記。同じ十日というのもなにやら因縁めく。

〈昨日、家で出血のこと話す。少し大げさに。結婚の話などもち出さぬやうに〉

こうして結婚そのものをあきらめたわけだが、南吉が一度も結婚式に出なかったわけではない。従姉のおかぎの結婚式には父親の代理として出席した。場所は高岡(現豊田市高岡町)の百姓家、その一軒家に岩滑新田に新しく開けた共同電話で半田から呼び寄せた二台の自動車に乗って行った。先頭の車に花嫁おかぎと仲人、つきそいが、あとの車に南吉と三人が乗った。

昭和十年三月十四日の日記。

ここで結婚式のようすを書くと夜が明けるほど長くなる。よって左の二場面だけにとどめたい。

〈私は油をつけてない頭髪を時々かきあげた。私は内心得意であつた。若くしてしかも教養をうけたものといつては私一人だからである。私はこの無智な逞ましい人々の中でやさしさに於て異彩を放つてゐるに違ひあるまい。それで私は見物人の方へ向いて座を定められなかつたのが残念であつた。それならば仕方ない。私は横顔を彼等に見せよう。私のうしろで見物に来た二人の老婆が私のことを囁いてゐた。「これが畳屋さの息子だがん」「さうかん」私はその時有頂点《ママ》であつた〉（『校定新美南吉全集』第十一巻、一八頁）

そんな南吉の気持ちに風を入れるように座敷の外からのぞき見る見物人に向けて嫁菓子がまかれた。

宴席に酒が出た。

〈酒宴がたけなわとなる頃私は彼等無智な男達から一種の圧迫を感じた。私は彼等の逞しい肉体をうらやましいと思つた。そして彼等こそ本当の人間であるといふやうに思へた。では私は何だらう。私は一種のひこばえの如きものかも知れない。しかも不幸なことには生活力のないひこばえが人一倍思考力を持つてゐるのだ〉（二八頁）

ここに蝉になった南吉を紹介し、ザシキワラシもどきの話、結婚話を紹介したのは外でもない。南吉の気持ちの底にあるさびしさ、うれいを伝えたかったからだ。才能があるゆえ同化できない孤独感は、どちらかといえば瞬間瞬間に浮かぶ南吉の正体とでもいえばいいだろうか。

それは図画の時間だった。写生をという南吉の指示で生徒が校内に散った。生徒のなかで中庭の景色を描いた人がいた。赤レンガをひとつひとつ描いたとてもいい絵だった。南吉が黒板の前に三枚ずつならべて批評した。赤レンガをつみあげた絵を南吉はこう評したのだった。

「この絵を描いた人は朴訥《ぼくとつ》で正直な人だと思います」

絵の時間の、南吉の一言を覚えていたのは、絵を描いた生徒がとてもからだが弱い子で学校へ来るのが精いっぱいの人であったからかもしれない。河合アヤ（二十二回生）が聞きとめたそれは弱い者を気づかう南吉の一瞬をとらえた。学校で見た目の見えない蛇のことも南吉の日記にある。作文の時間に、どちらかを選んで書くようにと問題を出し、設問を出した当の南吉が、僕はこちらの方がいいと思うよと言ってしまう。それは「私の好きな家」を説明したときだった。片方の家は、白いおうちで階段があって居間があっておかあさんがアメとオモチャを持ってきてたのしく遊べる家、もう一方は、家族でまずしくてもみんなでたのしくしている家、の二択である。

答えというより南吉がこちらの方がと言ったそれは言うまでもないだろう。新美南吉のクールな顔の下には、弱い者をいたわる痛みを知る人のやさしさがはりついている。体温と言って構わないその視点は南吉のどの作品についても伏流水のような流れを見せる。それは、女学校に来る以前においても変わらない。昭和七年「赤い鳥」十二月号に特選で掲載された島〈B〉には南吉のそんな温かさが現れている。（『校定新美南吉全集』第八巻、五〇頁）

まずしいなかで精いっぱい働く、くったくのないかつての日本人がそこにいる。

島《しま》〈B〉

島《しま》で、或《ある》あさ、
鯨《くぢら》がとれた。

どこの家《うち》でも、
鯨《くぢら》を食べた。

鬚《ひげ》は、呻《うな》りに、
賣《う》られていつた。

りらら、鯨油《あぶら》は、
ランプで燃《も》えた。

鯨《くぢら》の話《はなし》が、
どこでもされた。

島《しま》は、小《ちひ》さな、
まづしい村《むら》だ。

（註《ちう》。鯨《くじら》の髯《ひげ》は、凧《たこ》の呻《うな》りに用《もち》ゐられます）

4

童謡を書き、詩を書き、童話、人物伝を書いてきた南吉が、その軌道の先に見ていたものは小説であった。ゴールは小説を書く作家としての生活だった。同級生の家の親兄弟の本を借りてまで読んだのも、あきれるほど長い日記を書いたのもその先にめざすものがあったからだ。

女学校三年目、作品「銭」の軌跡を逆回しで見てみよう。

昭和十五年十二月二十六日。

〈婦女界に〝銭〟が発表されたこと、〝新児童文化〟に〝川〟がのること、それだけの「成功」にこの頃の僕は酔つてゐる〉

「銭」はハルピンの江口榛一へ送った原稿、「川」は新しく児童雑誌「新児童文化」をはじめた巽聖歌へ送った原稿である。南吉の童話と小説の違いがどこにあるのかわからないが「銭」は長い童話とも短い小説ともいえる四百字詰原稿用紙四十五枚の作品。

江口から吉報が届いたのは昭和十五年七月二十二日。

〈職員室で雑談してゐると葉書がとどけられる。かう書いてある――君の小説を拝見した。こんどの「銭」は前の「家」よりはるかによい。素朴でかなしくてをかしい。殆んど傑作といつていい位だ。読んでゐて、胸をいためたり吹き出したりした。いい小説だ。

そつと便所へ立つてゆく。嬉しさで一ぱいだ。小便してゐてもそればかり考へてゐる。何処が彼を吹き出させたのだらう。

それから花壇にはいつてゆく。意味もなく歩いてゐる。こりや馬鹿げてゐるぞと思つて小さい草をむしり始める。

ほめられた小説の場面や人物が向うの方から勝手にうかびあがつて来る。下手な文章は不思議にうかばない。なるほどこりや傑作《けっさく》だ。生徒が廊下をあるいてゆく、足音でそちらを反射的に見たら視線がぶつかつた。しようがないのでにやりと笑つてしまふ。しばらくして草むしりもいやになる。職員室に帰つて来る〉（『校定新美南吉全集』第十二巻、二五八頁）

一枚の葉書が冷静な南吉を別人に変えた。このとき「銭」の掲載先は未定であった。この後、江口の斡旋で婦人雑誌「婦女界」に掲載される。江口が葉書に書いた「いい小説だ」の一言がどれほど南吉の脳髄《のうずい》を刺激したことか。葉書を持ってアヒルが泳ぐ池に飛び込むいきおいである。

葉書が届いた二十二日の前の週、七月十三日には講堂で高正惇子の父親が女学校で講演し、南吉はその人物を直に見ている。そしてこの父にして、の印象記を日記に書いた。

〈高正の父が来て講演する。底力のある声を出すたびに思ふ。旺盛なる活動力を持つてゐる、この父の子だから、高正も強い肉体を持つてゐるのだらう。と〉（『校定新美南吉全集』第十二巻、

二五〇頁）

男としての競争心もあっただろう。父親の講演は当時月一回おこなわれた「常識講座」の講師としてのものだった。

掲載紙を手にした十一月十八日の日記。

〈「銭」が婦女界十二月号に発表される。日新堂で「文芸」を買ひ、婦女界はあるかきいたら、もう売り切れましたといふ。博文堂によつて、帳面を買ひ、婦女界は？ ときくと、奥から、持つて来た〉（『校定新美南吉全集』第十一巻、三八四頁）

「文芸」を買い、帳面を買う南吉は、この日をどれほど待ったことか。それは作品「銭」が容易に仕上がったものではないことを暗示する。南吉はこの短篇のために精魂を傾けた。全力で取り組んだ作品であった。

では何時書いたかであるが、日記には一切出てこない。というより日記は昭和十五年四月二十八日を最後に、三か月近く止まる。その再開は七月八日、しかも十四日にはありのままの日常を書くことに決めた日記に文体論を書き込む。

南吉の内心でよほどの覚醒《かくせい》なり気づきがあったらしい。文字にしてしまわねば……、のっぴきならないものが南吉を襲った。けれども、書きすすめていたに違いない「銭」の、そぶりも見せない。極秘扱いのていないのである。

では誰にも言わなかったかというとそういうことではない。書いている以上は、聞いてもらいたいが本音。大垣に住む友人河合弘に送った手紙で委細が知れる。以下引用するのは『校定新美南吉全集』に収録された一三八通の書簡に含まれず、新たに発見された葉書八通・封書十九通である。新美南吉記念館学芸員遠山光嗣によって紹介された。（遠山光嗣「河合弘に宛てた二十七通の手紙――『校定新美南吉全集』未収録書簡」「新美南吉記念館研究紀要」第十四号、二〇〇七年）

〈例の「十箋《ママ》白銅貨」はなかなか手におへない。まだ冒頭が出て来ません。「銭」とタイトルを書いたきりで、原稿用紙は机の上にのつてゐます。昨日も一昨日も、早く学校から帰つて、用紙をにらんでゐますが、筆をとる気が起きない。或ひは、こんな主題は僕にはとつくめないのかとも思はれます。何しろ、うなぎみたいなものです。するりするりと手からぬけていつて、急所をぴたりと抑へることが出来ないのであります〉（昭和十五年五月十六日）

　手紙の日付から見ると、南吉の好きな春のなかでも若葉が葉の色を濃くする五月中旬、そこからすこしいけば安城の台地にも湿気をふくんだ南の風が吹きくる季節の到来である。春というより初夏のまっただなかに新田の八畳間で呻吟《しんぎん》する南吉がいる。

　十日ばかりのち、手紙の追伸ともいうべき葉書を大垣に送っている。動き出した気配である。

〈例の傑作漸く半分書いた　これでは流行作家はむつかしい　呵々〉（昭和十五年五月二十九日）

「銭」の構想がかたまって先が見えてきたのか。河合にはその後、書き上げたと知らせてもいる。得意気である。

〈それから手品師と十箋《ママ》玉の話は一月程かかつて書きあげ（五十枚）江口のところへ送りましたら、大層よい小説だからこんな新聞にのせるのは勿体ないと云つてのせてくれませんでした。そのうちにどつかの新聞か雑誌に出るかと思つてをります〉（昭和十五年八月二十一日）

その同じ手紙に次作の予告もある。

〈今はその次の小説を書いてゐます。これは何事にも自信のない、英文科出の青年（半分位僕自身）が主人公です。芸者がヒロインとして登場するから凄いのです。これも三拾枚位で書きあげるつもりでしたがいつもの癖でだら〳〵と伸びて六十枚になつたのですがまだ終りません〉

一か月後、南吉の手紙が届いた。

〈しばらく小説の筆を絶つてゐる。八月一ぱい、あまり力を入れすぎて、痩せて来たから。それで安城をひきあげ、半田の家に帰り、今のところ半田から汽車で通勤してゐる〉（昭和十五年九月二十二日）

安城の芸者がヒロインの作品は完成しなかった。

発表の場も江口の異動（昭和十五年五月）でなくなった。

南吉と河合は名古屋でたびたび会ったようだ。ある日の南吉を河合が書いている。

〈しばらくぶりに名古屋で会うと、戦闘帽《せんとうぼう》をかむっているので驚いた。学生時代の鳥打帽は、中折れを経て、今やカーキ色の帽子に変わったのである。――ほう、いよいよ非常時かね――、と冷やかすと、

――いやあ、どうも自由主義者、自由主義者と言われるんでね。これはカムフラージュさ。

と、例の如く照れくさそうに苦笑して見せた。先生もたいへんだと思った〉（河合弘『友、新美南吉の思い出』一三八頁）

昭和十五年の初詣、熱田神宮の雑踏のなかで高正惇子を見つけた。一目千両とは、この日このときをいう。いい年にならないわけがない。この年は小説の執筆に精を出した年になった。読書をはじめたころからの念願に挑戦した。その結果はここに書いたとおりである。河合弘が南吉の小説への思いを記録している。

〈じぶんは『赤い鳥』に作品がいくつか載ったこともあるが、本当は小説を書きたい、と言った〉（『新美南吉全集』第七巻、月報）

第11章　ガア子の卒業祝賀会

1

南吉は女学校に在職した四年十か月のあいだに劇の台本（戯曲）を四本書いている。昭和十四年（一九三九）一月に「千鳥」、同年二月に「春は梨畑から野道を縄跳びしてきた話」、翌十五年二月にこの章のタイトルにした「ガア子の卒業祝賀会」、昭和十六年二月が「ラムプの夜」である。

「千鳥」と「春は梨畑から野道を縄跳びしてきた話」は誕生日会のため、「ガア子の卒業祝賀会」と「ラムプの夜」は予餞会と学芸会のためだった。女学校への就職が決まるとき、就職できれば文学をやめてもいいとまで言ったが、それは、それほど勤めたかった気持ちの表れとみなしたい。入っても出ても書きたい気持ちに変わりはない。

昭和十三年はほとんど何も書いていない。そんな南吉のところに一月誕生月の生徒が誕生日会の劇をたのみにきた。南吉にとってどれほどの負担でもない話だった。これには一月生まれの中に高正惇子が含まれていたこともあったらしい。とにかく引き受けた。一月だけ書くのもおかしいので二月も書いた。このことが油の切れた創作の歯車にはずみをつけさせた。誕生日会から一年後、南吉は「ガア子…」を書き、さらにその一年後の、昭和十六年二月に、自分がこれから行かなくてはならないあの世を暗示させる「ラムプの夜」を書いた。

昼間女学校の教師をこなし、夜は原稿書きに励んだ。『良寛物語』の出版契約書を東京の学習社と結んだのは原稿を書き上げてから。初版一万部の契約を昭和十六年三月十日に結んでいる。定価六十五銭、コーヒー四杯分の本であった。

同年十二月三日、父多蔵の言葉を南吉はそのまま日記に書いた。

「正八はえらいもんになりやがつた、年に千三百円も儲けやがつた」

十月一日に出た本が十二月には増し刷りで二万部になった。多蔵の言葉にいい息子を持った親の高揚感がうかがえる。父のこの言葉は南吉が父から直に聞いたものでなく、母から聞いたと日記のなかで断っている。『良寛物語』の執筆にかけた正味の時間は、学校から帰ったあとの二か月であった。そしてこの成功が「伝記都築《つづき》弥厚《やこう》」を書くという次の仕事を連れてきた。

都築弥厚（一七六五―一八三三）は現在の安城市和泉町の人。富農の家に生まれ、根崎陣屋の代官をつとめる地方の名望家。当時の安城市域の多くは水に乏しく、水田開発が困難だった。弥厚は矢作川の上流から水を引く計画を立てたが実現できないまま没した。計画は明治十三年に明治用水の完成となって実を結ぶ。執筆の話がいつ学習社から届いたかは不明、だが弥厚を書くという頭はこののち長くつづくことになる。

『良寛物語』と同じ昭和十六年に――学芸会のための一幕劇と副題をつけた戯曲「ランプの夜」を書いていた。二十五枚の原稿を初めての本と同時並行で進めていた。

「ランプの夜」は南吉にとって自信作であった。蒲郡に住む友人歌見誠一に対し、二度にわたって招待状を出している。一通目が昭和十六年二月十三日、二通目が二月二十日である。一冊を書き下ろしている最中に割り込ませた仕事は、書いていて興に入る仕事であったにちがいない。二通目の手紙に〈大層つまらないといふことゝおもてなしが出来ない〉と謙遜してみせたのは溢れる自信の裏返しでしかない。そんなにつまらなければ案内など必要はない。

そのあらすじをいえば、春になったばかりの風の強い夜、森の中の一軒家でマルセーユから帰る船乗りの父を待つ姉妹のもとへ、旅人、法螺吹きの泥棒、堅琴を肩にした少年が訪ねて来て、姉妹との間で問答をくり返しては帰っていくという物語。登場人物は姉妹を入れて五人である。

一幕劇の舞台は机が二つ置かれた姉妹の勉強部屋、停電になって机の上のスタンドが消え、その代わりにマルセーユの裏町で父が買ってきたランプがともされる。

姉妹はそのランプを使って指でいろいろな影絵をつくって壁に写して遊び興じる。二人はこれと同じ遊びを何年も前に一度やっていた。

広野を一人ゆく旅人のことばを姉がつぶやいてみせる。

旅人よ、旅人よ
路を急げと
海辺をくれば波の音
野末をゆけば蝉の声……

するとその声にさそわれるように旅人が呼鈴を鳴らして入って来る。そしてその旅人が問答を終えて去ると今度は泥棒が——

台本のト書に「窓からひよいと大きな手袋をかけた泥棒がはいつて来る」とある。

その泥棒は自ら「泥棒です」と言い、妹はそれに「あら、いやだ、自分で泥棒ですなんて。泥棒にしても随分、間ぬけな泥棒ね」と小馬鹿にした言い方で泥棒を言い負かそうとする。泥棒も「そんなことはない」と防戦する。

あれこれ泥棒と姉妹との問答が終わるころ、今度は肩に堅琴《たてごと》を持った少年が舞台上手から登場する。少年がきょろきょろ部屋を見まわすしぐさのあと、こう言う。

「あの子がゐない」

その少年の問いかけに姉が答える。

「ユキ坊ちゃんは死んでしまつたのよ」

今度は聞いた堅琴の少年が姉妹に問いかける。

「隠れん坊で、どつかへ隠れて、いつまでたつても出て来ないのと同じなの？」

姉が答えて言う。

「さう、いつまでたつても」

堅琴の少年は姉に引きとめられるのをふり切るように、

「もう行かなきやならない」

と姉妹に告げる。姉が一言だけ聞く。

「どうして？」

少年が答えて言う。

「もうぢき電燈がつくもん」

堅琴を持って少年が幕の内へ消える。

あとに少年の手袋がのこされる。

その手袋の持ち主は……という話。

古いランプが姉妹の部屋に灯されるその束の間の時間だけに現れる、あの世からの訪問者たち。姉がランプのあかりの下で幻を見たと語り終え、コンコンと咳をする堅琴をかついだ少年の声が風に乗って聞こえて来る。

一幕劇「ラムプの夜」が女学校の講堂で演じられたのは昭和十六年二月二十二日の学芸会だった。（『校定新美南吉全集』第九巻、一〇三―一二三頁）

旅人と泥棒の出で立ちはともかく、少年に堅琴を持たせたのは、少年が異界《いかい》（あの世）からの来訪者であることを暗示させる。堅琴がたとえ借りたギターにリボンをつけたものとしても。加えて劇の中のセリフの一部がこのあと書かれる「嘘」(昭和十六年六月推定)に使われていることも、遺言を書いたあとというその時期を考えると見逃せないことといえる。

2

台本ができて上演までおよそ二週間、はじめは例のごとく黒板の隅の「放課後職員室へ」ではじまった。黒板に名前を書かれた生徒が職員室へ向かった。

劇の話は職員室隣の会議室で聞いた。

南吉が決めた配役はこうである。

姉　　　　　　杉浦さち
妹　　　　　　神谷愛子
旅人　　　　　都築照美
法螺吹きの泥棒　中川とみ子
少年　　　　　木村和子

旅人役の都築照美から劇の話を聞いた。

「旅人役は頭に三角の帽子を被って」と一言いうと都築はふしをつけて歌い出した。

旅人よ、旅人よ／路を急げと／海辺をくれば波の音／野末をゆけば蝉の声

歌い終えると泥棒役の中川とみ子の真似をしだした。

「泥棒は軍手を手にはめてその手を胸の前にこうひろげて、おどけた感じで出てくるの」と泥棒を演じた。都築が被った薄黄緑色の帽子はそのとみ子がつくった。三角で先がとがっていた。

都築の話を聞いていると、七十年の時を越え昨日の晩に演じられた気がした。

姉妹が相手をする旅人も泥棒も、いわば竪琴の少年が出てくる前の露払い役、主役の少年は泥棒がユーモラスに舞台の袖にひっこんでから登場する。

このとき少年を演じたのは十九回生ではない。南吉が選んだ生徒は二十一回生の木村和子だった。和子は見るから少年ぽい一年生で、姉の秀子が南吉のクラスの三年生にいた。

竪琴の少年は姉妹に弟のユキ坊がいたことを思い出させ、話は佳境にはいっていく。向かいあって置かれた二つの勉強机の中央にある古ぼけたランプ。そのランプを屋根裏に取りに行ったときのようすを姉が言う。

「お父さんの大事なユキ坊の写真を蹴《け》とばしちまふとこだつた」

先にランプの夜の主役を竪琴の少年だと言ったが、じつはそうではない。本当の主役は舞台に登場しない。姉妹と少年の話の中だけに登場する姿の見えない弟ユキ坊である。死んでこの世にいないユキ坊に自身を仮託したのは戯曲を書いた南吉である。

少年の去ったあとにのこされた手袋はその弟がはめていたもの。

停電の夜、風の音で死者の世界の幕があき、父が帰ってくる自動車の警笛の音で幕がおりる。姉妹の他はすべてが影絵の光のなかで生きる死者である。死者が死者でありえることの証は唯一その存在をおぼえていてもらうこと。

新美南吉にはこの昭和十六年二月の段階でのこされた時間がぼんやりと見えていた。しかし、このときまだ『良寛物語』を書き上げてはいない。「ラムプの夜」の原題「古風なランプ」の構想が南吉の胸に浮かんだとき、人物伝『良寛物語』は影がうすかったかもしれない。

「ラムプの夜」の評判は南吉の創作欲を満足させるものだった。

学芸会ではないが前年の予餞会にもクラスの生徒に劇を演じさせている。「ガア子の卒業祝賀会」がそれである。

その出来が気になるところだが、自身こう書いている。

〈「ガア子の卒業祝賀会」こんなに面白く書けたのははじめてである。我ながら悪い作ではないと思ふ〉（昭和十五年三月十七日）

題名にあるガア子はアヒル（家鴨・鵞鳥）の子。チイチイパッパア女学校に通うガア子の卒業祝いの会がガア子の家でおこなわれるという設定である。だれを招待するか、そんなところから劇がはじまる。登場するのは、アヒルの父、母、娘ガア子、その妹ギイ子、その妹グウ子、猫の夫、猫の妻、鶏、ヒヨコA、B、C。所は鵞鳥《あひる》の家。

ガア子、おかしな名前に聞こえるかもしれない。南吉はアヒルの名前をガ行で付けた。ガギグゲゴである。アヒルの家族には劇に登場しない四女のゲロ子までいる。女ばかり四姉妹の住む家、ただしそこらへんの家ではない。名家である。祝賀会翌日の新聞にはお祝いの会のようすが記事になって新聞をにぎわす。家というより屋敷も大きい。招待客の一人、牛の掛ける椅子をめぐって、椅子だけでも五百も六百もあるとガア子の父に言わせる。動物ばかり登場するゆかいな祝賀会の影の主役は、招待客のだれからも嫌われる鼬《いたち》。笑いたっぷりの劇を鼬の誠実な働きを通してしめくくってみせた。

この劇にはもう一つの見どころがある。

南吉の変心ぶりである。

ブルジョワを否定し嫌った南吉が上流階級の生活をユーモアをまじえ特別視せず書いた。親しみすらこめて書いた。

頭で考えていたブルジョア、百姓、有閑階級までを同じ土地に住む歩いて行ける近しい距離のものとして書いた。

このときも配役は南吉の一存で決められた。それでいてクラスのだれもがうなずく役決めだった。主役はガア子の父と母。父を杉浦さち、母を高正惇子が演った。役につけなかった生徒もその人が適役《てきやく》と思い、役に当たった本人もやはり自分しかないと思うほどだった。なかには女学生としてははずかしい役もある。豚の夫婦役を言われたその二人は断った。太った生徒だった。そのとき南吉は、「わかった。いいよ」それだけ言って別の生徒を充てた。犬役をふられた本城良子も、私は犬か、と自ら納得した一人だった。

台本の書き上がったのは昭和十五年二月十一日、作法室で第一回の本読みのあったのが三月十一日、第二回が翌十二日、予餞会の朝（三月十四日）にもリハーサルがあった。

南吉が日記に書いている。

〈杉浦があいにく休んだので僕がその役をやつて見せた。中川一人がせりふをいふことが出来た。他の連中はたゞ読むだけであつた。僕のせりふでみんなが笑ひ出した。そして多少せりふの云ひ方が解つて来たやうだつた〉（『校定新美南吉全集』第十二巻、二一六頁）

南吉自身演じるのが好きだったようだ。演じてみたい、演じて拍手をもらいたい。

南吉の芝居好きは小学校時代からだ。

半田第二尋常小学校の同級生の榊原畑市が学芸会を回想してこう書いている。

〈夏、運動場に特設舞台を作り、簾で日かげにして父兄に見てもらった。一年生の時は「モモタロウ」主役の桃太郎がショッパで私は家来。ところが当日彼は風邪をひいて欠席、とうとう担任の先生が代役しました。二年生は「牛若丸」ショッパがやはり牛若丸で私は弁慶。拍手喝采を受けました〉（「知多っ子」№9、一九八〇年、二七頁）

『校定新美南吉全集』第九巻には七編の戯曲が並ぶ。「自由を我等に」が南吉二十歳のときに母校の小学校の同窓会で、「一幕劇馬車の来るまで」も同じ小学校の同窓会の余興として演じられている。南吉二十二歳の昭和十年八月十三日のことである。ついで「病む子の祭」が翌十一年五月十七―十九日の成稿である。

たのまれれば書くというより、たのまれれば断りきれない。南吉の芝居好きな性格は、女学校に来てはじまったものでなく天性のものであった。

尾張万歳の演目にかけあいをしながら演じる三曲万歳がある。客ののりしだいで場をいかようにも変える。南吉にはそんな芸能の血が流れている。


身ぶり手ぶりを忘れていない生徒は少なくない。代用教員時代の教え子の田中よしゑも、体操の時間に雨が降って南吉のおとぎ話を聞いた。もうゼスチュアたっぷりで牛や狐の出てくる話を聞いた。当時は年に一回ぐらい専門のお話の先生が学校に来ていたらしかったが、その先生よりよほどうまかった。身ぶり手ぶりを今もまざまざと思い出すと。

演じて見せることができる自信は、自分のなかにあるものを表現したい南吉の気持ちにつながっていた。

3

二つの戯曲はのんきそうな気分を漂わしているが、女学校に戦時下の風が吹いてくるのもこの昭和十五年、十六年である。十六年四月には尋常小学校が国民学校と改称され、十二月は真珠湾奇襲の月になる。その時期に書かれた未完の作品が「ヘボ詩人疲れたり」（昭和十五年四月）である。疲れているヘボ詩人は南吉自身のようである。ヘボ詩人が友人の澄川稔をたずねる話。

入部である。

澄川の妻が自分を覚えていてくれるか、束髪だったその人はパーマネントに変わっていた。導

ヘボ詩人が気になることを言っている。言わせているわけだが。こうである。

〈僕はこんど四年ぶりに上京して見て、全く友達といふものは有難いと痛感しました。他人の上の四年といふ歳月は、われわれにとつて何でもない期間でありますが、自分自身にとつてはさうでありません。なかなか以って容易ならぬ時間です〉

詮索はしない。それよりこの先のヘボ詩人の心境こそ南吉の独白のように読める。

〈何のかのといつても、結局、東京から離れて、田舎の女子校の先生になるやうな奴は作家となる資格はないと思ひます。僕はよく職員会などで、やれ便所の下駄を揃へることから生徒を躾けねばならぬの、やれ生徒が映画館に出入りするのは不良だの、何が教育的だの非教育的だのと、一生懸命論じたてゝゐる職員を見まはしては、何といふ冗らぬ奴どもだらう、そんな詩も美もないことによく真剣になれるものだ、俺はこんな連中とは違ふのだ、不幸病のため志半ばで都落ちして来たのだが〉

ヘボ詩人の後半が控えている。

〈実際は僕は詩人でもなければ、ましてや天才詩人でもないのです。可怪しいことに職員達の間で作家を気取る僕が、こんどは文学青年達の間にはいつて、文学ばかりの話をきいてゐるときには（中略）何をこれらの連中は石にかじりつくやうに文学に齧りついてゐるのだらう、文学にそんな価値があるといふのか、まあそんなことは俺にはどうだつていいのだ、俺には五十

人の生徒があるのだ、俺は教育家なのだから、と教育家を気取るのであります。丁度蝙蝠です〉（『校定新美南吉全集』第七巻、二四二―二四五頁）

南吉を立たせているそれが教育であることを、しかしそれは片方の足で、もう一方は文学、丁寧に足の付け根まで見ていけば両の足とも文学に向いているそのことを、高らかに、しかし声をおとして宣言した。南吉が乗ったことのない飛行機でその情況をいえば、ガタガタ走る田舎の滑走路から飛び立つ姿に似ている。二十七歳の南吉、あと一歩である。

平成二十二年十一月十三日に開かれた新美南吉に親しむ会のテーマは「ガア子の卒業祝賀会」だった。会には劇で犬役を演じた本城良子が特別に出席していた。そのときの配役はだれがどの役を見てもなるほどと納得できるもの。本城もまた自分を犬っぽいと七十年前に納得したその一人だった。

本城はこの例会のために自宅でガア子を読み返して来ていた。会の数日前に同級の山口千津子がコピーを届けていた。

親しむ会の会員がそれぞれガア子の感想を出し合うなかで本城が発した言葉は、ああっ、と部屋の空気を変えた。その場にいるだれもが気づかなかったもの、それが本城の抑揚をおさえた独特の口調で出た。

「改めて、読みましたら、はじめから終わりまで高正惇子さんを頭において書かれたな」と。

さらに一呼吸おいて本城がつづけた。

「ことばの遣《つか》い方が高正惇子さんそのまま」。当時は自分に充てられた犬役のセリフを覚えるだけで精いっぱい、今度改めて読み直してみまして気づいた、と言った。

本城自身も読みとったよろこびを表情に出し、いかにもうれしそうだった。本城の右隣に席を占めていた山口も、まさに同感とうなずき本城の直感を補強するようにこう発言した。

「高正さんの言葉は、カラッとして短い」

と。そしてそれは高正惇子が新美南吉を評した時の言葉にまったく同じだと。

かつて高正惇子は南吉をこう表現したという。

「シャイな方」

ガア子の母役高正惇子のセリフも短い。

「〈あれは眞平〉」

戯曲「ガア子の卒業祝賀会」は、どこか外国の雰囲気を醸《かも》し、日常と陸続きではない別世界を思わせる。だが、それが女学校から五分ほどの距離にある内外綿株式会社の役員住宅、それも受け持ちの自分の好きな工場長の娘、密かに愛する生徒の生活ぶりを頭に描きながら書いたとしたら、読後感はおのずからちがってこざるをえない。

南吉の書き方の基本は、見たこと、感じたことを、ユーモアをまじえて、丁寧に、だった。それは生徒に教える作文だけではなかったようだ。

本城が最後に言った「たのしく書かれたのでは」、の一言が耳にのこった。

4

「ガア子」と「ラムプの夜」が南吉をゆさぶったのは確かだが、昭和十六年にそれに勝る影響を賢治から受けている気がする。『良寛物語』の執筆疲れが出て病臥《びょうが》したその十六年の後半である。

『良寛物語』を蒲郡の歌見誠一宛に謹呈したあと、歌見から届いた批評の手紙への礼状（昭和十六年十月二十三日）である。

〈この頃体の方は少しいいのですが、学校事務が多忙で自分の時間がありません。一度お言葉に甘えて蒲郡の秋を見にゆきたいと思つてゐるのですが〉

問題はこの後である。

〈宮澤賢治の風の又三郎を読み感服しました　あれはやはり天才ですね〉（『校定新美南吉全集』第十二巻、四七六頁）

南吉はこの一か月ほど前「噓」の感想を澄川稔から受けとり、澄川が批評の相手として持ち出した宮沢賢治を〈賢治は天才ですから彼を持ち出されては参ります〉とまでいっている。そのあとに歌見誠一への葉書に風の又三郎を読んで、と書いているのである。もちろん南吉は学生時代に「風の又三郎」を読んでいる。だから賢治の力量を知らぬわけがない。しかし病臥した十六年にもう一度読み返した。私には南吉が体全体をイソギンチャクのようにして読んだのだと思う。そうであればこそ〈あれはやはり〉の言葉になったのではなかったか。南吉は人を正面からはほめない。生徒をほめるでも自分が直接ほめず校長の口を経由してほめるようなことをする。自身は知らぬそぶり。その南吉が、感服と書いた。二歳年上だが内心は格下と見なしている歌見に自身の横っ腹をおもいきりさらした。本心からの感服である。はじめにして最後。食いものでは安城の吉野屋の二階で学報を印刷する井上完夫と牛鍋をつつき、堪能したという一言を発している。鍋の肉は知多から安城に出て商売をはじめた森田屋の牛肉である。南吉にあって感服も堪能もこれ一回に限られる。どちらも栄養になったであろうことは疑うまでもあるまい。

その効果は「嘘」（十六年六月）と「うた時計」（同年十一月）に出ているのではないか。「嘘」は、「久助君の話」「川」と続いた久助ものの掉尾《とうび》を飾る作品。「うた時計」は、久助を卒業した南吉の第一作のように読める。舞台が変わり、登場人物の言葉までが、リズミカルなのである。

結果として昭和十七年三月を前に瀬踏みの時間になったのが十六年後半の、水面下に隠れたような時間でなかったか。この時期はまた、日記に作品の種がいくつも書き込まれる仕込みのときでもある。

南吉が本当の意味で賢治の童話と出会うのは二十八歳の秋であり、南吉がこのとき読んだ「風の又三郎」の先駆的な作品「風野又三郎」が賢治二十八の歳に書かれ、同じ年の四月に詩集『春と修羅』が、また十二月に『注文の多い料理店』が発行されるというのも縁といえなくもない。縁についでがあるかどうか保証しないが、南吉が巽聖歌の家で同居した高橋与惣吉との縁も忘れ難い。賢治の使いで巽のもとに本を届けたあの与惣吉である。

考えてみれば、南吉が最初の著作『良寛物語』を出したのも南吉二十八歳の年の十月であった。

では南吉が書いた「私の世界」(「安城高女学報」昭和十三年第一学期)のなかになぜ天才宮沢賢治が登場してこないのか。それについては説明し得る材料を持たないが、逆にその時点で名前の挙がってないことをもって、昭和十三年の認識と昭和十六年の認識の差といえなくもない。ただ忘れてならないのはまだ宮沢賢治が亡くなる前の昭和八年四月十六日の日記に独立した一行として、

〈俺の触角にふれたもの宮島《ママ》けん治の短い童話〉(渡辺正男編『新美南吉・青春日記』六七頁)と書いていることである。

くり返すことになるかもしれないが、生誕百年を越えて世間の認識が高まっていくはるか前、昭和八年にこう予言できた南吉もまた天才と呼びたい。賢治はいつも原稿を肌身から離さぬ推敲の鬼だったと言われているが、南吉もまたひるむことなく創作の現場に向かって行ったのだと。

第12章　命を的に

1

昭和十六年（一九四一）の春に書いた遺書は、実際のところどこまで本気で書いたかわからない。なんとなくだが、出来すぎの感じもする。回復する見込みあっての遺言という可能性もなくはない。

だが、今度はちがう。ピピンと来たのは南吉本人。暗い便所のなかで無言の告知が来た。

昭和十六年十二月二十三日。

〈昨夜小便をしたら二粒ほど泡がとび出したことが手応へでわかつた。この頃一だんと腎臓《じんぞう》の方がいけなくなつた兆《きざし》があるので、もうこれはてつきり悪化したのだと思つた。すぐ死を観念した。

もう「都築弥厚」の仕事もすてることにした。

久しくうつちやつてあつた、法蓮華経《ほうれんげきょう》を出して少し読んだ〉
突然出てきた死神に身体を抱きかかえられる恐怖感、南吉もいったんは身体をこわばらせはしただろう。が、その後が少しばかりちがっていた。
〈そして電気を消してねむれぬまゝに、生徒との告別式のことを空想した。その時にかういつて生徒や先生達に涙を流させてやらうなどと考へた。するとその告別の辞の効果のすばらしさが予想出来てたのしくさへなつて来た。
実に自分は喝采《かっさい》されることを好む芸人ではある〉
これが死を観念して幾日か後の日記なら、驚くにあたらない。だがこれは十二月二十三日、ピピンと来た当日なのである。そして翌日はいつものように学校に出た。
十二月二十四日の日記。
〈職員会がすんで便所へいつて小用をすまして、ふと白瀬戸の尿器を見ると赤みがかつた褐色がすぢをひいてゐる。驚いてあれを見るとどうやら血だ。始《ママ》めての経験だからぎくつとした。それに血は全然考へてゐなかつたので。ありうべきことは腎臓結核だと思つた。それならばもう確実に救からない〉（『校定新美南吉全集』第十二巻、三三八―三三九頁）
ぼんやり考えていた三十まで、が現実になった。
昭和十七年一月十二日の日記。
〈昨日から新婚生活がはじまつた〉と書いた。二日前の十日の日記に〈家で出血のこと話す。少し大げさに。結婚の話などもち出さぬやうに〉。それくらいの南吉だから、新婚生活など及びもつかないはずだ。〈今日はその第二日目といふわけだ。新生活にとま《ママ》なふ興奮が今もつづいてゐる〉どうも南吉によれば新婚生活には何らかの興奮がともなうようだ。しかもそれが二日目の今日もつづいているという。

話はこうだ。〈腎臓結核（つまり死）との新婚生活が〉

他人事のように書かれていても死ぬのは怖い。それでも、いやこの期に及んでも南吉はけなげを通す。一月十三日の日記にこんなことまで書いている。

〈最後まで自分は生徒達に自分の死の間近なことをほのめかしたり、涙をこぼさせたりすることはやめよう。キ然として逝かう〉（『校定新美南吉全集』第十二巻、三四三―三四五頁）

いつ死ぬかわからない状況になって「生徒達に」と書いた南吉。優先順位の一番、一番の大事が「生徒」であった。うまく言葉で説明できない。しかし理屈の外にある南吉の感情が南吉の弱った気持ちを反転させる。

事の発端は血のまじった小便が出た一月十日、その翌日の一月十一日、南吉は中野医院の診察室にいた。医者の口からは病状についてああでもないがこうでもないという説明がつづいていた。消去法のような話だった。話が耳元で流れる間に南吉は診断を下していた。

病名、腎臓結核。遠からぬ先にあるのはまぎれもない死だ、と。

一月十一日の日記。

〈都築弥厚を本にして死なうと思つた〉

なぜそんな簡単に死が受けいれられるのか不思議でならない。戦時中だから、とも考えたが、戦争はまだ勝ち戦に酔っていたころだ。生まれた以上死ななくてはならないが、南吉はこのときまだ、二十九歳の誕生日すら迎えていない。

この時代の常識、結核にかかれば助からない（年間死者五万人）というそれゆえなのか。とにかく特効薬のない時代であった。病人にできることはせいぜい仕事につかず家でぶらぶらするか、安静にしているだけ。療養所に入るか、温泉に行くか、塩湯治《しおとうじ》に行くか。友人の河合が家にあって安静に努めたことを思うと、南吉はあまりに好対称というしかない。

それにしても死を前に動じない。胆《きも》っ玉が座っている。南吉の胆といえば中学時代にこんなエピソードがある。

〈榎本さんと花井さんは「昔の中学生は、なかなかの野蛮で、よく友だち二、三人で一人をおさえこみ、腕ずくでズボンをぬがして〝やあやあ、お前もはえてきたな〟などという遊びをしました。解剖するとか、もぐるとかいったものです。――或る日、みんなで、ひとつやってやれと南吉を、おそいました。すると、平生はおとなしい南吉がそんなに、みたければみせてやる。だから手をはなせといって自分の一物を自分でむき出しにしてみせたことがあります。日ごろは、おだやかな男だが、なかなかきもっ玉のふとい所があるとみんなで感心したことがある」と話されました〉（「幼時の思い出を語る長坂さん」／「聖火」五十号）

2

まだ卒業式前である。

昭和十七年三月、卒業式の一週間ほど前、水のない明治用水を左に見やりながら用水の堤防を上流に向かう女生徒の一団があった。内外綿株式会社に向かう一団のなかに南吉の姿もあった。卒業前の工場見学は学校行事のひとつであった。同行するのは依田百三郎校長と新美正八である。三月といっても暖かい日で、堤防には青い花をつけたイヌノフグリが真っ盛りだった。

この日の見学は本城良子にとって忘れられないものとなった。

受付で謝意を伝え会社を後にした。生徒の列が長くのびた。背の高い本城は後ろの方、依田校長の近くにいた。依田が誰に言うでもなく言った。「いまなあ俺にむかって学校にお帰りになったら、校長先生によろしくといやあがった」そして、「はっきりわからないことは言わんがいいんだ」。本城の一生の教えになった。まぎらわしいことは言わん方がいい。

南吉は列のさらに後ろを歩いていた。その南吉がうしろから大声を出して言った。

「おーい、この花の名前、知っているかあ」

だれも答えを返す者はなかった。知らなかった。

「これってイヌノフグリっていうんだよ」

そのときの顔がいかにも、言ったった、言ってしまったという顔で、空をむいていたことを本城は忘れない。あとから、卒業してから、そのふぐりの意味がわかったときに南吉の空を見ていた顔を思い出す。東京大学哲学科出の百三郎の気持ち、とうとう言った南吉の気持ち、女学校からわずか数百メートルの土手での出来事は生徒と校長、生徒と青年教師の距離感までを伝えてくれている。
――オオイヌノフグリの「ふぐり」は陰嚢《いんのう》をいう。

療養に専念するなどといったふるまいはこの時期になっても感じられない。それでも自身の症状を日記に書いてはいる。

昭和十七年一月十四日の日記。

〈夜のどが渇いてかなわん。熱のためであらう（中略）あまり小便のことは書きたくないので書かないのだが、昨日も今日も、小便の末に少しづつ赤がまじつてゐるのだ〉（『校定新美南吉全集』第十二巻、三四六―三四七頁）

このあと日記は三月八日まで空白である。一月十四日の前日の日記では自身の思いを書きつけた。

〈やがて破滅が来るといふことをいつも予感し、そのために自分はいつも悲しく生きて来た。その破滅が遂に来た〉

昭和十六年十二月から翌十七年一月まで病気の進行をうかがわせる日記がつづく。ところがあるときから日記を埋めてきた闘病記のような文字が消え、どこか別のところで代理人が書いているらしい日記に変わる。

ただし日記をつける日数は月に数日まで落ちる。

毎日、それこそ原稿用紙五枚から十枚を書いてきた日記が、歯抜けになり、少ない日は一日数行までになった。

四月三日の日記。

〈月夜に畑に白く見えるもの、雪柳、いすらの花〉

南吉の童話作家としてのピークはこのあと、昭和十七年五月に来る。ふり返ると死まで一年を切ったときにはじまる。南吉は病気のまっただなかを、どれほどの気力で走り抜けて行ったか。

3

三月十七日、五十四人が女学校講堂での卒業式にのぞんだ。卒業生のうちから七人が校長から学校賞などの表彰を受けた。

式がとどこおりなく終わり、午後の謝恩会までに空白の時間ができた。卒業証書を手にした十九回生も教室に戻っていた。

そんな時間、本城が職員室に用事があって中央廊下を北に歩いていた。広い廊下にけだるいような時間が流れていた。中央廊下を本城と同じ方向に歩く南吉がいた。本城の数歩前を歩いていた。やがて本城が前をゆく南吉をとらえるように横にならんだ。並ぼうとしたわけではない。偶然の呼吸で本城が南吉の横についた。そのときだった。横の方から、

「ほっとした」

という南吉の小さな声が聞こえた。

廊下をゆく二人の近くに生徒はいなかった。その小さい声は本城だけが聞いた。

そのまましばらく歩いたとき、それまで横にいた南吉が本城の前に出た。ズルーペタン、ズルーペタン、ザラ板をゆく革のスリッパが音をたてていた。

また南吉の声がした。

「がっかりした」

その瞬間、思った。「明日から私たちいないんだ。卒業するんだ。先生もさびしいんだ」と。

卒業式の日、五十四人の先頭で泣いていたのは教師の新美正八なのかもしれない。三月十七日の日記は書かれていない。その後も卒業にふれる字句が日記に出ることはなかった。

触れたくなかった。書きたくもなかった。しかし、その日転校生の鈴木知都子には葉書を書いて出している。

〈お元気でよい成績をあげてゐらるゝ由よろこばしく存じます　今日こちらでは五十四名が無事に卒業しました　ほつとしてがつかりして　ぼんやりしてゐます　そちらはもう一年ですねしつかりやつて下さい　匆々〉（『校定新美南吉全集』第十二巻、四七六頁）

鈴木は一年で転校した生徒だった。鈴木の名前は昭和十四年六月十一日の日記に出ている。

〈来年の旅行報告会に出せるやうな人物を物色して見たが高正をのぞいて他にありさうもないので心細い。佐薙、鈴木知都子、谷山則子を失つたことは何といつても大きな衝撃だ〉

それにしても女学校ではじめて受け持った生徒、それも途中で担任交代の話が出たとき全員が泣いて拒んだ生徒たち。その生徒を送る南吉の喪失感《そうしつ》の大きさは、南吉よりほか、わかりようもない。
『良寛物語』を清書した大村ひろ子はその思い出を「南吉先生とみかん」と題して書いた。
〈「大村、こんな文章はいけない。まるで少女誌の読みすぎの感じだ」
安城高女作文の時間の南吉先生評である。
作文が好きで、そして下手であった私は、南吉先生に賞められたいばかりにそれから一所懸
命に勉強した。
そして卒業式のあと教室で最後の作文を返して頂く際「大村のはいい。ここで読みたいが
声が出にくいので止める。希望者はあとで見せて貰ひなさい」と言われた。その作文の評には
「すでに文学の域に達してゐる」と一行だけ書かれてあった。
（中略）
作文の題は「春と蛇《くちなわ》」と言うものであった。
（中略）
さて、当日午後から作法室で謝恩会があり南吉先生はじめ諸先生と共に楽しい一時を過して
いた。用事で私が人ひとりいない長い廊下を歩いていると、思いがけなく向うから南吉先生が
歩いて来られた。先生は仄かに微笑をたたえて近づき、握っていたみかんを私の掌にのせ、一
言「春と蛇」と言われた。
幸福感で一杯になりながら先生の視線をまぶしく仰いだ。この一場面は生涯忘れ得ない私の

心の記念碑となっている。

南吉先生の手で温まっていたみかんの、あのあえかな感触ともどもに〉（『安城の新美南吉』八六頁）

安城はマムシの多いところであった。安城の隣の知立神社では蛇除けの御札を出している。大村ひろ子の蛇は、くちなわ、と読む。「春とくちなわ」である。

南吉が言った「春と蛇」の一言が三月十七日を永遠の時間に変えた。

その大村は卒業式のあと南吉に短冊をもらっている。

そのときの大村と南吉のやりとりが南吉の気持ちを伝えている。大村は、友達が持っていた短冊を見てその場でたのんだようだ。

〈忙しいからと一度は断られたが、記念にぜひ欲しいと再度お願いしたところ、一分ほど窓の外を見て考えておられて、書いて下さった〉

この日の南吉のようすからすれば、書くような気持ちにならなかったのではないか。だから断った。しかし卒業式は終わっている。このあと短冊を書く以上の教師の仕事はない。ほかの先生は、生徒が短冊を持ってたのみに来るのを職員室で待っている、そんな時間にあたっていた。

もう一度たのんで手に入れた大村の勝ちであった。大村には大村なりの自信があったかもしれない。

大村ひろ子は、南吉の童話を清書した数少ない生徒の一人。この年の十月に出る童話集『おぢいさんのランプ』のあとがきに南吉は書いている。

〈それから私の学校の生徒、太田澄さん、山崎美枝子さん、大村ひろ子さんが原稿の清書をしてくれました〉

この文章の前に巽聖歌への、そして後に挿画と装幀をした棟方志功への感謝の言葉をのべている。大村ひろ子のたっての申し出を南吉が断れるはずもない。

『良寛物語』と同じシリーズの中に第一高等学校教授高木卓の『遣唐船ものがたり』が入っている。発行日は昭和十七年二月一日。その見返し部分に南吉のメモがある。

　昭和一七年三月一七日
　杉浦さちどもの卒業した日

鉛筆書きの二行。書かずにおられなかった南吉の気持ち。卒業についての記述はこれだけである。

4

安城高女の中で最後に国民服を着たのが南吉だった。南吉が担任したクラスの神谷愛子の覚えである。では南吉が反戦主義者であったか。そのことに関しては大垣の河合弘に聞くのがいいように思う。河合は当時の時代背景も含め自分の考えも入れながらこう言っている。〈大戦の火蓋が切られた。後になって（つまり戦争に負けてから）、負けるに決まっている戦争を始めたと記したひとが実に多いが、そんな言葉を読者が信じると思っているのだろうか。みんな、ひじょうな衝撃を受けて、興奮したのである。勝つと決まっているという余裕どころか、とにかく勝たねばならぬと思った。そういう心情を当然であるとして、なぜいけないのだろうか。

あの潤一郎でさえ、シンガポール陥落を祝う名文を草し、これが荘重に朗読された。詩人たちも、実に優れた戦争詩を書いた。春夫や達治のものなど、その生涯のなかでも傑作と言うべきであろう。光太郎など、あの詩藻は戦いの激しさを表すのに絶好と言えるだろう〉

河合が見た当時の状況がこれだろう。河合は谷崎潤一郎、佐藤春夫、三好達治、高村光太郎などの文筆家の名を列挙し戦時下にあって戦争賛歌の物を、多くの文人が書いていたのに共感し、筆の鉾先を南吉に向ける。

〈君は、そういう大戦争のこともほとんど書いて来なかったし、しゃべりもしなかった。あんな面白くもない童話なんか書かずに、西住戦車隊長伝でも書きなよ、と知り合いのうちの男の子に言われてね、と苦笑していたことはあったが。書けるはずもなかったであろう。その原因は、反戦主義などとんでもない、単に性格の問題なのである〉（『友、新美南吉の思い出』一四五頁）

おそらく河合の見方は当たっている。性格がそのようにできてないといったらいいだろうか。

このあと河合も言うように「犬の嫌いな人間が、犬のいる所を避けて通るように」というのが一番妥当な表現になる。そこで思い出されるのは山口千津子（十九回生）の言った次の言葉である。

「生活感のない先生」

生活感を持てない先生に教えてもらった側もまたそうした欲が持てないのだと。河合と山口の言葉を聞いてなんとなくわかる気がした。そのわかり方は、多分そうだっただろうな、という淡いわかり方である。みんなといっしょになって熱狂することができない。運動会の棒倒しで赤い帽子を被ろうと白い帽子を被ろうと、戦いの渦の中心に入ってこれない少年、その渦から一人離れて戦いの動きを見ている少年が南吉であった。勇気がないわけではないがそういう離れ方、避け方をするのだ。それは南吉が持って生まれたものというしかない。しかしそれがなければ物書きを志したりしないし、書けもしないだろうというものである。

その南吉が唯一時流に棹さすような文章を「学報」に書いている（昭和十六年十月二十日発行、第二学期号、四頁だった学報も表裏の二頁）。ただし編集者として書いた埋草、無署名である。「学報」一面に校長の依田百三郎が「和する心」を、その三段目に「本校報国隊組織」をかっこつきの（戸田）が書き、四段の四行目からあとの「卒業後何をなすべきか」を編集兼発行者の南吉が書いた。『校定新美南吉全集』では無署名ゆえに慎重を期して採っていない。しかし文章は南吉のものと判断される。

〈東亜共栄圏確立の大目的をめざして、国民挙つて立たねばならない。

兵隊さんは銃をとつて、不便な異境に戦つてゐられる。兵隊さんだけが戦つてゐてはならない。老人も女も体弱き者もそれぞれの能力に応じて国家のために立たねばならない。

女学校の卒業生も、従来のやうにお茶や花をならつたり、お針の師匠さんに通つたり、洋裁することを覚えたり――一口にいへば、花嫁修業にうきみをやつすことは、もはや時代が許さない。あなた方も、日本国民の一人だから、日本人としてのつとめを果すべきである。

（中略）

自分はそんなお役にはたたない、草を除るときはお喋舌に気がはいつてしまふし、先生にろくすつぽ挨拶も出来ないのだから、と謙遜する者もあらう。成程それは悪いことだ。だがあなたはお役に立つことが出来る。その人その人に適つた仕事があつて職業指導所がうまく按配してくれるから。そこで君達は国家のためだと常に思つて与へられた自分の職場、職場で懸命に働けばいいのである〉

誰よりも遅く国民服を着た教師とも思えぬと受け取られるかもしれないが、南吉の本心であろう。南吉はこの気持ちにつながる詩ものこしている。依頼は昭和十七年十一月三十日。北原白秋の追悼詩集『少国民のための大東亜戦争詩』（昭和十九年九月発行）に寄せた「裏庭」がそれである。南吉が大事にしたものは何か、戦争詩という範囲を越えて迫るものを感じる。窓越しに裏庭を見ているのは離れにいる南吉である。その前半部分を引いておきたい。（『校定新美南吉全集』第八巻、一二八頁）

裏庭

裏庭の昼の光のなかに
きんかんの木とみかんの木があつた。
蝶がひとつ遊んでゐた。
ひるはしづかだつた。
兄さんは縁側から
だまつてながめてゐた。
ながいあひだながめてゐた。
「きんかんの木があつて
みかんの木があつて
蝶が舞つてゐる」
と兄さんはつぶやいた、
「ただそれだけだ。
だが　ここに僕たちの
平和と幸福はあるんだ。
僕の親父　親父の親父　そのまた親父
――とほい祖先からの

平和と幸福はみなあるんだ。
ここをきやつらに
ふみにじられてなるもんか」

あくる日兄さんは出征した。

（後略）

昭和十七年暮れから翌年はじめに書かれたと推定できる。三月二十二日に亡くなることから言えばおそらく最後の詩にあたる。病臥している離れから見える光景というよりも故郷「日本」をうたっている。生後間もなく亡くなった兄に、兄を見たこともない南吉がつぶやかせている静かな時間こそがこのときの南吉の心そのものを表している。松の好きな少年であった南吉。桜の木が切り倒された後の学校に行きたくない南吉。このとき南吉は木の年輪のように積み重ねることでしかつくることのできない大切なものを見ていたかもしれない。

5

南吉は自身の病気（肋膜・結核）をどこまで知っていたか。日記や手紙のどこにも保養、休養の文字がなく、医者の門をくぐった形跡がない。南吉はなぜ病院に患らないのか、謎が大きくなっていた。南吉が行き帰りした御幸本通り、日新堂があり博文堂があるその通りには、昭和十年に総合病院丸碧更生病院が開院している。汽車通勤であろうと出郷に下宿してからであろうと、更生病院の前を朝晩歩いたわけだ。総合病院の前を行ったり来たりしていた。それで入らない。病院嫌いというより痛いのが嫌い。御幸通りの横田歯科に入りながら、先客が居ることを口実に帰ってしまう（昭和十四年六月十一日）。わけがわからない。

南吉の「帰郷」（昭和十一年十二月十三日）を読んで愕然《がくぜん》とした。わかっていたのだ。「帰郷」は東京で病を得て帰る人を追いかけるように届いた葉書に二十五円の請求が因《もと》で死ぬ決心をする小説らしからぬ作品。二十五円をめぐって極限を越えて揺れる家族三人の葛藤を描く。南吉の生活と重なっている。その対極のようにある日記（昭和十七年一月十二日）〈中野医院の薬代は一日一円である。ところで僕は学校で一日あたり約一円五十銭の純益はえてゐるから……〉。とても病院へなどと言い出せるものでないことに気づかされた。南吉は定職にあっても銭を数えている。

とにかく病気のことを口にしなかった南吉の数少ないエピソードがある。南吉から山口に購買部奥の図書の整理を手伝うよう話があった。そこは小さな図書室になっていた。当の山口は困ったなあ、が本音だった。ちょっとにがてな相手と思っていたその先生との図書整理であったからだ。仕事をはじめてしばらく時間をへたとき南吉は本を整理する手を休めずにこう切り出した。

「君のとこの家の隣りに新しい家ができた。あれは何」

道路をはさんで日新堂の斜め左に旅館新富があった。南吉が聞いたその新しい家は新富の西の敷地の中央にあり、黒い塀に囲まれていた。朝女学校に向かう南吉が日新堂側を通るときに屋根だけが見え、逆の側、新富の前を通る帰り道には黒い塀しか見えない家だった。

聞かれた山口は、兄が寝ていますと答えた。

「兄が寝ているって。病気？」

山口が肺病と答えた。しばしの間をおいて南吉ははじめて山口の顔を見て言った。

「近所の人ってなにも言わない？」

山口が返事を返したとき、南吉が言った。

「うーん……世の中っていろいろ言われるし、人につくしてもつくしてもなかなか理解してもらえないんだよ。――そういうもんだねえ」

黒い塀の家は、刈谷中学校の生徒だった兄に女中をつけて三谷（蒲郡）へ転地療養をしたあげくに親が旅館の横に建てた玄関と八畳一間の家だった。

その図書室で南吉が最後に山口に言ったのは、「別なところで寝れていいねえ」という言葉だった。

山口の耳には隣の購買室の生徒の声が聞こえていた。

兄はそれから間もなく亡くなった。

転校する高正惇子（左から３人目）を囲んで（昭和16年3月20日）
撮影　戸田紋平
『安城の新美南吉』より転載

校舎の前で（昭和16年3月20日）
腕組みする南吉はめずらしい
撮影　戸田紋平

送別遠足　岡崎公園（昭和 17 年 3 月 11 日）
前列左から 4 人目南吉、戦闘帽こそかむっていないが足にゲートルを巻く
『安城の新美南吉』より転載

4 年間担任した 19 回生と卒業式の日に（昭和 17 年 3 月 17 日）
『安城の新美南吉』より転載

安城高女郷土室での南吉（昭和 17 年 3 ～ 4 月推定）
撮影　戸田紋平

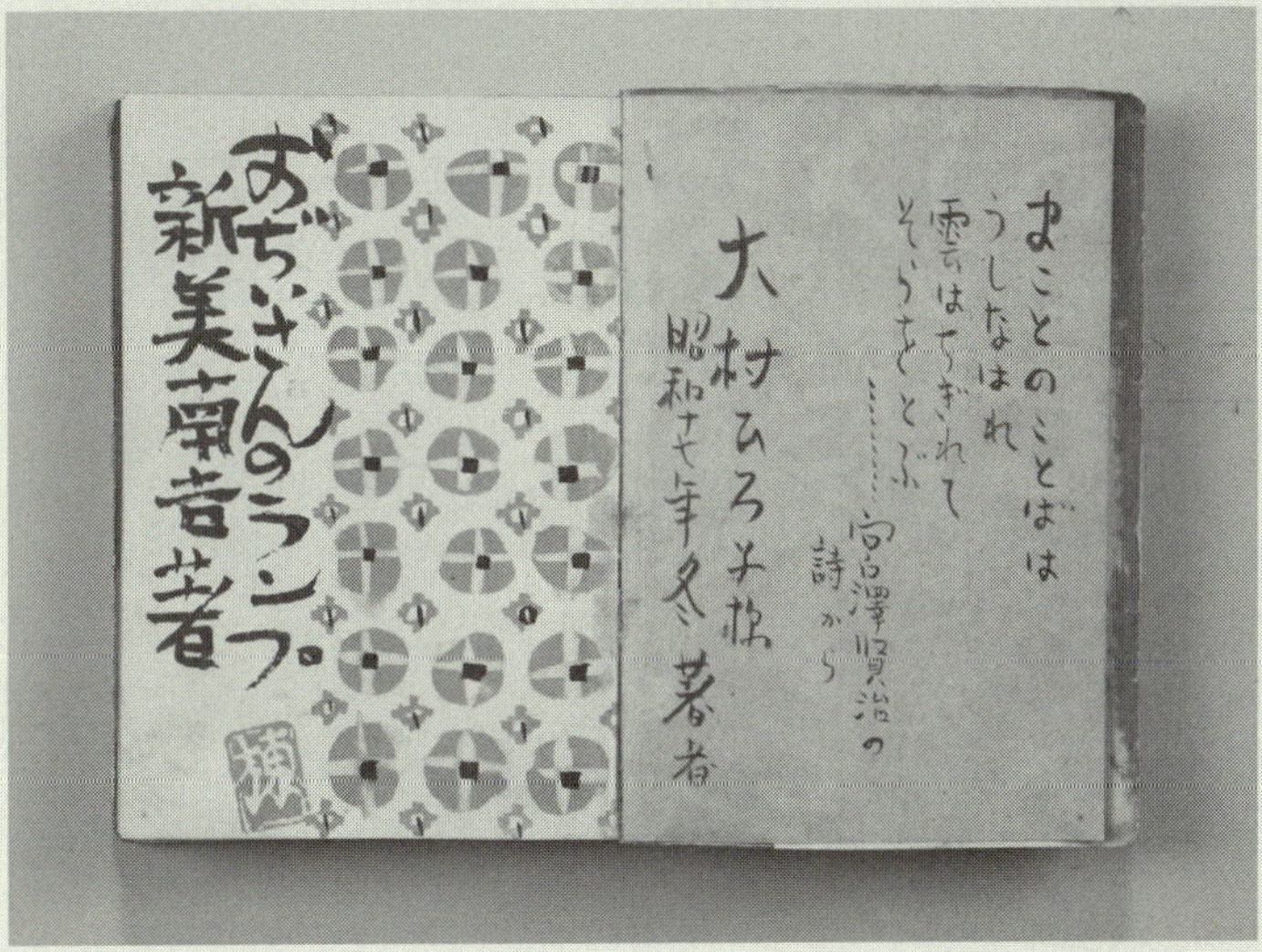

南吉の原稿を清書した大村ひろ子（19 回生）に贈った童話集（昭和 17 年冬の書き込みあり）
新美南吉記念館所蔵

雪とひばり 1

十七年五月

はじめのことば

新緑の目にあざやかな季節になりました。

みんな、元気ですか。

あなた方を送りだしてからもう五十日たちました。すこしの人にはあれからのちも度々あつてゐますが、多くの人たちはあれきりあつてゐません。

けれどいつもみんなのことを思つてゐます。みんな元気でゐてくれるやうにと思つてをります。

さて、できるだけ、みんなと縁のきれるのをふせぐやうにと、お

南吉が自らガリを切った級報「雪とひばり」（昭和 17 年 5 月発行）
級報のタイトルの下に 1 の数字が見える
新美南吉記念館所蔵

第13章　うなぎものぼる五月

1

編集者として南吉を見出し、終始励ましつづけた巽聖歌は、昭和十七年（一九四二）の南吉をこう表現した。（『新美南吉の手紙とその生涯』一二一―一三頁）

〈南吉はこの最後の一年のために、短かかった全生涯を賭《か》けた〉

賭けさせた張本人は体調の悪化を知らされていない聖歌であったとしても、賭けたという一言は尋常な言葉ではない。聖歌よりほかにこの言葉を遣った者を知らない。昭和十七年春に多くの代表作が書かれたことは知られていても、その訳《わけ》となると、ただその時期に量産できたというばかりの、月並みな理由がならんでいるにすぎない。そのいくつかをアトランダムにいえば、学校に勤めて経済が安定した、生徒が卒業して時間ができた、体調が小康をたもった、などなど。物を書く、童話を書くということはそれくらいの営みなのか。日記から死・病気という文字さえ消えればそれで書けるとでもいいたいのか。どれもあとづけの理由である。

はじめに十七年の創作状況を示し、その後に制作に関わる内容に入っていきたい。ここでは南吉が生前に知っていた三冊の童話集を、刊行月日順でなく、編集者の依頼順であり執筆順でもあるそれで見ておきたい。編集者名、発行年月日、発行所、さらに執筆年月日、執筆年月日の確認できないものについては発表年月日を付した。いずれも昭和である。

『おぢいさんのランプ』巽聖歌
　昭和十七年十月十日　有光社

川	十五・十・十八
嘘	十六・二—六
ごんごろ鐘	十七・三・二十六
久助君の話	十四・十・十八
うた時計	十六・十一・二十四
おぢいさんのランプ	十七・四・二
貧乏な少年の話	十七・三

『花のき村と盗人たち』与田準一
　昭和十八年九月三十日　帝国教育会出版部

ごん狐　七・一・一（「赤い鳥」発表年）
百姓の足・坊さんの足　十七・五
のら犬　七・八・一（「赤い鳥」発表年）
和太郎さんと牛　十七・五
花のき村と盗人たち　十七・五
正坊とクロ　六・八・一（「赤い鳥」発表年）
鳥右ヱ門諸国をめぐる　十七・五

『牛をつないだ椿の木』巽聖歌
　昭和十八年九月十日　大和書店
小さい太郎の悲しみ　十八・一・九
手袋を買ひに　十七・五（草稿八・十二・二十六）
草　十七・五・二十九
狐　十八・一・八
牛をつないだ椿の木　十七・五・十九
耳　十七・十二・二十六
疣　十八・一・十六

一冊七作品、三冊二十一作品。三人で相談して決めたような割りふりになっている。このうち昭和十七年三月から五月に執筆された作品が九作品、「手袋を買ひに」を加えると十作品をものしたことになる。三か月に賭けたなどと言わなくても、ふつうの状態でできるものではない。どのような経緯をたどったか。具体的に見ていくことにしたい。

2

雨降り止まず、南吉の昭和十七年は、どしゃぶりである。この年だけではない。前年の十二月からがすでにそうだった。容易ならぬ状況が日記からも知れる。十二月二十三日の「死を観念」を皮切りに翌二十四日の「死を決意」「死の準備」「死が決定的」、年が改まっても同様の記述がつづく。一月十日「死を見つめて」、十一日「死の恐怖」など、日記に死の文字の見えない日はない。加えて病状も語られる。

ところが、一月十四日、細井美代子（十九回生）の日記にふれてピタリと止まる。以後、日記が終わる九月十七日まで病状が日記に現れることはなかった。自分と同じ病気の生徒が細井であった。

一月十一日の日記にも突然訪れた死を受け入れようとする南吉が見える。

〈文学の仕事ももうやめようと思つた（といふよりもうする気力がわくまいと思つた）

しかし午后寝てゐてロスキンの〝チエホフの一生〟を読み出したら又書きたくなつた。

都築弥厚を本にして死なうと思つた。

（このあと日記に空白の一行をあけてこう記した）

宮澤賢治や中山ちゑもあちらの世界にゐるのだ、と思ふとあちらに行くこともそれ程いやでなく思はれた〉（『校定新美南吉全集』第十二巻、三四三頁、以下本章の日記および手紙の引用は同巻から）

死を覚悟したなどとは言えることでも書けることでもないが、南吉の中にのがれることのできない死が船の底荷のようにおさまっていたと言えそうである。

その一月十四日の日記はこんな言葉ではじまる。

〈正直なところをいふと私は医者がきらひだ〉

だから、医者に行かなかったとは書いてないが、医者嫌いでは行けようはずもないと納得させられる。細井にかかわる記述である。

〈風景に詩を見られなくなつてしまつた。やはり精神が落ちつかぬのだ。童話が書きたいのにまとまらない。細井美代子の半年ぶりの日記を読んだ。肺門《はいもん》がおかされてゆき、夜毎盗汗でめがさめ眠れないで一人で考へてゐるあたりが、少しも暗く書かれてゐない。しやくしやくとして平然とのべてある。死んでもいいと思つてゐると虚勢でもなく書いてある。僕なんかよりよほど堂々たる精神を持つてゐると思つた。

うまれた仔山羊の観察と、牝山羊のさかりのときの描写が面白かつた。

感受力の大きく新鮮な魂である〉（三四六頁）

しやくしやくを字引で確認した。綽綽、落ち着いてゆとりがある様子、とあった。内容をくり返す必要を感じない。結核の生徒、その生徒が出郷から何キロでもない大岡に住んでいる。クラス詩集のきっかけをつくった細井美代子が病状だけでなく山羊のさかりまで描写した。このこと以上に南吉を力づける何物もないと思う。死の淵にいた南吉を生徒の日記が引き戻した。十四日の最後の段落はこうだ。

〈この頃は文学でどうやら〝お茶をにごして〟ゐる。文学がなかつたら心のヨユウがなくなり、走つていつてレールにとびこんでゐるかも知れない〉（三四七頁）

　聖歌から最初の童話集の依頼がいつあったかについては依頼した聖歌もおぼえていないし、南吉もそのことについては書いていない。聖歌にすれば編集者という仕事の流れの中で南吉に依頼したに過ぎないのだろう。ただ編集者として覚えていることがあった。昭和十六年十二月から十七年二月のあいだに依頼と原稿の送付があったということ。ただそのとき病気一色の南吉が考えついたのは、手元にあった幼年童話を生かしてこの依頼に応えるというものだった。幼年童話十三本と「哈爾賓日日新聞」に掲載した童話を使うことが思い浮かんだようだ。十三本はいずれも昭和十年に書き上げていた作品。原稿用紙二、三枚ほどの短篇童話。作品名を挙げると「里の春、山の春」「あし」「蟹《かに》のしやうばい」「狐のつかい」「落した一銭銅貨」「一年生たちとひよめ」「二ひきの蛙《かえる》」「去年の木」「子供のすきな神さま」「王さまと靴屋」「売られていった靴」「飴《あめ》だま」「ひとつの火」、これに比較的長い「久助君の話」「川」「嘘《うそ》」「うた時計」を添《そ》えた。

だが、聖歌の返事は、幼年童話を含まない新作で、という指示だった。それは「久助君の話」「川」「嘘」の流れの、新作を書けだった。そんな流れで「ごんごろ鐘」（三月）「貧乏な少年の話」（三月）「おぢいさんのランプ」（四月）ができた。

たてつづけに童話三本を書き上げた南吉はここでたしかな実感をつかんだ。自在に書ける実感である。

心の内を表に出さない南吉が四月九日の日記にこんなことを書きつけた。

〈朝ゆく道のそばのはたけにえんどうの花を見つけた。
夜、井戸端に山吹《やまぶき》の花を見つけた〉

〈ぼくは井戸である。ぼくをとほして水は浄化され、ふきだす〉

南吉がつかみえた絶対の境地である。

昭和十七年三月に十九回生を卒業させ、気持ちを切り換えた四月七日の日記。

〈一週間くらゐまへから梨畑《なしばた》に花が咲いてゐる。とほくから見ると花の白と、芽のもえぎがとけあつてたいそうよい。
楠《くすのき》の若葉は去年の葉の上にかむさつて黄色い。八幡社には、まるで黄色い炎のやうに見える楠があつた。
松林のなかの山羊。
若松の梢の新芽はうすい黄金色に光つてゐる。
水すまし。ぼくが見たうちぢや、一番小さい漆器《しっき》だ〉（三五〇頁）

南吉が「私の世界」（昭和十三年五月）に登場させた画家中川一政も、南吉とほぼ同様のことを書いている。

〈井戸の掻掘《かいぼり》というのがあるだろ。汚い水をくみ出してしまって、空っぽにする。その掻掘を、僕はやっていたんだね。空になってしまったら、そこから美しい水が湧き出してくる〉

四月十二日の日記。

〈けふ童話集「久助君の話」の原稿約二百枚を巽のもとに送つた〉（三五三頁）

新作三本目の原稿「おぢいさんのランプ」は四月二日に書き上がっていた。二日からこの十二日のあいだに清書がなされた。清書したのは補習科に進んだ山崎美枝子であった。このとき南吉のなかで初の童話集の書名は「久助君の話」で固まっていた模様だが、十六日に巽から届いた手紙に「おぢいさんのランプ」で、とあり、それで南吉も了解した。巽からの手紙は速達で届いた。四月十六日の日記。

〈与田さんから葉書。赤い鳥に投書した四篇を入れて、百五六十枚の童話集を出してくれるさうだ〉（三五五頁）

病気の南吉はどんな思いで与田の葉書を読んだか。

そのとき日記はすでに歯抜け状態、季節の風物こそ美しく描かれているがそれとて長いものではなくなっている。九月までつづく日記の記載回数はこうである。

一月五回、二月記載なし、三月一回、四月十三回、五月七回、六月六回、七月五回、八月記載なし、九月三回。

四月十九日の日記には弟の益吉から学校に電話があったと書いている。

〈昨日弟から学校へ電話。巽から「サシエ、ムナカタシコウイカガ」といふ電報が家へ来たと。棟方志功《むなかたしこう》ならすばらしいと思つてサンセイのむね返電した〉（三五八頁）

版画家棟方志功は、そのときの南吉からすれば夢のような挿絵《さしえ》画家であり装丁《そうてい》家、というべきだろう。現代でいうなら『あ、うん』を書いた作家向田邦子が中川一政の装丁を願ったに等しい。そのときの思いを南吉はこう書いた。

〈空襲《くうしゅう》さわぎで出版がおじやんにならねばよいがと思つた〉（三五八頁）

空襲云々は南吉の妄想ではない。前日の四月十八日は、東京・名古屋・神戸に対する本土初空襲があり、この十九日には女学校での講演が空襲警報の発令で中止になっている。

巽から与田への、リレーのバトン渡しのような流れで執筆は一呼吸いれることもなく進んだ。

四月二十三日には細井美代子から来た手紙に返事を書いている。

〈麦のほもでてよい時候になりました

昨日は長いお手紙を下さつてありがたうございました　塾の様子などよくわかり面白く拝誦《はいしょう》しました

私もおかげさまで無事です　いま仕事の都合でよく新田にとまります　新田の入口に仔《こ》をうんだ山羊《やぎ》がゐてあなたの日記をおもひ出しました〉（四七七頁）

この四月、五月の奮闘によって二冊目の童話集『花のき村と盗人たち』の新作四本ができた。他の三本は与田の葉書にあった「赤い鳥」発表原稿で間に合わせた。「正坊とクロ」「張紅倫」

「ごん狐」「のら犬」から、「張紅倫」をのぞいた三本である。新作の四本はいつどの順序で書かれたかであるが、それはこのあと九月に巽が依頼する三冊目の童話集『牛をつないだ椿の木』の書名にもなった「牛をつないだ椿の木」の蝉がヒントを与えてくれる。二冊目にある「花のき村と盗人たち」にも蝉が登場する。あるいは登場させたと言うべきかもしれない。

それは、若竹が、あちこちの空に、かぼそく、うひうひしい緑色の芽をのばしてゐる初夏のひるで、松林では松蝉《まつぜみ》が、ジイジイイと鳴いてゐました。

——かしらの眼から涙が流れてとまらないのはさういふわけなのでした。

やがて夕方になりました。松蝉は鳴きやみました。

（「花のき村と盗人たち」）

二人はかはりばんこに、泉のふちの、しだやぜんまいの上に両手をつき、腹ばひになり、つめたい水の匂ひをかぎながら、鹿のやうに水をのみました。はらの中が、ごぼごぼいふほどのみました。

山の中では、もう春蝉が鳴いてゐました。

「ああ、あれがもう鳴き出したな。あれをきくと暑くなるて」

と、海蔵さんが、まんじゆう笠をかむりながらいひました。

（「牛をつないだ椿の木」）

松蝉が春蝉に変わっている。

昭和十七年五月十八日の日記。

〈初夏に松林の中で鳴く蟲の名前を十数年間探してゐた。今日百科事典をひらいて知ることができた。春蝉といふのだ〉（三六七頁）

「花のき村と盗人たち」「牛をつないだ椿の木」、二本の作品を蝉がつないでいる。これによって前者が四月から五月、後者がそのあとに書かれたことがわかる。二本の童話とせず作品としたのは二本とも小説ではないが童話とよぶにはためらわれる大人の読む物語として読んだからである。

創作の間は日記をつけない。これが南吉流である。だが五月はその禁を自ら破った。よほど調子が上がっていたのだろう。

五月三日の日記。

〈百姓が山羊をリヤカーにのせて学校の裏の道を通つた。めづらしく茶色の山羊だつた。べエーベエと鳴きとほしていつた。百姓は町の道に春の抒情詩を流していつた。

（中略）

母は二三日前わらびをとつて来た。川で針のやうな鰻の子がのぼつてゆくのを見たさうだ〉（三六三頁）

五月十七日の日記。

どちらの日記もいっぱいの春で埋まっている。松の芽がでて花という花が咲き、用水の水がレンゲをひたす村の春である。うなぎものぼる、と母の話を書き込んだ南吉。春が持つ生命力をうなぎに見てのことかもしれない。

その五月に書いた「鳥右ヱ門《とりえもん》諸国をめぐる」の一篇は童話らしからぬ作品である。先にそのあらすじを見ておきたい。鳥右ヱ門は武士で犬追物《いぬおうもの》は武士のたしなみのひとつ、その犬追物に想をえた一篇。

武芸練達のためといっても事の次第は、鳥右ヱ門にやとわれているしもべが庭に犬を用意し、主人の合図で放たれる犬を馬上から射殺す遊戯。その同じ弓矢で主人の鳥右ヱ門をにらみつけたしもべの目を射抜く。七年後、旅先で会った船頭（実はしもべ）のもう一方の目までを射抜き家屋敷を捨て旅に出る物語。

これまでのところ扱いがむずかしいのか、差別用語にひっかかるためか文庫には収録がない。が、南吉が書きたかったモチーフをもっている。残酷な、しかし魅力的な話である。下敷きというより書く段で南吉の頭にあったのはおそらく「春琴抄」であろう。その鍵は昭和四年五月二十八日の南吉の日記にある。

〈トツカピンの口から、谷崎潤一郎の性・主義を知る〉（『校定新美南吉全集』第十巻、一二七頁）とあり、六月十八日に〈久米に、谷崎潤一郎を借りた〉（一三四頁）とある。借りた本は七月九日に返却。いつも数日で返す南吉にしては借用の期間がおそろしく長い。春と聞いて「春と修羅」を思い出し、「春琴抄」を思い出すのはなぜであろうか。春は人を野遊びに誘う。なんとはなしにうかれてみたい気を起こさせるなにかがある。鳥右ヱ門も、そんな春めいた宵に南吉が新田の下宿で自分のなかの隠れた煩悩と格闘した一篇と見ることもできる。そして、その思いは「ほんとうに人間はいいものかしら」というあの「手袋を買ひに」の最後のつぶやきに通底する。ピアノの黒鍵白鍵のごとく交差する人間の感情、その煩悩の揺れを認めながら書いた一篇が「鳥右ヱ門諸国をめぐる」である。物書きとして書きたかったテーマが人間のやさしさの底にある残酷さであろう。それをこの時期に書かせたのはおそらく遠くない自身の死である。少し前の日記にこう書いている。細井の日記に出合う二日前のことである。

〈岡崎の町を歩いてゐたら葬儀屋があつてウインドに白い紙の燈篭がかざつてあつた。見たとたんに顔をそむけてしまつた〉（三四四頁）

その死を孕《はら》んだ日常を引きずって書くことに邁進《まいしん》した。どこまで体がつづくかはわからない。しかし書くよりない。——こう解説し自得した。しかしそれは物語の入口に過ぎなかった。鳥右の物語は十のパートからなる。諸国めぐりにゴールはない。すべては読み手（受け手）にまかされる。そのパート二で、平次に、人のためになることをしてこそえらいといはれるもんさ、と言わせ、そのパート六では、家はみんなで二十軒くらゐありました。気ままなところに気ままな形で立つてゐました。それらの家々には、貧乏で、心が美しくて、何も知らない人々が庭先に草花を咲かせたりして住んでゐました。——などというなんでもない田舎を描く。そのひとつ前のパート五では、堂守をたのまれた鳥右が「そのお経を、わしは知らぬ」というのを、

「いや御存じなくてもようございます。向かふの細道行者がとほる……てなことを、口のなかでもぐもぐやつて、かねを鳴らせばごまかせます」と知恵を貸す。

パート十はこう終わる。

〈鳥右さんはかうして、また諸国をめぐることになつたのです。見えもしない鐘の姿に追つかけられて、きこえもしない鐘の音につきまつはれて、春のつむじ風のやうにあつちへ走り、こつちへ走りしていきました〉（『校定新美南吉全集』第三巻、一三二―一五九頁）

鳥右を書いたあと、五月二十九日に「草」をものして一連の噴出は終わる。暮の二十六日に思い出したように久助ものの童話「耳」を書く。創作の状況は以上である。そんななかで何日ぶりかに書かれた日記（昭和十七年七月十日）は、花火が終わったあとの趣を見せる。

〈ねむの花が、よくも見ないうちにもうすんでしまった。

（中略）

よのつねの喜びかなしみのかなたに、ひとしれぬ美しいもののあるを知つてゐるかなしみ、そのかなしみを生涯うたひつづけた〉（『校定新美南吉全集』第十二巻、三八三―三八四頁）

鳥右には人のためにいいいなることが繰り返し出てくる。たった一度だが物ごとを深く考へるも出る。鳥右は久助ものとは別の、生きることを問う南吉の巡礼のような一篇といえる。

そしてその鳥右にもっとも近い作品として頭に浮かんでくるのは、南吉の詩「寓話《ぐうわ》」の言葉である。

（前略）
昔　旅人が旅をしてゐた
何といふ寂しいことだらう
彼はわけもなく旅をしてゐた
あるひは北にゆき　あるひは西にゆき
大きい道や小さい路をとほつていつた
行つても行つても
彼はとゞまらなかつた
降つても照つても
彼はひとりだつた
（中略）
この旅人は誰だと思ふ
彼は今でもそこら中にゐる
そこら中に一ぱいゐる
君達も大きくなると
一人一人が旅をしなきやならない
旅人にならなきやならない

（昭和十四年十月一日）

詩の存在は朝日柊一郎「説話の担い手──旅をうたった詩人」（「知多っ子」No.9、一九八〇年）によって知った。詩文については『校定新美南吉全集』第八巻に依った。

鳥右の流れを上ると童話「うた時計」（昭和十六年十一月二十四日）「良寛物語」（昭和十六年三月九日）に、さらには皇后美智子さまが国際児童図書評議会世界大会で講演され、その存在が知られることになった童話「でんでんむしのかなしみ」（昭和十年五月十五日）までさかのぼる。皇后さまは、「何度となく、思いがけない時に私の記憶に甦って」と講演で述べられている。

春蝉を辞典で見つけたのが五月十八日、同じ月の二十五日には蒲郡の歌見誠一に「赤い鳥」の借用を申し入れる手紙を書いている。これは童話四本の完成を示している。

三冊目の童話集『牛をつないだ椿の木』の依頼がいつかははっきりしない。巽自身も覚えていない。『おぢいさんのランプ』の校正を見た南吉があとがきのないのを気にしてあとがきを書いた昭和十七年八月から九月のころだと巽が書いている。巽は、「この前ごろに、二、三の手紙の往復があり、私は大和書店の『日本少国民文学新鋭叢書』の原稿を依頼したはずだった」という。ところがである。「赤い鳥」発表作品その他で、すぐにもまとまりそうに思ったのだが」当てがはずれる結果になった。すでに与田が依頼していた。巽の依頼は、書きおろしだった。巽に対して南吉からは二、三のストックもあるから、すぐに取りかかるといってきたという。

この時点でストックといえるものは三本。「牛をつないだ椿の木」、「草」、それに「手袋を買ひに」であった。「手袋を買ひに」は書き上げてあった一本で、原稿にも、一九三三（昭和八年）十二・二六よる、と成稿日がある。いってみれば十年近いデッドストック。もっと早くに発表の機会もあったろうがこうなった。童話集におさめるにあたって推敲が加えられた。舞台を村から町へ変えた。南吉のなかの大きな変化といっていい。九か所あった「村」がすべて「町」に変わった（保坂重政『新美南吉を編む』一五九頁）。昨日まで田舎がいいと言っていた人間が一夜明けたら都会がいいと言い出したようなものである。「牛をつないだ椿の木」は、井戸から吹き出した残り。

原稿の執筆は潮目《しおめ》を見るようにはいかない。不定期の間欠泉、それも南吉のそれは半ばこわれた間欠泉のおもむきがある。そうして書き上げられた三か月の奇跡である。土の中にいた蝉がはい出してきて一気に鳴いた。脱皮もなにもあったものではない。ただただ鳴いてみせたとしか言い方を知らない。

春五月に南吉が動いたことも注目されるが、その起動が何によるかはそれ以上に興味深い。昭和十八年二月十二日、死期をさとった南吉は書きためた原稿を東京の巽の元へ送った。驚いた聖歌が見舞いに来たわけだが、聖歌はそこで作品誕生のきっかけを南吉からおしえられる。聖歌が半田に来るのは昭和十二年二月についでこのときが二度目だった。

南吉は二度目の聖歌に「久助君の話が書けて後の作品が」と言ったのだった。聖歌が三泊四日の見舞いのなかで聞いた南吉の一言は重い。もしそのとき、「久助君の話」がまとまってなければ南吉はないに等しいのだから。ターニングポイントは久助、その後押しをしたのが「哈爾賓日日新聞」への発表という餅になる。五月の「最後の胡弓弾き」が踊り場にいた南吉にはずみをつけ、一気に二階に押し上げた。「久助君の話」の成稿日は、昭和十四年十月十八日。書いたのはまぎれもない南吉だが、南吉をそこまで夢中にさせたのは生徒である。誰とは言う必要もないし言いたくもない。やっかみかもしれない。それにしても何が人生の転機になるか知れない。さらしを巻いているとうわさされた南吉は手縫いの千人針を巻いていたのかも。

3

ひとりで書いていたわけではない。

このことが女学校へ勤める前と勤めた後のもっとも大きなちがいになるだろう。原稿の清書を手伝ってくれたまへ、だれか清書してくれないか、などという素直な先生でもない。手伝う方も私が手伝っているなど、知られたくないという生徒。聞いてみればいいじゃあないか、は現今の発想である。一冊目の童話集『おぢいさんのランプ』の原稿を清書した生徒の名前はわかっている。南吉があとがきに太田澄（十七回生）、山崎美枝子（十九回生）、大村ひろ子（十九回生）生徒三人の名前を書いているからだ。

では三人が協力したかというとそうではない。三人はそれぞれが南吉と糸でつながっている。が、生徒と生徒を横につなぐ糸はない。自分以外のことは知らない。不思議な気もするが女とはそういうものだとあきらめるよりない。情報は今も共有されていない。

大村ひろ子の場合はこうだったということだ。大村は『良寛物語』の大部分を清書した。栄蔵の、親をにらむ奴は、鰈《かれい》になってしまうかもしれない、のくだりを今もおぼえている。良寛の清書は昭和十五年晩秋から十六年にかけてという覚えだ。こんなたのまれ方をした。「大村、あとで職員室へ」。こう言われた大村が職員室に行くと、「これぼくの書いたものだけど、清書してくれないか」、そう言って原稿を渡された。推敲が入った原稿だった。夜、家の手伝いが終わったあと寝るまでの間に書いた。一晩で四、五枚、文字をたどりながら清書した。その時期は南吉の自筆稿末尾に昭和十六年一月四日―三月九日とあるので、晩秋からというのは誤りであろう。自筆稿の原稿用紙二百九十一枚、大村はその三分の二ほどを清書したと記憶している。そこから計算するとざっと四、五十日を清書に費やしたことになる。夜が遅いので父親にしかられてやった。大村の父親は安城農林学校へ転勤で来た数学の教師であった。

南吉の下宿と大村の家は二、三軒離れた出郷の内、それでも原稿の受け渡しは毎日女学校の職員室でされた。これには職員室の入口側に南吉の机があったことも幸いした。朝大村が清書原稿と元原稿を持参すると、南吉は「ありがとう」と言って受け取り、「今夜これをお願いします」と新しい原稿を渡した。大村はその原稿の受け渡しを、〝秘密の取り引き〟と言い、〝妙なはずかしさ〟があってといい、〝そっと、そっと、やった〟と言った。

『良寛物語』には生徒が清書を手伝ったなどとは書いていない。だが南吉は良寛を書き上げたことを蒲郡の歌見に葉書で知らせている。

〈例の良寛さんもこの程漸く脱稿しました書き乍らも嫌悪の情を禁じられなかつたのですが出

来あがつてみれば益々絶望です兎も角生徒達に清書して貰つてゐます〉（昭和十六年三月十四日）

歌見宛の葉書に南吉は生徒達と書いている。教え子という言い方を南吉は採らなかった。その一人は三分の二を書いた大村ひろ子、後半三分の一をまかされた生徒はわからない。

生徒に清書を手伝ってもらう。そこのところに南吉が原稿をどのように書いたかの秘密もあるような気がする。南吉は清書のスピード、手が早いか遅いかを非常に気にした。それでいて速く書いてなどとは注文をつけない。生徒のペースで書かせて人選した。傲慢《ごうまん》といえば傲慢かもしれない。だがそれは、新美南吉がこの世で見せた数少ない傲慢であったかもしれない。一人で原稿を書く、そのときにはずみがほしかった。はずみはリズムであり呼応である。異性との恋慕の情を通わせるような清書、それをさびしがり屋の甘えとだれがいえようか。

第14章　三年前のノートから

1

南吉の五年間を見た先輩教師が瀬戸品野の戸田紋平である。

どんな人かは南吉が日記に書いている。安城高女勤務二年目の昭和十四年（一九三九）五月十日。

〈大きな樽《たる》の下に不《ふ》鉤合《つりあい》に小さい脚を二本つけたやうな恰好《かっこう》の戸田先生が、その弱々しげな足の先にこれまた不恰好な古くさいだるま靴をはいて、行進曲にあはせて、蓄膿《ちくのう》の鼻をきゆうつ、きゆうつといはせながら、生徒達にまぢつて行進してゐるのを見ると、これもいい小説の材料ではないかと思つた。実際は何も才能はないのに、自分には大した劇方面での才能があるのだが、志をえずしてこんな片田舎の女学校などで一生を埋もれて終ると自分で思ひこみ、人にも吹聴《ふいちょう》し、十年も十五年も前に文学青年等の間ではやつたちやちな芝居ぶりを、学芸会などに応

用し、自己満足をしてゐる男〉（『校定新美南吉全集』第十二巻、三九—四〇頁）

前半〈小説の材料〉あたりまでが戸田、後半は南吉のこととして読めると言ったら、南吉は嫌な顔をするだろうか。

戸田の教師としての振り出しは安城高女、二代校長が校訓をつくった大正十五年に新任で来た。なんでも旧一年が二年に進級したその四月に担任が転任した代わりらしい。戸田は新二年を受け持ち、そのまま持ち上がりで卒業までいった。鼻の下にたくわえたヒゲは、その生徒が希望した。卒業式の前日、謝恩会の後で生徒を代表して級長が言った。

〈当時のその学校で、らしい先生は校長始め皆ヒゲがあるのに、僕にはヒゲがない。私たちの先生にもヒゲが欲しかったが今まではいえなかった。人並にヒゲを置いてくれ、今度夏休みに卒業後第一回のクラス会をするが、その時には是非ヒゲのある先生になっていてくれというのである〉

戸田は作法室でこの申し出をどんな思いで聞いたか。

〈その年八月旧盆の第一回クラス会に私が約束通りヒゲのある先生として彼女たちに御目見得したのは勿論である〉（戸田紋平遺稿集『瀬戸のやきもの』一九六六年、二七五頁）

ここで一度昭和十四年五月十日に戻ろう。

南吉はこの日、女学校の帰りに戸田に誘われて安城町相生《あいおい》の大弘法《おおこうぼう》で「花の撓《とう》」を見ている。五月の陽気は人を野外に誘い、なんとはなしにうかれ気分にさせられる。

「花の撓」を見せるその大弘法は追田川ぞいにある。上流に向かえば新田の下宿に行き着く。

「花の撓」は別の名をおためしといった。その年の作柄を模した稲や米俵の作り物を見ながら、作物ごとの作柄を自分なりに見て占う。蔵の前に米俵なりトマトなりがたくさん積まれたのを見て、今年はどうだと本人が占う。農家がさそい合わせて来る。作柄の話に花が咲く。

花の撓の作り物は名古屋の熱田神宮の西楽所《にしがくしょ》につくられ、それをまねて県下の神社や寺院でもつくられる。大弘法には相当な人が出る。苗物を売る店や露天が追田川左岸の道沿いにならぶ。南吉もこの日露天で金魚三匹を求めている。境内には大きな藤棚があるが、南吉の目にとまっていない。肝心のおためしも見なかったようだ。南吉が日記に書いたのは〈少しも美のない花崗岩《かこうがん》の弘法大師の像二つ三つ〉という味もそっけもないそれだけ。追田川を流れる水は春のぬくもりを映して光りかがやいていたはずなのに目には入っていない。「花の撓」を見にいったと書いた後に南吉はこう書いている。

〈ここでも群衆は愚劣《ぐれつ》で、うすぎたなく、不健康で原始的だ〉

これが安城で二年目の春を迎えた南吉の心象《しんしょう》であった。

それにしても明治三十六年（一九〇三）生まれの戸田紋平と大正二年（一九一三）生まれの南吉の経歴はどこか似ている。

小学校を卒業後、愛知県立陶器学校を卒業、陶洋陶器株式会社に入社、一年半で退社、母校下品野尋常小学校で代用教員を経験、大正十二年東洋大学専門学部倫理東洋文学科入学、同十五年三月卒業、同年安城高女に赴任。

その戸田が「同僚としての新美南吉」を書いている（『新美南吉全集』第八巻、月報）。そのなかで注目されるのは、口数の少ない南吉が話好きだったという話である。

〈僕も話好きだが、彼はそれ以上の話好きで、僕の宿直の晩、彼の泊まりの晩は、大抵職員室に居残って、大火鉢の残り火をつつきながら、更けるまで話しこんだ。とりわけ彼は、僕の郷里（やきものの瀬戸）の山に伝わる民話を面白がって、お小女郎と孫太郎という狐の話、さいの神の縁起として伝わる兄弟の悲恋の話などは、小さな眼を輝かせて耳を傾けた〉

ちょっと意外な感じもするが事実このとおりだったのだろう。

聖歌も南吉と戸田との関係をこんなふうに書いている。

〈戸田紋平さんは、同僚の中ではもっとも親しい人で、軽口をいい合ったり、にくまれ口をきいたりした仲のようだ。

「学校には、とても気の合う先生がいてね、それで助かるんだ。絵の先生だけど、なに、ぼくの方が絵はうまいんだ」などと、わたしにもほざいていた〉（巽聖歌『新美南吉十七歳の作品日記』一九七一年、一七六―一七七頁）

「戸田先生を語ろうとすると、あの加藤唐九郎《とうくろう》がかぶさってくるような気がする」

戸田をこう評したのは愛知県立瀬戸窯業高等学校に昭和二十五年四月に入学した梅村武《たけし》である。先生とは、文芸部顧問、生徒会担当の先生として近い関係にあった。写真どおりの先生、明るくまっしぐらに走っていく先生、人柄のまるっこい先生だったと。

南吉の五年間を見ると、北風と太陽の話を思い出す。北風だけで南吉は変わらなかった。紋平という南吉と真反対のキャラクターを持った人物に出会えたことが南吉のしあわせだったと思う。

戸田の安城での「最後の仕事」が昭和二十三年十一月の詩碑の建立だとしたら、その前の辻久子のバイオリン独奏会（昭和二十一年四月一日、提琴独奏会）及び同年七月五日の安城座（芝居小屋）で歌劇「椿姫」の公演を実現させたことは（安城文化協会設立のデモンストレーションとしておこなわれた）モンちゃんの愛称とぴったりな人の、実力の片鱗《へんりん》であったにちがいない。

2

昭和十七年五月中旬、三月に卒業した南吉が担任した十九回生のところに愛知県安城高等女学校新美正八名の封書が届いた。中にあったのは「雪とひばり1」とタイトルをつけた「級報」だった。

ざっとその体裁を見ておくと、紙はざら紙、ガリ版刷り、クラス詩集のサイズは縦一八三ミリ横二五八ミリ、この大きさの一頁。クラス詩集が昭和十四年九月で、戦争による用紙不足のため中止になったことを知る者には、いったい用紙をどこから調達したかという思いが消えない。用紙節約のためかタイトルの下半分から「はじめのことば」が始まり、それが紙の左いっぱいを占める。つまり一枚目（一頁目）が級報をつくった新美正八の挨拶で終わる。ガリ版のガリを切っているのは南吉本人。作文で見慣れ、日記でも見慣れた小さめの丸い字を読む卒業生には一行を読まずとも新美先生の字だとわかった。

いつ発行を思いついたか。級報をつくることが学校の慣例にでもなっていたのか、聞きなれない「級報」のきっかけが気になる。意外にもその答えは南吉の日記にあった。

昭和十四年一月十七日。〈外語から月報が来てゐた。それを見て自分も今の一年が卒業したらクラスの月報を謄写刷りでつくり、五十六人に毎月おくつてやらうといふことを考へた〉

卒業後に東京外語から送られてきた「月報」を見習ったのだった。三年前に考えたことを実行した。そのときと情況が違うのは予想もしなかった紙不足と体調の悪化だった。だが生徒に呼びかける南吉はそのことをおくびにも出さない。次に挙げるのは南吉が書いた「はじめのことば」の全文である。（『校定新美南吉全集』第九巻、二五三―二五四頁）

新緑の目にあざやかな季節になりました。

みんな、元気ですか。

あなた方を送りだしてからもう五十日たちました。すこしの人にはあれからのちも度々あつてゐますが、多くの人にはあれきりあつてゐません。

けれどいつもみんなのことを思つてゐます。みんな元気でゐてくれるやうにと思つてをります。

さて、できるだけ、みんなと縁のきれるのをふせぐやうにと、また、みんなが何かにつけ協力し団結する一助にもなるやうにと、こんど級報をつくることにしました。

これがその第一報です。

たいそう貧弱ですね。けれども紙の少ないときですからこれでがまんしなければなりません。

名を僕がかつてに雪とひばり、とつけました。いゝ名ではありませんか。多くの人はまだおぼえてゐることと思ひます、それが、あなた方の一年の三学期、はじめてできた詩集の名であつたことを。

級報ですから級の人々の消息をおしらせするのが主な目的であることは、いふまでもありません。その材料はあなた方からあほぐことも、もちろんです。

住所やつとめさきの変つた人は御通知下さい。自分のことでなくとも、級の人の身の上に、何か変つたことがありましたら御通知下さい。

さうして、いろいろ記事のたまつたところで、印刷にしお届けするつもりです。

山のばあさんがいつも花を入れて来る籠《かご》のやうに、いつもあかるくたのしい便りがのつて、この級報があなた方の手にとどけられることを祈念してゐます。

はじめにあたつて、一言あいさつを申しました。

愛知県安城高等女学校

新美正八

あいさつにつづいて「級友近況」として卒業後の勤め先、氏名、住所が五十七人つづく。そのあとかつての生徒で補習科にすすんだ佐治孝子の「補習科のたより」がつづく。たよりの中で佐治が南吉の近況をこんなふうに知らせる。

〈新美先生は、今学年になつてから、殆んど一日もお休みにならないで、出校してをられますからご安心下さいませ〉

書いたのは佐治孝子であったにしても、ガリを切っているのは南吉である。中身の保証はできない。

「級報」の目的は以上で果たされた。互いの住所がわかれば関係はつづいていく。南吉は佐治の「補習科だより」のうしろに一篇の詩を加えた。詩のタイトルは「三年前のノートから」である。(『校定新美南吉全集』第八巻、一二〇―一二一頁)

3

では、三年前のノートに「三年前のノートから」の一篇があるかといえば、ない。ノートはおそらく南吉の頭の中のノートである。探しても見つからない。だが一部照応する詩がないわけではない。二篇ある。一篇は「水ぐるま」、もう一篇は「短唱」である。いずれも使用原稿用紙から判断して昭和十四年前半と校定全集にある。「水ぐるま」は一連四行の二十四連、「短唱」は一連四行の十一連、「三年前のノートから」は八連である。三篇の詩をならべ比較をとも考えたがやめにした。昭和十四年十一月十四日の一篇を出す以上にわかってもらえることはない、と思ったからである。先に「三年前のノートから」、次に昭和十四年の南吉を伝える聞き書きそのままの「綿の話」を紹介したい。

三年前のノートから

○
野にうたはむと
野に来つれ
草ひかるのみ
ひかるのみ

○
街にうたふと
街ゆけば
日の照れるのみ
家々に

○
松の芽立ちに
手は触れて

生きむとこそは
思ひしか
○
いのちひそかに
あるものか
うまれて青い
かたつむり
○
夜更けに
蛙のきろろきろ
さめて寂しく
聞こずよの
○
そゞろあるきに
洋杖に
月夜となれば
月がさし
○

松の新芽の
頃は
また新たなる
愁ひかな

○

おもひここに
およべば
くだけて散れよ
実のかたばみ

綿の話

火をくべてくれる婆さんから
綿の話をきいた
私はあつたかい五右ェ門風呂に
ひたりながら竈の外へ火がちろりちろりと
出るのを見ながらきいた

こんげにすふばかりになつちや
困るといふことから話ははじまつた

わしらが娘だつた時分にや
どこの家でも綿をつくつたといつた

五月時分に種子をまいて、
夏中育《ひと》ねて
九月頃熟《え》ませるだといつた

木は二尺位あるだ
胡麻位あるだといつた

実は椿の実に似てをつて
一本に十もついてゐる
それがぽつぽとはぜて
あつちにもこつちにも真白に

熟《え》んでゐるだといつた
その実をとつて、筵にひろげて乾《ほ》いて
糸に紡いで織機《はたご》で織るのが
わしら若い時分の冬中の仕事だつたといつた

春になるとそれを売つたといつた

いつかそんなことをしなくなつてしまつたといつた

織機《はたご》も壊して
縁側を作るのに使つてしまつた家が
多いといつた

こないだどこかの弘法さんで
糸車を買つて来さした人が
あつた、
まだあんなものが売つてをるだわいと
思つたといつた

家で織つた木綿は丈夫だ
まだ昔の木綿がふとんの裏に
残つてをるだが、
あんなものは股引のつぎにあてよか
なんていつとつたといつた

翅の弱つたこほろぎが土間の隅で
絶え絶えに鳴いてゐる夜に
婆さんから綿の話をきくのは
聞くさへあたたかに懐しい

昭和十七年五月発行の「級報」になぜ「三年前のノートから」などという意味ありげな詩を載せたか。タイトルに見合う言葉は三篇のどこにもない。南吉が考えたのは自分の教えた生徒を三年前に引きもどすことにあったのではなかったか。生徒へのそれより、より強く動機づけておきたかったのは詩の作り手である南吉その人だった可能性もある。自分はあそこから変わった、その強い思いが三年前のノートを発想させた。それが新作ともとれる「三年前のノート」なのである。そこには自分の紙碑をという南吉の思いも見える。昭和十四年といえば、大弘法の花の撓を見て、ここでも群衆は愚劣で、うすぎたなく、不健康でと愚劣を連発していた頃である。

その南吉が女学校の時間のなかで変わった。「三年前のノートから」の一篇は、三年前の南吉と、三年後の自分（変化した自分）のちがいを詩にして残すことにあったのではないか。

級報の名前を生徒詩集第一集と同じ「雪とひばり」に決めたとき、級報にのせる詩に「三年前のノートから」の名をつけたとき、南吉の胸底《きょうてい》深くにあったのは、あのときから、自分は変わったという確かな実感ではなかったか。童話集『おぢいさんのランプ』と等価、あるいはそれ以上の意気込みをもって級報の制作にむかう南吉。それは安静第一の病気が進行するなかのおかしな行動ととれなくもない。だが二冊目のない「級報1」のガリを切ることが南吉の担任としての最後の仕事のように見える。級報の「はじめのことば」にある「あなた方を送りだしてからもう五十日」、どんな思いの南吉がガリを切っていたのだろうか。それは、やっぱりさようならだわ、と言って別れたあの高正とはべつの別れのサイン、それが青春を共に過ごした生徒への南吉からのはなむけだとしたらどうか。詩の行間からきこえてくるのは、創作の秘密は女学校の庭にある、君たちと過ごした生活にある、という南吉の声である。

詩の八連目はあの細井美代子に書いた色紙の部分である。南吉にあっては三年前から続く今なのだ。三篇を読んで気になるのはこの一連である。上から「水ぐるま」「短唱」「三年前のノートから」の順である。

おもひ　ここに
およべば
はじけて　散れよ
実のかたばみ

おもひ　ここに
およべば
はじけて散れよ
実の　かたばみ。

おもひここに
およべば
くだけて散れよ
実のかたばみ

南吉のクラスの細井美代子は、「三年前のノートから」の最終連におかれたこのことばを色紙でもらっている。

おもひここに
およべば
くだけてちれよ
実のかたばみ
　　　　正　八

『校定新美南吉全集』第八巻は、細井の直話としてこう書いている。「卒業式の前に馬場さんといっしょに職員室をおとずれると、色紙を用意されていきなり書かれた。そして、失恋の詩ですよといって渡された」とのことである。卒業式の前に、色紙を用意されて、失恋の、すべてに詩人南吉のこころが働いている。偶然の出来事などではない。南吉の覚悟、この世に別れを告げるそれではなかろうか。卒業式が教え子との別れと決めていた。「級報」は、隠れ蓑であった可能性すらある。

三年前の生徒詩集は細井の日記にはじまった。昭和十七年一月の死と引き換えの決意も同じ細井の日記が発端になっている。

昭和十七年五月の三年前は何時か。南吉の昭和十四年五月九日の日記。

〈今日は明治用水に水が一ぱい流れている。いい気持だ。帰りその堤で、すかんぽと雀《すずめ》のかんざしをとつて来て一輪ざしにさした〉

勢いよく堤防一杯に流れる水に清められた南吉が一輪ざしにいける花をつんだ。十日ほどあとの日記にも九日と同様の変化のきざしが見える。

〈新田へ来るとき、遠くで梟《ふくろう》が鳴いてゐる。梟が私の悲しみをうたふという詩句を考へてゐたら、不意に、自分は何といふ寂しがりやだらう、他の人なら寂しがる必要もないのに、寂しがつてゐると思つて驚いた〉（昭和十四年五月十九日）

新田は下宿のある出郷のことである。さびしがりやが安城で変わった。けれどもだまりんぼの南吉が芝居の早変わりのように別人になったわけではない、昭和十四年から徐々に病気の十六年を経てということである。駅前に出店を出していた金魚屋に汽笛にびっくりした牛が突っ込んだこと、南吉が宿直の夜に泥棒が入ったことまでが変化の導火線になった。変化は田植えがすめば一枚の田んぼとしか見えない愛想も詩もなんにもない安城という土地で起きた。安城にあったのは竹藪《やぶ》のにおいと、ゆたかな田舎のにおい、用水の流れだけ。知多半島の起伏の多い緑の田舎とは違った田舎、それが女学校のある田舎町安城だった。

4

昭和十七年四月十二日に巽宛に二百枚の原稿を送った日の日記に、〈弥厚さんのたゝかはねばならなかつたもの。百姓の無知蒙昧。仕事そのものに困難はなかつたかしらべること〉

とあることは注意したい。安城高女所蔵の『弥厚翁』(大正八年、明治用水普通水利組合)に紀元二六〇二年(昭和十七年)から弥厚の没年である天保四年(紀元二四九三年)を引いて、「一〇九年前」との鉛筆の書き込みがあることと符合するからである。(『安城の新美南吉』五二―五三頁)

与田準一から届いた葉書が弥厚執筆にストップをかける。

〈与田さんから葉書。赤い鳥に投書した四篇を入れて、百五六十枚の童話集を出してくれるさうだ〉(昭和十七年四月十六日)

弥厚が飛んで二冊目の童話集の出版が確約された。

およそ四十日ばかりの間に童話四本を書き上げた。

原稿のメドがついた五月二十八日、南吉はまるで書いておかなければならない書類であるかのように、女学校の一日を日記に書きとめた。誰か読み手を想定するような書き方で。ただその一日に入る前にこう書き添えることも南吉は忘れていなかった。

〈汽車にのると窓ぎはに席をとり、文庫本をひらく。ものの二十頁も読むともう下りるのである。駅から学校まで生徒達の列をうしろにして、新井先生と歩いてゆく。もう体に疲労感があり、あまり口もききたくないのだ〉

卒業から五十日、大仕事の終わったそのときがこの五月である。

南吉はこの年の春蝉の鳴く声をどんな思いで聴いたのであろうか。いつもの春がいつものように行った。春は南吉が一番好きな季節。原稿も心なしか春にちなむか、春に書かれたものが多い。あの、でんでんむしのかなしみも春に書かれた。その若葉の春と対になる秋が南吉の内面を表すように感じられるのはなぜか。

南吉の秋に咲くのは彼岸花である。赤い花だけの彼岸花、シビトバナである。イメージの中のそれは、あの世を象徴するように秋の彼岸に咲く。季節のうつろいを告げる花でもある。球根は毒を持つがその毒をとりのぞいて食せば救荒作物にも変わる。ごん狐には当然のように墓地の場面で描かれる。

〈墓地には、ひがん花が、赤い布のやうにさきつゞいてゐました。と、村の方から、カーン、カーンと鐘が鳴つて来ました。葬式の出る合図です〉

死者を出した家から出る頭に白いかつぎをかぶった女性をまじえた葬列が墓地に向かうその合図の鐘が鳴る。南吉はその村の道にも、墓地へつづくその道にも、彼岸花を咲かせる。

〈人々が通つたあとには、ひがん花が、ふみをられてゐました。

ごんはのびあがつて見ました。兵十が、白いかみしもをつけて、位牌をさゝげてゐます。い

つもは赤いさつま芋みたいな元気のいゝ顔が、けふは何だかしほれてゐました〉
村の人たちが行列をつくって送る。南吉はその情景のなかに当り前のように彼岸花を配した。それは墓地にある彼岸花が見慣れた風景だったからである。庭に植える花ではない、これが日本人がながく伝えてきた彼岸花に対する思いである。
今、矢勝川の堤防に二百万本の彼岸花が咲く。小栗大造が戦友のたむけに植えた彼岸花がこれだけの株数になった。南吉の彼岸花とはミスマッチのようである。だが南吉が兵十の母親のために咲かせた彼岸花にもうひとつの顔を見ていたのも事実であった。南吉の詩「彼岸花」(昭和五年九月二十九日)

彼岸花の咲く頃は
女の子は子守になる

当時にあって子守は、自分の家の兄弟姉妹が家で子どもの面倒をみることではなかった。口を減らすため、やとわれて他家で子守になることだった。他所へ行くことだった。昨日までいた子がいなくなる。だから、秋の彼岸が悲しい季節として南吉のなかに記憶された。南吉の詩「日暮と子守」(昭和五年三月七日)も子守の情景を彷彿とさせる。赤く咲く彼岸花は季節をたがえずにやってくる別れの花。南吉の作品のなかでどれほども描かれる花ではないが、南吉の一生を象徴する花となった。本も一読と二読では受ける印象がちがうという南吉。ならば別れは一度。南吉はそうこころえていた節がある。そしてその心に追い討ちをかけたのが常にも増して痩せた顔を見られることへの恐れであったのかもしれない。

第15章　昭和十七年のアロハオエ

1

クラス会はおおむね卒業年の半年ばかりのうちに催される。

南吉が高野山の宿坊行きを思いついたのは七月。南吉の内意をクラス会幹事の後藤貞が問い合わせたのもちょうどそのころ。後藤の打診は断られた。まさかの坂を聞いた後藤が南吉に抗議の手紙を出した。南吉の返事は便箋四枚にびっしり書かれたクラス会のすすめ方であった。もちろん手紙の頭にはかねて用意の欠席の理由があった。それは後藤貞が伝言で聞いた「僕はちょっと都合が悪いから、出席できない」という人をくったものではなかった。南吉が後藤貞宛てに書き、戸田紋平が郵便配達夫になって後藤家に届けた手紙（部分）である。

昨日はお手紙を難有う。いつもながら後藤さんのお手紙は遠慮がなく天真らんまんで、読むうちにほゝえまされます。
さてクラス会のことで　いろいろ心配をさせてまことに相済まなく思ひます。みなさんがだいぶん熱心のやうで、クラスにとつてはたいそう結構なことですが、幹事さんには厄介なことであらうとお察しします。
八月九日がどうか　とのお話ですが、学校の方は別段さしつかへもないやうです。たゞ小生が出席できぬのが残念であります。小生、医者などのすゝめにしたがひ、勤労作業終了直後、長野県の山中にはいることになつてゐるのです。そして八月いつぱい帰つて来ない予定になつてゐます。尤も小生がゐなくても　クラス会をして一向構はないわけです。
（中略）
開始は午前十時頃、終りは四時前のこと。
出欠の返事をみんなからきいておくこと。すしやなどには前日に交渉しておくこと。通信費その他の雑費は当日の会費から頂くこと。その他、また気づいたことがあれば後程おしらせします。
　とりあへず右御返しまで。　新美
　　二十七日
　貞様
小生、医者などのすゝめにしたがい、などともっともらしい嘘?を書いている。後藤に「先生は非常識きわまる、責任感まるでゼロ!」とまで言わせた返事がこれである。後藤の抗議の手紙は、後藤貞とっておきの曙色のレースが付いたものだった。目をつぶっていても会がすすんでいく丁寧な手紙を書いた南吉。なぜ十九回生だけ都合をつけてやらないのか。

南吉が長野の宿から、東京の巽聖歌に出した手紙が残っている。昭和十七年八月九日付け、偶然にもクラス会を予定したその日である。医者のすすめ、などといった文言は手紙のどこにもない。

──小生、学習社から出るはずの伝記ものの着手をもくろんで、生意気に信州へ来ましたものの、どこにも温泉宿があいてゐません。昨日いちんち、澁、湯田中、上林とさがしましたがみな満員です。そこで長野の裏通のみじめな宿にくすぶつてゐます。明日もういつぺん、山田、万座の方へ行つて見てなければ家に帰るつもりです。そして、この月の二十日頃に東京にいちどゆくつもりです。良寛さんが増刷になつたので、お祝ひに学習社が御馳走してやるから是非来いと申しますし、久しぶりに、あなたにも与田さんにもおあひして、啓蒙して貰ひたいからです。

奥さんによろしく。　　　乱筆多謝。

八月九日　　　　　　　長野の宿舎にて　南

巽様

温泉宿がなかった、という。南吉も後藤貞と巽聖歌に嘘をついたが、温泉宿の番頭も南吉の姿を見て嘘をついた。米を忘れて断られたとは手紙のどこにも書いていない。南吉の痩せた風貌が番頭の目に適わなかった。

南吉が半田の自宅を出発したのは、八月六日の木曜日。六日七日は温泉宿が見つからず長野市泊まり。八日はその長野市をはずれ、渋、湯田中、上林を歩き、また長野市にもどり駅近くの金城館泊まり。伝記ものの着手など、どこかへ行った感がある。九日はどうしていたのか。金城館に連泊したのかもしれない。十日に山田、万座に宿を探して万座で見つかった。どんな宿だったかは書いてない。標高千八百メートル、草津白根山西麓の地に万座温泉、同じ白根山の東麓にあるのが上州の草津温泉。万座温泉は上林から渋峠を越えた県境の温泉地である。火山から出る噴煙と温泉から出る湯煙の両方が楽しめる。泉質もいい。南吉はこの桃源郷のような山の温泉場で一週間ほど滞在した。

八月二十日、小生二、三日前に山から帰半したと巽宛に手紙を書いた。用件は初の童話集に、あとがきを書いたという巽への報告。満州に行っていた巽に事後承認を求めた形の手紙だった。

クラス会と弥厚の伝記は、どこでどうなったか。山の温泉場行きは隠れんぼ好きの南吉らしいことも確かだが、南吉にはクラス会に出席をためらわせる何かがあったようだ。なぜ山に隠れたのか。一人の女性の来ることを恐れたのか。

結局八月二十日以降九月にもクラス会がひらかれることはなかった。十月になってひらかれたが、すでに欠勤がちになっていた南吉が出席することはなかった。

2

昭和十七年八月の日記は書かれていない。九月は、三日、十五日と書き、十七日を最後に止まる。日記を書かないのは、書くべき理由がなくなったためだろう。書いてみても書く訓練をしてもどうしようもないものになった。

九月十七日の日記、日記の最後のくだりである。

〈作業中はのらりくらりしてゐるが、いざ作業終りとなると、急に元気づいて、塵取《ちりと》りを持って走ったりする奴。

芙蓉《ふよう》。白萩《しらはぎ》〉

安城には、「横着《おうちゃく》もんの晩稼《ばんかせ》ぎ」という言葉がある。本来働くべき昼間は働かずに陽が落ちるころ急に動き出す。このとき南吉の陽はどこにあったろうか。白萩とはできすぎではないか。

その同じ九月十七日に南吉は聖歌に葉書を書いた。(『校定新美南吉全集』第十二巻、四八七頁)

啓

このごろはいろ〳〵世話をやかせて相済みませんでした。何もかも小生の不徳の故ながら、又かういふふうにやかましく世話をやいてくれる人があることは男三十になつてもしみじみうれしいことです。四十になっても五十になつてもかくてありたしと念じます。不

備

追而　梨を送りました　あまり少ないけれど子供達のおヤツにして下さい。

巽聖歌がその梨についてこう書いている。

〈あんまり、がみがみいってやるものだから、南吉め、ちょっと驚いたらしい。上京するたびに土産を持ってくるようだったが、生前、ものを送ってくれたというのは、これ一回だった。そろそろ物資不足になるころだから、もちろん、ありがたくいただいたのだが、なんとなく後味のわるい梨だった。品物は「長十郎」だったろうか〉（『新美南吉の手紙とその生涯』一五五頁）

梨を送ったのは『おぢいさんのランプ』のあとがきをめぐってのやりとりがあったから。南吉にとっても本のあとがきはむつかしかったというしかない。ただこの季節はずれと言っていい九月の梨が、単にそれだけの意味だったかとなるとわからない。

3

後藤貞をクラス会の幹事に指名したとき、南吉は、クラス会を欠席するつもりでいた。別れは一度だけ、そんな考えが透けて見える。四年を終えて補習科に進んだ生徒もいる。補習科にすすんだ十一人はしかたがない。だが担任したクラスの、他の卒業生ということになると、話は別だった。

ここは、譬喩《ひゆ》を用いて言うしかいいようがない。いい芝居を見た。もう一度見たい。だがそのもう一度がためらわれる、そういうことでなかったろうか。もう一度会ってみたい気持ちより、そこで壊れることを恐れた。それが結果として持ち上がりで四年を教え、三月に卒業して行った生徒への、南吉の気持ちだった。そこには痩せた姿はさらしたくないという予防的な判断もあった。

戸田紋平が写した写真館で撮ったと見紛う『弥厚翁』を手にした安城高女郷土室での南吉も、言えば南吉のやらせ写真ぽいといえる。卒業生の全員に聞いたわけではないが「こんな先生の顔は見たことがない」という一致をみせる。女学校での記念の一枚、死を覚悟しての一枚とみたい。平成十一年に新美南吉に親しむ会によって刊行された『安城の新美南吉』では、撮影年を昭和十四〜十五年頃推定としているが、そうではなく病気をへて一応の回復を見た、昭和十七年四月前後とみたい。十九回生の卒業時は長髪であったということからすれば卒業生を送り出した三月下旬とも考えられる。

新美南吉の肖像として残された写真は、病気の晴れ間に撮ることのできた奇跡の一枚といっていい。撮影者は稀代《きだい》の名カメラマン戸田紋平先生である。

もっともこの写真を新美南吉に扮した役者の一枚と見立てれば制作事情を云々することはない。南吉のイメージがこの一枚にどれほど負うていることか、それはあの世の南吉がいちばんよく知っている。写真は撮っておくものだと得意満面かも。それにしても南吉の変身ぶりは見事というしかない。

〈くわんこつの高くつき出し顔なるよ横顔の写真我はうつさず〉（昭和六年二月十五日）（『校定新美南吉全集』第十巻、六三二頁）

顔を変えた南吉というより、昭和六年と昭和十七年の自身の在り方のちがい、内なる手応えがこれを撮らせた。

4

教師新美正八にとって「卒業」とは何であったのか。クラス会への出席をかたくなに拒んだ真意はどこにあったか。それはクラス会という器の範囲を越えて南吉の生き方につながっているように思われる。いわばふだんは見えない南吉の心が露呈《ろてい》した現場が三月十七日卒業式の日、あるいはその午後の謝恩会ではなかったか。時間を五十日前の卒業式まで戻してみたい。

卒業式前から卒業式は動き出している。十九回生の村上高子が南吉に短冊を書いてもらったのは三月十七日より前だった。

ぷりむらハわかるゝ頃に咲く花ぞ
正八

ぷりむらはサクラソウをいう。声に出してぷりむらと言うと、その語感は賢治のそれをも彷彿《ほうふつ》とさせる。だが南吉の心はその下、「わかるゝ」にある。別れの花としてぷりむらがある。同じ十九回生の杉原初子も短冊を書いてもらっている。

けふは椿も咲いた白い椿も
咲いたわかるゝ日とて咲いた

正八

いうまでもないことだが、わかるゝに力点が置かれ、それと椿の白が流れ星のようなクロスを見せる。

卒業前でなく自分の誕生日に書いてもらったという早川房枝の色紙にも同じぷりむらが登場するが、その印象は先の村上のそれとは別のおもむきを示す。平仮名でしやうはち、としたのもうれしそうに溶け合う。

ぷりむらの
そば吹くときは
かぜもあかるく

うれしさう
しやうはち

南吉がのこした色紙はあと二枚。後藤貞と細井美代子の色紙である。二人の記憶は同じ日に書いてもらったというまでは同じだが、後藤が卒業式当日の三月十七日という覚えに対し、細井は卒業式より前と少し食いちがう。いずれにしても生徒が差し出すそれを受け取る南吉は別れの色紙としてしか書くことができなかったはずである。生徒の卒業が南吉にとっての「別れ」なのである。

南吉の「別れ」をそんなふうに読んでいくと、後藤と細井のそれが一対に見えてくる。ともに昭和十七年三月の南吉である。はじめに後藤、次に細井を掲げる。

けさ大きい
雲が来た
花束を
満載して
——正八

おもひここに
およべば
くだけてちれよ
実のかたばみ
正　八

南吉は細井に失恋のときのうただと言って渡したそうだが、本当だろうか。卒業間近の空気の中でどうして失恋の歌を生徒に渡す必要があるのか。それがたとえ細井に対する気づかいであったとしても、釈然としない。

先に、別れは南吉にとって永遠を意味したと書いた。卒業式の後の謝恩会はその別れの最後のときでもあった。

アロハオエが歌われたのは女学校の講堂だった。

謝恩会の最後に南吉が「お別れに歌をうたいましょう」と生徒に声をかけた。南吉がコーラスの指揮を執《と》り、また自らも前列中央でうたった。舞台下には長椅子に腰を掛けた在校生（二十回生、二十一回生、二十二回生、三百人）がいた。南吉の声はかすれていたがうたい終えた。南吉らがうたったアロハオエを檀の下で聴いた在校生がその様子を覚えていた。覚えていたのは当時うたうような歌ではなかったことが大きいと思われる。アロハオエはハワイ語に英語が混じるハワイの別れの歌、前年十二月八日に日本軍が真珠湾奇襲をしたそのハワイに伝わる民謡である。舞台の上で南吉とアロハオエをうたった大村ひろ子は単に卒業で別れる歌とはとらなかった。

二十一回生の桑嶋泰子は大村とはまたべつの思いで南吉のアロハオエを聞いていた。日英米が戦争に突入する時期の遠足で南吉がこんなことを言っていたのだ。「僕はスパイだと思われているんです。バカバカしい……」。それはダンスの振り付けで「麦と兵隊」を踊ってみせた時期とも重なる。南吉のうたったアロハオエは、軍国一色の中、英語教師による覚悟の合唱であった。

「安城高女学報」（昭和十七年第二学期）によれば、英語は九月の学則改正により、一年毎週二時間、二年毎週二時間、三年四年は廃止になった。英米語の雑誌名が禁止になるのは昭和十八年二月からである。

第16章　ありがと

1

まことのことばは
うしなはれ
雲はちぎれて
そらをとぶ
……宮澤賢治の
詩から
大村ひろ子様
昭和十七年冬　著者

ここに著者とあるのは新美南吉、書いた場所は自身の童話集『おぢいさんのランプ』の見返し。昭和十七年冬とあるが、かつての日本人の季節感を想い起こしてみれば、旧暦の十月もまぎれもない冬である。戸田がのちに書いた「同僚としての新美南吉」には、「昭和十七年の冬頃から、彼はついに臥《ふせ》って、ほとんど出勤しなくなった」とある（『新美南吉全集』第八巻、月報）。

毛賀知にあった愛知青年部師範学校の女子寮（寄宿舎）に本を持って行くように託されたのは、女学校三年にいた大村ひろ子の妹たか子（二十一回生）であった。丁寧に一文字一文字筆で書いた見返しを見ると、昭和十五年秋の「川」、十六年六月の「嘘」、さらに十七年三月の「ごんごろ鐘」「貧乏な少年の話」を清書した大村ひろ子に謹呈する感謝の一冊であることがわかる。自身初の著作『良寛物語』（昭和十六年発行）の謹呈本には自分のうたを書いた南吉が自身初の童話集に賢治の詩を書いた。うがった見方を許してもらうなら、それは昭和十六年に本当の意味で賢治の作品に出会ったことを意味するのかもしれない。謹呈本に書いたのは南吉から賢治への頌《しょう》とも、賛辞とも受け取れる。

ちくま文庫にある『宮沢賢治全集1』から、「春と修羅」の部分を見ておきたい。

砕ける雲の眼路《めじ》をかぎり
　れいろうの天の海には
　　聖玻璃《せいはり》の風が行き交ひ
　　　ZYPRESSEN 春のいちれつ

くろぐろと光素《エーテル》を吸ひ
その暗い脚並からは
天山の雪の稜さへひかるのに
（かげろふの波と白い偏光）
まことのことばはうしなはれ
雲はちぎれてそらをとぶ
ああかがやきの四月の底を
はぎしり燃えてゆききする
おれはひとりの修羅なのだ

遺書を書くまでに至った昭和十六年春の南吉、その南吉を反転させたのは宮沢賢治の作品ではなかったか。それと相前後して「早稲田大学新聞」への原稿依頼がはいり、童話集出版の話がはいるのはすでに触れた。明治用水をはさんで建つ女子寮に本を届けないのも南吉らしさかも。

2

昭和十八年某月某日。

安城町毛賀知の教員養成所の寄宿舎にいた大村ひろ子と杉浦さちの両名は明治用水にかかる毛賀知の橋を渡って安城高女を訪ねた。

二人を見つけた教師の荒井善男が声をかけた。荒井は昭和十六年四月から歴史の教員として女学校に来た。出身は福島、東大卒。この日の荒井は宿直明けであった。

「丁度いい所へ来た。今、新美君の机の片付けを始めた所だが、……なかなかいい詩もあるが今そこの屑箱へ捨てたよ。よかったら拾っていけよ」

拾うことにかけてこのときの二人にまさる適任者はいなかった。

机の中から弥厚執筆のためのノート「古安城聞書」ほかを拾い上げた。

これは今でこそ言える言葉である。今なら拾わないのがおかしいと言い出すだろう。しかし時は昭和十八年である。普通なら拾う者もいない元教師の反故紙を拾ったのである。南吉との四年の歳月がこれを拾わせたという以外にうまく表現できない。

朝鮮戦争の二年前、昭和二十三年十一月二十日に南吉の詩碑ができた。

時が移り愛知県安城高等女学校は愛知県立安城高等学校になり、その安城高校が赤松に移り、今は桜町小学校になっている。

芝生も、藤棚も、花壇も南吉が好んで歩いたアヒル（キャンベル種）のいた池もなくなった。今、安城高女がらみで残るのは、北野校長の時代に植えた楠と牛の背中のような木曽石に刻まれた詩碑、それに南吉が見た松林だけである。

詩碑は、有志によって建てられた。有志の名は石のどこにもない。「な」と「ら」に特徴のある一篇の詩が刻まれているばかりである。南吉の名が多少とも知られるようになるまで、昭和四十年代なかばまで顧り見るものもなかった。講堂の前にあったように、じっと牛のようにうずくまっていた。

そのうちだれいうともなくででむし詩碑の名がついた。詩が本に紹介されるときは、一年詩集の序、である。一年の生徒とつくったはじめての生徒詩集『雪とひばり』の、「はじめに」として置かれた詩であったから「一年詩集の序」と名が付いた。一年詩集ができたのは南吉のクラスの三学期、昭和十四年二月。デデムシとは、かたつむりの地方名をいう。

生《ア》れいでて
舞ふ蝸牛《デデムシ》の
触角《ツノ》のごと
しづくの音に
驚かむ
風の光に
ほめくべし
花も匂はゞ
酔ひしれむ

南吉の詩碑を、などとはだれも思いつかない。無名の先生が安城高女で殉職したわけでもない。それどころか病気とはいえ長期の休みを取った末に県の規定により退職、そのあと半田で亡くなったというにすぎない。

詩碑を調べた教員がいた。早稲田大学を出て自分でも俳句をやる大野秋紅《しゅうこう》（本名大野英男）である。昭和十八年四月から六年間、昭和二十四年まで安城高女で勤めた。それは、高女の時代から、新制安城高校にまたがる時代である。

その大野が誌碑の存在を昭和四十年のはじめまで知らなかった。本人が「図書館だより」No.8（安城市立図書館、昭和四十四年二月一日発行）にそう書いている。大野もかつて自分が勤めた学校にそんなものがあると知って驚いた。筆者はその大野に増して驚いた。生徒なら知らなかったもあろう。だが、大野はれっきとした現職の教師としてその高女にいた。女学校にいた大野秋紅が知らなかった。なぜそうなったか。ここは大野が調べたその成果を引用しておきたい。

筆者もほぼ同じ内容を卒業生から聞いているが大野の調べを優先したい。

〈先ず碑文の石だがこれは、当時中校舎《なかこうしゃ》の北添いの廊下の突き当りにあった講堂の北入口角の窓下にあった。窓下の溝に添って、葉蘭《はらん》が並び蹲《つくばい》を形どつた石には根じめとして紅白の躑躅《つつじ》があしらわれていた。春先にはここで茗荷《みょうが》を採ることを楽しんだという園芸部員後藤貞さんの確かな記憶と、筆者（大野秋紅）のおぼろげな記憶で間違いないと思うが、いつ碑文が彫まれたかについては、職員会に計られたこともなく、その費用の協賛を乞われたこともない。この夏安城高校同窓会式後校長室で、南吉氏在職前後の職員数名（南吉在職中の教頭大村重由・荒井善男・岩崎重幸・中川剛夫・大見芙《ママ》美子氏等）が顔を合せた折に、問題にした。十九年から二十一年の間というのが一致した意見で、それも「見かけたようだ」の程度で確証にはならなかった。（書簡で問い合わせた鈴木進氏も同意見）〉

大野は、自分で当時の教師数名から聞き取りをおこない「何にしても人の記憶ほど当てにならぬものはない」と書き、それでもまだ足りぬとばかり「当時重要なポストの人が知らないのであるから」となげいてみせた。

だがなげくにはあたらない。そこに勤めていた大野が知らなかったという皮肉ではあるがまことに貴重な証言をのこしたのだから。

第一回のクラス会（昭和十八年十月）のあと、戦争の激化・終戦でクラス会は計画されず第二回の会は昭和二十三年二月五日になった。そのクラス会には十九回生二十六名が出席した。作法室の床の間中央に南吉の遺影が飾られ、遺書・遺品等の陳列《ちんれつ》があった。

クラス会開催の案内には、「佐治先生御発案により先生の記念碑建立のだんどりとなり、母校の庭にささやかでも皆さんの誠心《せいしん》を集めることに」とその趣旨がうたわれている。

建碑が発議され、しのぶ会のようになったこの第二回クラス会が、思わぬ副産物をつれてきた。南吉の遺影、遺書、遺品等がならべられた。借りた遺品等を半田に返すために出向いた卒業生三人に、父親の多蔵が南吉の日記を託した。その日多蔵は南吉の遺品を整理していた。

「今、風呂の焚《た》き付けにでもしようかと思ったところだ。良かったら持っていってくれ」

できすぎた偶然である。こうして八冊の日記が焼かれずに残った。三人は日記を三等分に分けて保管した。

詩碑は、教師の残した原稿用紙（左下に新美原稿用紙と印刷されている）十枚を一束にまとめ一束二十円で賛同者に頒《わか》った。学校側も、同窓会も知らない。佐治克己と戸田紋平のあうんの呼吸ですべてがととのい当時の校長永屋省三がこれを黙認した。いかにも南吉がよろこびそうな構図である。

ここでもう一度あの大野秋紅の登場である。今回は本当の意味で発見者である。

またまた図書館だより、まるで発表場所はここしかない風である。月に一回発行のNo.15である（昭和四十五年五月十日）。

『「蝸牛詩碑考」補遺』が大野の書いた「図書館だより」（昭和四十五年五月十日No.15）のタイトルである。

学報の復興第一号（昭和二十三年三月十九日発行・責任者平手信之）、「学報あさかぜ」第三号（昭和二十三年七月安城高校校友会総務部新聞班発行・責任者戸田紋平）、第四号（十月同上）、第六号（昭和二十三年十二月二十日）などを筐底《きょうてい》から発見した。

安城高校が創立五十周年記念誌を出すため安城高女で教職にあった大野に昭和二十年前後の資料を求めた。編集責任者は教諭の都築久義。

筐底とは文学者大野のいい方であって引き出しの底にでもあったのだろう。学校からの求めがなければ大野が捜すこともない。

その学報の第六号に十一月二十日の記事がある。大野の解説ともども挙げておきたい。

〈去る十一月二十日、この碑を完成した記念に先生を偲《しの》ぶ集いが催された。深みゆく秋の淡い陽を浴びた講堂には、先生の恩師佐治克己先生、前校長山崎敏夫、平手信之先生始め直接教えを受けた人達が参集され生徒の有志と加えて殆ど一ぱいであつた。追懐談、碑文の解説、絶筆となった童話、「疣《いぼ》」の朗読、など若くして逝つた作家を偲ぶにふさわしいしめやかな中に嬉しく床しい催しであつた。

作法室では遺品と写真が展示され克明に記された日記などに新しい涙を催した。紅葉が夕陽に染まつてカサカサ鳴つているのを見ながら会が果てても一同はいつまでも去り難い思いで座つていた〉

ここからが大野の地の文になる。

〈記者名は欠くが、文体や内容から詩碑建設の推進者・戸田紋平（南吉の同僚で安城町文化協会の世話人・昭和四十年没）氏の手記であることは明らかである。戸田先生は同誌上に〟さらば安城高校〃と転任（十一月末退職・二十三年勤続）の辞をのせているので記名を遠慮したとも考えられる。南吉詩碑の完成は世話好きの先生の安城における置き土産になったわけである〉

ここまで書いた大野がかつていっしょに働いた先輩教師戸田紋平にこうエールを送る。〈達意の文章は、筆者「蝸牛詩碑考」より簡にして要を得ている〉と。

戸田紋平、大野秋紅みごとなリレーぶりである。

3

昭和十八年一月十八日に書いた「天狗」が南吉の絶筆とされている。この日以降の日付を持つ作品がないから、中途で終わり、日付を持つ「天狗」が絶筆になった。では書けなくなったかというとそうではない。一月十八日以降も見舞いにきた生徒、教師（戸田）に向けて手紙の類を書いた。「早稲田大学新聞」に南吉の原稿「童話における物語性の喪失」を取り持った佐薙知《さなぎさとる》の妹佐薙好子にも書いている。昭和十八年二月九日の葉書である。佐薙好子宛となっているが好子に宛てたというより、十九回生、女学校の生徒に宛てたようにも読むことができる。


〈そんなに遠くまで心配をかけて申訳ありません。

のどがわるいので一切のお見舞いをおことはりしてふせつてゐます。

たとひ僕の肉体はほろびても君達少数の人が（いくら少数にしろ）僕のことをながく憶えてゐて、美しいものを愛する心を育てて行つてくれるなら、僕は君達のその心にいつまでも生きてゐるのです。

　疲れるといけないからこれで失礼〉（『校定新美南吉全集』第十二巻、四八九頁）

南吉より二歳上、昭和十四年から同僚教師として机をならべた大見富美子には手紙を書いた。大見は安城高女六回生。月日は不詳だが昭和十八年と推定。

〈僕の病気をけぎらいして、皆が眉をしかめるようにしていたことを僕はよく知っていました。そんな中で、あなただけがみんなと物を食べるような時も、明るい声で僕の名を呼んでくれました。もうあの職員室にかえることもできないでしょう。あなたに受けたあの暖かい気持ちに僕は病床でもうれしく思っています。ありがとう〉（大石源三『ごんぎつねのふるさと』一九八七年、一五七頁）

四年間、生徒として新美南吉を見たある十九回生が私にこう言った。

「あの人に合う人はいない」

これだけを聞いてもわからない。謎のような言葉というしかない。合うを互いに調和するという意味だとすると多少ともわかるのではないか。日記を読み込んでも、日記を書く南吉と、作品を書く南吉がひとつづきにならない。別人が書いているように見える。女学校の先生はさらに独立した別人格としてうつる。焦点が合わない。役者が一人三役を演っている。合う人というより合わせることなどできない人物が案外南吉の実像に近いのかもしれない。

またある二十回生が南吉の言った言葉を書いている。

「花にも生命がある。大事に切り取るように」

これは明治用水のすぐわきにある花畑でコスモスの花を切り取っているときに南吉から聞いた言葉。そのとき、南吉も花畑に来たらしい。踏みしだかれたコスモスの花を一本一本起こしながら、先の言葉を生徒に言い、自身も、三、四本切り取った。先の生徒はこんな言葉を覚えている。

「コスモスの花の中にいるとだれでも美しく見えるな」

東京外語時代の友人であり、南吉より一歳上の歌人宮柊二が南吉についてこんな感想を語ってくれている。文学者？・南吉に合う人はいないの、その土性骨を言い当てた言葉。

〈「自信」というもんじゃない、もっと感じの違ったもの、なんというか、自らたのむところが堅いというか強いというか、自分のなかにはっきりとした「よりどころ」を持っていましたね〉（「聖火」三十八号、一九六九年、二三頁）

この宮柊二の持った南吉の印象を裏書きするような手紙を半田中学の同級久米常民が南吉からもらっている。

〈――今来た君の手紙を見ながら、僕の思つてゐる事をのべる。（中略）俺は友情をすてない男だと云ふ事を君以外の者（僕一人に限つてゐまい）にしめして、自分を満足させたい為に書いたんだらう。（中略）日曜の昼とその他の夜はゐるから、いつでも来い。よかつたら――。八高の制帽制服で来い。来たら覚えたドイツ語をかたれ。俺は思ひきつてたゝきのめされて泣いて見せるから〉（『校定新美南吉全集』第十二巻、四一六―四一七頁）

正八と署名したあとかっこをつけ、（この手紙は失わないでおいてくれ）とあるのも人柄を伝える。手紙は昭和六年四月二十五日（推定）である。

絶筆《ぜっぴつ》となった「天狗」の一つ前、一月九日に書いた「小さい太郎の悲しみ」も、私には絶筆の響きをもって感じられる。最後の一文を引いておきたい。(『校定新美南吉全集』第二巻、二五三頁)

〈或る悲しみは泣くことができます。泣いて消すことができます。

しかし或る悲しみは泣くことができません。泣いたつて、どうしたつて消すことはできないのです。いま、小さい太郎の胸にひろがつた悲しみは泣くことのできない悲しみでした〉

絶筆はまだ終わらない。

南吉はもうひとつの仕掛けを用意していた。こちらは南吉直筆の、鉛筆で書かれた本物の絶筆である。生徒になぜ絶筆がわかったか。絶筆と大きな字で書いてあったからだ。中央廊下に張り出されたそれを見たのは二十一、二十二、二十三回生であった。二十三回生は、「先生が亡くなられた直後、学校の中央廊下に藁半紙《わらばんし》に鉛筆書きの『絶筆』というのが貼り出されて」と記憶した。ピンで原稿用紙が止めてあったと記憶する生徒(二十二回生)の覚えにしたがえば、「皆んなと一緒に行った遠足は楽しかった。君達はやさしかったね。僕のポケットにキャラメルやチョコレートを入れてくれたね。とても嬉しかったよ。そんな君達に石頭だとかザル頭だとか悪口言ったり叱ったりして悪かった許してくれたまえ」

「本物の絶筆」には南吉のユーモアさえ感じさせられる。作り話ではない。授業で石頭だの、カゴ頭などみかん頭だのと言ってもいた。だが、ザル頭だと言うその南吉の涙を見た生徒がいる。二十二回生である。

〈先生に当てられて単語がどうしても読めない子がいると、その子の所へ行って発音を教えていました。何度繰り返しても発音の出来ない子がいました。「君、それでは駄目だよ」といっている先生の目がうるんでいたのを今も思い出します〉（『安城の新美南吉』七六頁）

川口澄子（二十一回生）が「絶筆」について動かない記録を残している。〈昭和十八年四月十二日の私の日記に「今日、新美先生の手紙が学校に出ていたのを見て涙が出た」と書いてありました。「もうこれでお目にかかれないのかと思うと淋しい」と書いてあります〉（『安城の新美南吉』七三頁）

生涯にたくさんの手紙、葉書を書き、その手紙と葉書で人生を築いていった感すらがある南吉、その最後に出した葉書は兵庫県西宮市にいる高正惇子宛のものだった。高正への昭和十八年一月十一日の手紙につづく葉書である。（『安城の新美南吉』二四頁）

鉛筆で書かれた文字は表も裏も大きくかたむきこれが作文を添削した人の文字かと思うほどの揺れを見せる。裏面全文である。

いしやは、もうだめと
いひましたがもういつぺん
よくなりたいと思ひます
　ありがと

ありがと
今日はうめが咲いた由

4

生徒が南吉の言葉を忘れていない。なぜ記憶されるのか。このことは教師南吉が生徒にどのように対していたかということと関係する。南吉は多弁ではない。声も響きのある声とはいえない。けれども生徒に記憶される言葉を発した。

聞こうとして聞き、届かせようとして届いた言葉が多いように思う。生徒は自分自身に向けられた言葉として聞いた。人はそういう言葉を生涯忘れない。新美南吉と生徒とはそんな個々の回路でつながっている。そのようにでも考えないと記憶の残存率の説明がつかない。もちろん全員の生徒がなどというつもりはない。聞く者の反対側には聞かない者がいたことは容易に想像できる。一面ではきびしく、こわい先生でもあった。授業中廊下に立たせられた生徒もいた。南吉は生徒の指導にこんな考えを持っていた。

「僕は、にくいと思う生徒を徹底的ににくむ」。本城良子はこれを南吉から、直《ちか》に聞いた。筆者はその本城から聞いた。それだけを切り取るとギョッとさせられる。だがこの言葉には後段がある。「そうすると、ああ、こんなかわいいところもあったかと気づいて解決が早い」。そんな一念で生徒に対する南吉に無縁な言葉が「おもねる」だろう。生徒におもねない。それは強い人でなければできない教育であったと同じ教師経験を持つ本城が言った。

生徒からあがった伝言のような言葉をここに書き留めさせてもらいたい。

先生からいろいろなはなしを聞かせてもらったけど、ごん狐のはなしだけは聞かなかったわよねぇ……。

吸取紙のような生徒がごん狐を覚えていない。私はこの言葉を「ちちははの記」と同じ重さで聞いた。前に向かう南吉は思い出話をしない性格の人だった。


本書の最後を、クラスの生徒が覚えていた南吉の詩で閉じたい。詩はあの完全を期した『校定新美南吉全集』にも収録がない。というより、そもそも収録する原稿がこの世に存在しない。したがって校定全集ばかりか、これまで南吉を扱ったどの本にも出ていない。どの本にもないことに気づいた南吉のクラスの生徒らが、行方不明の子どもを捜すように記憶の底から呼び戻した詩が「ちちははの記」である。

詩を書いた日、南吉は黒板の右端に、ちちははの記と書き、黒板を右から左いっぱい使って板書した。すべてを書き終えたときからだは教壇の端《はし》にあった。南吉はそこからすべり落ちるように牛皮《ぎゅうかわ》のスリッパの音を響かせバタンと床に降りた。そして詩を読んで聞かせた。最後まで読むと、「みんな読みなさい」と言った。生徒らが声を出して読んでいるあいだも読み終えてしまって少しのあいだも、先生は自分が書いた黒板を見つづけた。山口千津子の覚えである。

山口は板書のようすとともに詩の一部を覚えていた。背戸、茶の木畑、なんでふぱちり、がそれである。他に誰か覚えていないか。クラスの記憶をあつめた。なんでふぱちり、を佐治孝子が覚えていた。佐治校長の二女、父親である校長と入れ替わりに安城高女に転校した佐治孝子が覚えていたことで、昭和十五年の二学期、つまり九月一日以降に書かれたことがわかり、さらに杉浦さちの、先生も結構お元気な頃、との話を加味すると、十五年度中に成った可能性が高い。

「ちちははの記」の一篇は、南吉が父と母に捧げたオマージュである。

ちちははの記

ちちはは老いたまふ
ちちはは腰曲がりたまふ
背戸《せど》の茶の木畑に
日かげりて
ちちはは小さく見えたまふ

その息子不孝者《ふこうもの》にして
肋膜《ろくまく》なんぞをわずらい
六尺に寝そべり

指鳴らすわざ
習はむとすれど
その指痩《や》せたれば
なんでふぱちりと鳴るべきや

背戸の茶の木畑に
日かげりて
ちちはは小さく見えたまふ

おわりに

南吉の人物について書いた。3・11のあの日も机に向かっていた。テレビを見ると津波の高さを示す数字が日めくりをめくるように動いた。原発の建物が爆発しても安全を譲らない専門家を見ながら、この専門家は何に責任を持つ人かと自問した。その光景と、人としての原点を求めつづけた南吉の二十九年がかさなった。

本書の骨格は南吉の日記と聞き書きに多くを負っている。聞き書きは私が直接聞いたものと、私より早くに手をつけた人のそれがある。

民俗学をかじってきた門外漢がなぜ南吉を書いたか。書いておく責任がある。手短かにまとめると、筆者が安城市歴史博物館に勤務していた折、安城市が新しい市史をつくることになった。前の市史を執筆され、当時国立歴史民俗博物館の歴史部門を束ねていた塚本学先生に講演を依頼した。塚本先生は講演で、「新美南吉の書いた「おぢいさんのランプ」のような市史に、新しいものが出た時におめずおくせず立ち向かっていく人びと、そういう歴史を」と目標を示された。

十年後、十一巻の『新編　安城市史』が完成し、その刊行を閉じる会でのお話も、「おぢいさんのランプ」のような市史はできたか、なのだった。

日本の近世史研究の先頭をゆく塚本学先生が十年の歳月をへだてて二度までも話題にされた新美南吉はいったいどんな人かと思った。南吉の童話を読んでみたが、どんな人かはわからなかった。わかったのは安城の女学校に勤めていたこと、塚本先生も女学校が改組された安城高校で夜間の先生をやっていたというそんなことだった。

具体的にしらべていくと南吉も賢治も昔話を聞いて育った最後の世代だった。賢治もあの『遠野物語』を柳田国男に語った佐々木喜善と交流のあったことが知れた。『遠野物語』は私が民俗学の道に入るきっかけとなった宮本常一先生の、この一冊にあたる。しかも南吉も賢治も初めは聞き書きで物語を書いていたのだった。時代が異なり道は異なっても、近いところの人、同族だと親近感をもった。

書きすすめていくなかで、南吉の作品を読んだ何人かから、南吉の書いたのは、ユートピアだと聞いた。この世にないことだと。そんなもんかと思い、またそれはちがうじゃないか、といつもの反発心が頭をもたげた。単なるユートピアですまされては困る、とも思った。南吉は人間のもつやさしさと美しさ、温かさと情《なさけ》を作品に昇華させた。自分の目で見たもの。自分のからだで感じたものを材料に書いた。実践と体験を大事にした。

遅れ馳せながらだが、南吉に出会えたことは、しあわせなことだった。知ると知らないとでは世界の広がりぐあいが違う。人間の可能性のわくをぐいとひろげて見せた。小学生にも読める童話のかたちで。筆者は本を読んでこなかったというむくいを今になって思い知った。と同時に、世の中にはとどかないという希望の与え方もあるのだと気づいた。南吉の童話は詩人が書いた大人と子どもの両方に向けた物語だった。

鏡開きの十一日はおしるこが一人百円でふるまわれる。いつも隣りでラジオ体操する人が、百円を忘れると食べれんからと私の分を持ってきたと言ってポケットから百円玉を出して見せた。余分に用意してくれていた。うれしいことだった。

そのときどきに声をかけてくれる人がいて本書を書き上げることができた。

二〇一三年三月十七日

斎藤卓志

新美南吉年譜

本年譜は、『校定新美南吉全集』別巻Ⅰの「新美南吉年譜」、新美南吉記念館発行の『生誕百年新美南吉』所収の「新美南吉年譜」、安城市歴史博物館企画展図録『安城と新美南吉』所収の「新美先生安城高女勤務年譜」をもとに作成した。

大正二年（一九一三）〇歳

七月三十日愛知県知多郡半田町字東山八十六番地（現・半田市岩滑中町一丁目八十三番地）に、父渡辺多蔵、母りゑの二男として生まれる。生後十八日で夭折した長男の名を受け継ぎ、「正八」を名づけられる。家は畳屋を営む。

大正六年（一九一七）四歳

十一月四日母りゑ病没（二十九歳）。

大正七年（一九一八）五歳

四月頃継母志ん（酒井氏）が家に入り、下駄屋を営む。

大正八年（一九一九）六歳

二月十二日継母志ん入籍。

二月十五日異母弟益吉生まれる。

大正九年（一九二〇）七歳

四月、半田第二尋常小学校（現・岩滑小学校）に入学。

大正十年（一九二一）八歳

七月二十八日半田町字東平井二番地の一、新美志も（母りゑの継母）の養子となるも数か月で実家に帰る。

大正十五年（一九二六）十三歳

三月、同校尋常科を卒業。卒業式で、「たんぽぽの幾日ふまれて今日の花」という俳句を入れた答辞を読む。

四月、愛知県半田中学校（現・愛知県立半田高等学校）に入学

昭和二年（一九二七）十四歳

中学二年のこのころから文学に興味を持ち、半田中学校の学友会誌「柊陵」の他、同人雑誌などに投稿

昭和三年（一九二八）十五歳

福井県の商業少年社が発行していた、月刊投稿雑誌「緑草」（昭和三年九月号）に、新美弥那鬼《にいみみなき》のペンネームで童話「銭坊」が掲載される。

十二月、名古屋で発行されていた「兎の耳」に童謡「づいつちよ」が入選。翌年一月号に掲載される。

昭和四年（一九二九）十六歳

五月、童話「古井戸に落ちた少佐」後の「張紅倫《ちやうこうりん》」脱稿。

九月、岩滑の文学仲間とガリ版刷りの同人誌「オリオン」を復刊する。

昭和五年（一九三〇）十七歳

二月、風呂からの失火で自宅離れを全焼させる。この体験を中学校の弁論大会で発表。

三月、十七日の日記に「良心と不幸な男」という題の短いメモを書き、つづけて本来十六日に書くべき追加分のように「良心とは内部的虚栄心だフローベル」とメモした。

昭和六年（一九三一）十八歳

三月、半田中学校を卒業。岡崎師範学校を受験、身体検査で不合格となる。

四月、母校の半田第二尋常小学校の代用教員となり八月まで教える。童話「正坊とクロ」が児童雑誌「赤い鳥」（八月号）に入選し掲載される。

九月、童謡雑誌「チチノキ」に参加、編集者で詩人の巽聖歌を知る。

十月、「赤い鳥」に「ごん狐」を投稿、昭和七年一月号に掲載される。

十二月、夜行で東京高師受験を名目に上京し、巽聖歌、北原白秋などに会う。

昭和七年（一九三二）十九歳
四月、東京外国語学校英語部文科に入学。巽家に寄寓、九月から外語の寮に移る。
昭和八年（一九三三）二十歳
白秋と鈴木三重吉の訣別を受けて「赤い鳥」から離れる。
四月、「朝日新聞」に家庭教師の求職広告を出す。
八月、徴兵検査、丙種合格。
十二月、童話「手袋を買ひに」の草稿を書く。
昭和九年（一九三四）二十一歳
二月、第一回の喀血。同月十六日、第一回宮沢賢治友の会に巽聖歌にともなわれて出席す。
昭和十年（一九三五）二十二歳
五月、幼年童話二十篇余りを二十日ほどで書き上げる。
八月、小学校の同窓会余興に自作した「一幕劇馬車の来るまで」を演出。
昭和十一年（一九三六）二十三歳
三月、東京外国語学校卒業。
四月、東京土産品協会に就職する。
十月九日、二度目の喀血、巽の看病を受け、十一月に帰郷する。
昭和十二年（一九三七）二十四歳
四月、河和第一尋常小学校の代用教員となり七月末まで勤める。
九月、半田市で養鶏飼料を製造販売する杉治商会に就職する。
昭和十三年（一九三八）二十五歳
一月頃、杉治商会を退職する。

三月三十一日、愛知県安城高等女学校教諭心得となる。

四月、一年担任。一・二・三・四年英語、一・二年国語、一・二年農業。

五月、六泊七日の関東修学旅行に引率教師として行く。

八月、岡崎滝山寺へ生徒有志と自転車行。

十一月、学芸会の出しもの英語劇「桃太郎」を指導。

十二月、創作のためのトレーニング場でもある「日記」の付け方を大きく変える。

昭和十四年（一九三九）二十六歳

二月、担任のクラスでガリ版刷りの「生徒詩集」（月刊）をはじめる。

四月、二年担任。一・二・三・四年英語、一・二年国語、二年農業。

四月、安城出郷の大見坂四郎方に下宿。

五月、三年生（十八回生）を引率し、関西修学旅行（三泊四日）に行く。この月から友人江口榛一の依頼で「哈爾賓日日新聞」に生徒と自身の作品を送る。

六月、南吉のクラスが学年対抗運動会で優勝する。

七月、生徒有志の富士登山（二泊三日）に同行する。画帖「六根晴天」「六根清浄」描かれる。

八月、同僚教師の大村重由、戸田紋平とともに関東方面(伊豆大島・東京)に学事視察(三泊四日)。画帖「筆勢非凡」描かれる。

八月二十九日、熱田神宮へ夜中行軍。

九月、戦争による用紙不足のため「生徒詩集」の発行中断する。

昭和十五年（一九四〇）二十七歳

二月、予餞会に自作の「ガア子の卒業祝賀会」を上演。

四月、三年担任。一・二・三・四年英語、一・三年国語、三年農業。

四月、担任のクラス三年生を引率し、関西修学旅行に行く。

五月、安城高女へ道をつけた恩師の佐治克己校長転任する。

十一月、小説「錢」が婦人雑誌「婦女界」に掲載される。

昭和十六年（一九四一）二十八歳

二月、学芸会で自作の「ラムプの夜」を上演。

三月、良寛の伝記を執筆。このあと体調をくずし遺言状を書く。

四月、四年担任。一・二・三・四年英語、三・四年作文。

十月、はじめての単行本『良寛物語　手毬と鉢の子』が学習社から出版される。

十一月、自論を展開した「童話における物語性の喪失」を「早稲田大学新聞」に発表する。

昭和十七年（一九四二）二十九歳

一月、腎臓結核による死を覚悟する。同じころ巽聖歌から童話集の依頼がはいる。

三月、四年間をともにした南吉のクラスの生徒が卒業。三月から五月いっぱい精力的に執筆活動を行う。

四年、補習科担任。一・二・四年英語、一年講読、三年作文担当。

五月、卒業した生徒（十九回生）のための連絡誌「級報　雪とひばり」をガリ版刷りでつくる。

八月、病気の療養を名目に長野・群馬県境の温泉に行く。

十月、単行本『おぢいさんのランプ』が有光社から出版される。

昭和十八年（一九四三）

一月十八日の「天狗」が絶筆となる。

二月十日、安城高女を分限免職となる。

二月十二日、この日、書きためた原稿の一切を手紙をつけて巽聖歌に送付。

三月二十二日、喉頭結核のため永眠（二十九歳七か月）

◉引用・参考文献

『新美南吉童話全集』全三巻、大日本図書、一九六〇年
『新美南吉全集』全八巻、牧書店、一九六五年
『校定新美南吉全集』全十二巻別巻二、大日本図書、一九八〇―一九八三年
『新美南吉童話大全』講談社、一九八九年
『新美南吉詩集　花をうかべて』岩崎書店、一九九五年
『新美南吉童話集』岩波書店、一九九六年
『新美南吉詩集』角川春樹事務所、二〇〇八年

＊

巽聖歌『新美南吉の手紙とその生涯』英宝社、一九六二年
巽聖歌編『墓碑銘』英宝社、一九六二年
会報「聖火」全七二冊、たき火の会、一九六六―一九七三年
会誌「花のき」全二十一冊、新美南吉に親しむ会、一九七八―二〇一三年
会誌「南吉研究」全二十冊、新美南吉研究会、一九八六―一九八九年
巽聖歌『新美南吉十七歳の作品日記』牧書店、一九七一年
狐牛会編『でてむしの歌』私家版、一九七一年
浜野卓也『新美南吉の世界』新評論、一九七三年
神谷幸之『南吉おぼえ書』かみや美術館、一九八〇年
「知多っ子」通巻九号、創夢社、一九八〇年

河合弘『友、新美南吉の思い出』大日本図書、一九八三年
かつおきんや『人間・新美南吉』大日本図書、一九八三年
渡辺正男編『新美南吉・青春日記』明治書院、一九八五年
大石源三『ごんぎつねのふるさと』エフエー出版、一九八七年
半田市立博物館・大阪国際児童文学館監修『文学探訪　新美南吉の世界』蒼丘書林、一九八七年
『歌見誠一童謡集』私家版、一九九一年
図録『棟方志功と佐藤一英』一宮市博物館、一九九二年
小栗大造『歌綴・南吉と岩滑』私家版、一九九三年
図録『賢治・志功・一英』一宮市博物館、一九九六年
新美南吉に親しむ会編『安城の新美南吉』同会刊、一九九九年
保坂重政『新美南吉を編む』アリス館、二〇〇〇年
図録『新美南吉』新美南吉記念館、二〇〇〇年
帯金充利『新美南吉紹介』三一書房、二〇〇一年
矢口栄『南吉の詩が語る世界』一粒社、二〇〇四年
図録『安城と新美南吉』安城市歴史博物館、二〇〇五年
小栗大造『南吉のやなべ』私家版、二〇〇八年
『新編　安城市史』3、通史編近代、安城市、二〇〇八年
吉田弘『新美南吉の生涯』私家版、二〇一二年

＊

宮沢賢治『風の又三郎』新潮社、一九六一年
宮沢賢治『銀河鉄道の夜』新潮社、一九六一年

『校本宮澤賢治全集』全十四巻、筑摩書房、一九七三―一九七七年
『文庫版　宮沢賢治全集』全八巻、筑摩書房、一九八六年
菅原千恵子『宮沢賢治の青春』角川書店、一九九七年
田守育啓『賢治オノマトペの謎を解く』大修館書店、二〇一〇年
佐藤隆房『宮沢賢治』富山房企畫、二〇一二年

＊

宮柊二『宮柊二歌集』角川書店、一九五三年
与田準一編『日本童謡集』岩波書店、一九五七年
龍城会遠州支部編『北野先生の面影』私家版、一九五七年
故杉浦治助翁追想録編纂会『人間杉治』私家版、一九五八年
名古屋童話協会『大西巨口と「兎の耳」』同会刊、一九七二年
『筑摩世界文学全集』ジイド／モーリヤック、筑摩書房、一九七三年
小泉八雲『小泉八雲集』新潮社、一九七五年
与田準一『詩と童話について』すばる書房、一九七六年
朝日新聞学芸部編『一冊の本』雪華社、一九七六年
正岡子規『松蘿玉液』岩波書店、一九八四年
宮英子・高野公彦編『宮柊二歌集』岩波書店、一九九二年
森村方子編『聞き書き草津温泉の民俗』私家版、一九九二年
小中陽太郎『青春の夢　風葉と喬太郎』平原社、一九九八年
野村純一『昔話の森』大修館書店、一九九八年
美智子『橋をかける』すえもりブックス、一九九八年

西郷信綱『梁塵秘抄』筑摩書房、二〇〇四年
佐々木喜善『聴耳草紙』筑摩書房、二〇一〇年
後藤正治『清冽　詩人茨木のり子の肖像』中央公論新社、二〇一〇年
中川一政『中川一政画文集　独り行く道』求龍堂、二〇一一年
志村ふくみ『晩禱　リルケを読む』人文書院、二〇一二年

*

川端康成『新文章読本』新潮社、一九五四年
高田宏『ことばの処方箋』角川書店、一九九八年
河野多惠子『小説の秘密をめぐる十二章』文藝春秋、二〇〇二年
辻邦生『言葉の箱』中央公論新社、二〇〇四年

［著者略歴］
斎藤卓志（さいとう・たくし）
1948 年、愛知県生まれ。民俗学者。中京大学法学部卒業、佛教大学文学部（通信）卒業。元安城市職員（学芸員）。著書に『世間師・宮本常一の仕事』（春風社）、『刺青墨譜』（春風社）、『刺青　TATTOO』（岩田書院）、『稲作灌漑の伝承』（堺屋図書）、編著に『職人ひとつばなし』（岩田書院）、『葬送儀礼と祖霊観』（光出版）などがある。

カバー写真／読書をする南吉（外語時代、新美南吉記念館所蔵）
装幀／矢萩多聞

素顔の新美南吉――避けられない死を前に

2013 年 5 月 8 日　第 1 刷発行　（定価はカバーに表示してあります）

著　者　　斎藤　卓志
発行者　　山口　章

発行所　名古屋市中区上前津 2-9-14　久野ビル
電話 052-331-0008　FAX052-331-0512
振替 00880-5-5616　http://www.fubaisha.com/
風媒社

乱丁・落丁本はお取り替えいたします。　＊印刷・製本／シナノパブリッシングプレス
ISBN978-4-8331-2078-4

小松史生子 編著

東海の異才・奇人列伝

徳川宗春、唐人お吉、福来友吉、熊沢天皇、川上貞奴、亀山巖、江戸川乱歩、小津安二郎、新美南吉…なまじっかな小説よりも面白い異色人物伝。芸術、芸道、商売、宗教、あらゆる人間の生の営みの縮図がここに！

一五〇〇円＋税

日本近代文学会東海支部

〈東海〉を読む

近代空間と文学

坪内逍遙から堀田あけみまで、東海地方ゆかりの作家や、この地方を舞台にした小説作品を俎上にのせ、そこに生成した文学空間を読み解く。日本文学・文化研究の次代＝時代を切り開くべく編まれた論集。

三八〇〇円＋税

小松史生子

乱歩と名古屋

地方都市モダニズムと探偵小説原風景

乱歩が多感な少年時代を長く過ごした名古屋。明治末期の、保守と革新が入り混じった地方都市モダニズムの洗礼を受けたことが、乱歩の感性に何を刻印したのか？　乱歩周辺のミステリ文壇との動向を交え論じる。

一二〇〇円＋税